中國語言文字研究輯刊

十六編

許學仁 主編

第6冊

概念場詞彙系統及其演變研究
——以《朱子語類》爲中心（上）

甘小明 著

花木蘭文化事業有限公司

國家圖書館出版品預行編目資料

概念場詞彙系統及其演變研究——以《朱子語類》為中心(上)
／甘小明 著 -- 初版 -- 新北市：花木蘭文化事業有限公司，
2019〔民 108〕
目 2+222 面；21×29.7 公分
（中國語言文字研究輯刊 十六編；第 6 冊）
ISBN 978-986-485-696-1（精裝）
1. 朱子語類 2. 研究考訂
802.08   108001142

中國語言文字研究輯刊
十六編　　第 六 冊　　　　ISBN：978-986-485-696-1

概念場詞彙系統及其演變研究
——以《朱子語類》為中心（上）

作　　者　甘小明
主　　編　許學仁
總 編 輯　杜潔祥
副總編輯　楊嘉樂
編　　輯　許郁翎、王　筑　美術編輯　陳逸婷
出　　版　花木蘭文化事業有限公司
發 行 人　高小娟
聯絡地址　235 新北市中和區中安街七二號十三樓
　　　　　電話：02-2923-1455／傳眞：02-2923-1452
網　　址　http://www.huamulan.tw 信箱 hml810518@gmail.com
印　　刷　普羅文化出版廣告事業
初　　版　2019 年 3 月
全書字數　255168 字
定　　價　十六編 10 冊（精裝）　台幣 28,000 元

概念場詞彙系統及其演變研究
——以《朱子語類》爲中心（上）

甘小明　著

作者簡介

甘小明，女，1980 年生，安徽太湖人，文學博士。2006 至 2009 年於安徽師範大學文學院攻讀碩士學位，師從曹小雲、儲泰松兩位教授；2009 至 2012 年於上海師範大學人文與傳播學院攻讀博士學位，師從徐時儀教授。2012 至 2016 年，先後任教於天華學院語言文化學院（漢語言文學、漢語國際教育專業教師）及上海商業會計學校基礎部（語文教師）。2016 年 9 月進入上海市師資培訓中心工作，現任國內交流協作部副主任，主要從事教師教育研究、教師培訓項目管理及教師培訓課程的研發工作。

提　要

　　本文以《朱子語類》概念場詞彙系統及其演變研究爲切入點，旨在探討概念表達和詞彙系統的關係問題。二者的關係可以表述爲：1. 同一個詞表達不同的概念，在語言中表現爲「一詞多義」，涉及相關概念與同一個詞的詞義系統之間的關係問題；2. 不同的詞表達同一概念，在語言中表現爲「一義多詞」，涉及同一概念與意義相近的不同的詞組成的詞彙系統之間的關係問題。

　　基於在漢語詞彙史的研究框架內，漢語詞義、詞彙系統演變研究完成了以單個詞爲中心的「點」式研究方法；以歷時考察爲中心的「線」式研究方法，我們的創新點在於充分發揮「點、線」式研究方法的基礎上開拓以概念場爲結構框架的結合共時描寫和歷時演變並整合語言本體研究和認知理論研究的「面」式研究方法。通過對《朱子語類》中涉及「運動、狀態、評價」共十九個概念場詞彙系統及其演變的分析研究，我們得出的結論主要有以下兩方面的內容：

　　一、對於「一詞多義」，即單個詞的詞義系統而言，一方面，一個詞的詞義系統中義項的延伸演變與該詞所處概念場詞彙系統的其他成員的基礎義有著密切的聯繫，這些義項相互之間具有基於表達同一概念的語義關聯性，這是屬於語言內部發展規律調整的結果。另一方面，一個詞的詞義系統中義項的產生與該詞的其他義項沒有直接的語義相關性，它們借用一個「音近」的詞去記錄語言中的另一個詞，這類詞的本體義與其記錄的那個詞具有客觀存在或人們主觀臆想的聯繫，該義項的產生屬於一種因語音相近（相同）、語義相關和概念整合多重因素而導致的詞義演變模式，包含著外力干擾的因素。

　　二、對於「一義多詞」，即表達同一概念的詞彙系統而言，在特定概念場詞彙系統的歷時層面上出現過的任何一個成員，都是從一個特定維度對這個概念的詮釋。一方面，詞彙表達概念的維度是判斷和評價一種語言中詞彙表達概念多方位、多角度、多層次的基本參數。只要特定的概念存在，人們的無限可能的認知維度就會形成語言中詞彙表達概念維度的無限可能。然而任何一種語言的辭彙系統都只能無限接近要表達的概念，卻永遠不可能準確、完整的去詮釋一個概念，就像人類只能無限接近眞理，卻永不可能抵達眞理一樣。另一方面，人類在對概念的認知過程中，客觀性和主觀性同在，思想性和文化性並行，語言中的詞彙對概念的解讀像蘇東坡筆下的廬山：「橫看成嶺側成峰，遠近高低各不同。」這就決定了研究語言，包括詞彙系統、詞義系統都必須和人類的認知規律相結合。

目次

緒　論

一、課題來源

　　「朱子學支配我國思想五六百年，而操縱韓國、日本思潮亦數百載。南宋之末固是朱子之哲學世界。」〔註1〕《朱子語類》是朱熹在各地講學時，弟子門人記錄整理，最後經黎靖德統一彙編校訂而成的講學問答的實錄。該書內容豐富，析理精密，基本上反映了朱熹的思想。九十年代以前，《朱子語類》的相關研究，幾乎都是在朱子學的大背景下進行的有關朱子思想文化的研究，九十年代以後才逐漸從語言學角度對《朱子語類》進行研究。2008 年，導師徐時儀先生以《〈朱子語類〉詞彙研究》爲課題申請了國家社會科基金項目（08BYY044），希望在前人研究的基礎上，對《朱子語類》的詞彙研究做進一步的探索與嘗試，筆者的博士論文《概念場詞彙系統及其演變研究——以〈朱子語類〉爲中心》即是該項目的成果之一。

二、課題研究的目的與意義

　　任何一項課題的研究，一方面是對前期成果的繼承，體現出學術研究的延續性；另一方面，又是對已有成果的推進，體現出學術研究的超越性。具有延續性和超越性的研究才有可能成爲可行性的，有價值的研究。對於中國語言學

〔註1〕陳榮捷《朱子門人》〔M〕華東師範大學出版社，2007：1，193～194。

研究而言，更多地體現出了研究的延續性，從中國最早的一部詞典《爾雅》，到清代訓詁學的復興，可以說中國語言學一直都是以探究漢語詞義爲中心的，主要表現爲對儒家經典文獻的釋義或對詞義進行纂集。漢字是音、形、義的結合體，古人的研究已經涉及形義、音義關係，出現了《說文解字》、《爾雅音義》、《眾經音義》、《一切經音義》等傳世之作。對於義義關係，中國古代的學者亦有所涉及，如雅書系列按事類編纂詞典，聲訓按音義系聯同源詞。「眞正之訓詁學，即以語言解釋語言。初無時地之限域，且論其法式，明其義例，以求語言文字之系統與根源是也。」〔註2〕黃侃已經意識到了「語言文字之系統」的問題，而眞正意義上提出語言系統論觀點的是瑞士語言學家索緒爾，他針對十九世紀歷史語言學的「原子主義」傾向，在《普通語言學教程》中明確提出了「語言系統」的觀點：「語言是一個系統，它的任何部分都可以而且應該從它們共時的連帶關係方面去加以考慮」〔註3〕。「共時語言學研究同一個集體意識感覺到的各項同時存在並構成系統的要素間的邏輯關係和心理關係」〔註4〕。中國學者對「語言系統」觀點的認同，在一定的時期內呈現出不平衡的狀態，表現爲對於語音系統性、語法系統性的認同度大大高於詞彙系統性的認同。直到 20 世紀 80 年代，漢語詞彙系統性的觀點才被學界逐漸認同，張永言在其著作《詞彙學簡論》中說道：「語言裏的詞互相結合而構成一個統一的整體，這就是語言的詞彙體系。在這個體系裏詞與詞之間存在著複雜的語義聯繫，一個詞的意義既依賴於它的同義詞和跟他屬於同一「義類」（semantic group）的別的詞，也依賴於在使用中跟它相結合的別的詞。」〔註5〕所以，在語言學上，解釋一個詞語就是恢復這個詞語與其他詞語的關係。正是在這種學術氛圍中，有關漢語詞彙系統（主要是詞義系統）的研究開始步入正軌，研究框架主要涉及語義場和概念場。但由於詞彙系統的開放性和詞義變化的經常性，詞彙意義的系統展示只能是歷史的、局部的，所以目前的研究均屬於局部描寫詞彙意義系統的範圍，北

〔註2〕黃侃《文字聲韻訓詁筆記》〔M〕上海：上海古籍出版社，1983：181。

〔註3〕（瑞士）費爾迪南·德·索緒爾《普通語言學教程》〔M〕北京：商務印書館，1980：127。

〔註4〕（瑞士）費爾迪南·德·索緒爾《普通語言學教程》〔M〕北京：商務印書館，1980：127，143，161。

〔註5〕張永言《詞彙學簡論》〔M〕武漢：華中工學院出版社，1982：13。

京師範大學的王寧先生，北京大學的蔣紹愚先生均身體力行，帶領各自的學生開展了多個角度的詞彙語義系統的探究和研究，取得了豐碩的成果，但所選語料大多為先秦文獻，如李潤生《〈齊民要術〉農業詞彙系統研究》、李亞明《〈周禮·考工記〉先秦手工業專科詞語詞彙系統研究》；近代文獻極少，目前僅見王東海《〈唐律疏議〉法律專科詞彙語義系統研究》。因而加強近代漢語文獻中相關詞彙系統的研究，對於漢語詞彙系統研究的整體框架有著舉足輕重的作用，《朱子語類》在近代漢語語料中極具代表性，徐時儀先生《略論〈朱子語類〉在近代漢語研究上的價值》指出：「《朱子語類》記載的實際上是書面形式的口語，既有書面語成分，又有口語成分，大致反映了當時文人的口語概貌」，同時，「《朱子語類》作為經過加工的宋代口語，糅合了當時的口語和書面語。正好是上古漢語和近代漢語成份的均衡混合，處於周代的上古漢語和以話本為代表的近代漢語的中間狀態」，「《朱子語類》保存了不少古代詞語，表現了語言的繼承性一面，同時又記載了不少當時出現的新詞新義和新用法，表現了語言發展演變的一面」。朱熹講學的內容，會有很多門人弟子同時記錄，各人因為方言、語言表達習慣不同，而採用了不同的詞語去記錄同一內容，因而其中的同義表達十分豐富，研究《朱子語類》中有代表性的概念場詞彙系統，對於恢復該類詞的詞彙面貌和系統屬性、對於探求各個成員及其系統屬性的歷史來源和演變歷程、進而對整個漢語詞彙系統的研究都具有十分重要的意義。

　　要探討特定詞彙系統及其演變的過程，首先應該明確單個詞義演變與其概念內容的關係。「在語言裏，詞是能表者（它能表示一個概念），概念是所表者（詞所表示的是它）。能表者和所表者的關係不是天然的，而是歷史造成的；因此這種關係就不是固定的，而是可以變化的。但是，能表者和所表者的關係既然是歷史造成的，它的轉換也就受到一定的規律制約着。」〔註6〕其次，我們應該把詞義的研究納入相關的詞彙系統進行考察。瑞典的語言學家索緒爾在「語言價值」的基礎上提出語言系統性的原理，認為「一個詞可以跟某種不用的東西即觀念交換；也可以跟某種同性質的東西即另一個詞相比。因此，我們只看到詞能跟某個概念『交換』即看到它具有某種意義，還不能確定它的價值；我們還必須把它跟類似的價值，跟其他可能與它相對立

〔註6〕王力《漢語史稿》〔M〕北京：中華書局，1980：643。

的詞比較。」〔註7〕即研究一個詞除了從它自身出發研究其意義之外，還可以從它與同類詞的關係出發研究它在相關系統中的價值，「概念場理論」就是在「語言系統性」的基礎上發展起來的。德國學者伊普生（G.Ipson）1931年提出語義場（Bedeutungs feld），承襲索緒爾的價值論。德國學者特里爾（J.Trier）在「語義場」的基礎上提出「概念場」（Sinnbezirk）。正是基於以上認識，我們把《〈朱子語類〉概念場詞彙系統及其演變研究》作爲論文的選題，以概念場理論爲研究框架，力求在繼承傳統詞彙研究方法的同時，在研究框架和研究思路上體現出一定的超越性。

三、國內外相關研究的現狀

（清）張伯行爲明朱衡《道南源委》所作的《序》中謂：「吾見閩學（朱子學）之盛行，且自南而北，而迄於東西，不局於一方，不限於一時，源遠流長，汪洋澎湃。」〔註8〕《朱子語類》在國內外的研究正是在「朱子學」如此廣闊的背景中進行研究的。

3.1 國外研究的狀況

元明以降，朱子學傳到近鄰日、韓等國，形成了不同特色的朱子學。「早在朱熹逝世的南宋寧宗慶元六年（1200年），閩學就開始向日本傳播。」〔註9〕其中日本藤本幸夫《朝鮮版〈朱子語類〉考》一文即提到：「在朝鮮，朱子學鼎盛時期的中心人物退溪、栗谷、高峰等之所以會重視《語類》，是因爲《語類》本身有時雖然會發生前後矛盾的情況，但是能夠通過《語類》聽見朱子眞實的聲音，並且可以深究朱子學，能夠更近距離地接觸朱子本人。」〔註10〕「而西方人知道朱熹是從16世紀開始的，當時，西方傳教士如利馬竇（意大利人，1581年來中國）、龍華民（義大利人，1597年來中國）。白晉（法國人，1687年來中

〔註7〕 （明）朱衡《道南源委》（一）〔M〕北京：中華書局，1985：1。

〔註8〕 （明）朱衡《道南源委》（一）〔M〕北京：中華書局，1985：1。

〔註9〕 高令印、高秀華《朱子學通論》〔M〕廈門：廈門大學出版社，2007：451。

〔註10〕 《富山大學人文學部紀要》第五號〔J〕1981：296／駱娟譯《朱子文化》，2010（2）：43。

國）等相繼從中國帶回大量的儒家經典，其中就有朱熹、蔡沉、陳淳、眞德秀等朱子學家的著作，引起西方人對朱熹爲代表的朱子學的研究興趣。」〔註11〕以下從版本研究、語言研究、和綜合研究等三個方面探討《朱子語類》國外研究的狀況。

3.1.1 版本研究

臺灣學者林慶彰、吳展良先後出版《朱子學研究書目（1900～1991）》和《朱子研究書目新編（1900～2002）》兩本書，林書在「哲學思想·總論·哲學著述」下有關於《朱子語類》版本研究的條目有 6 條，分別爲：「（0815）友枝龍太郎《朱子語類的成立（1～8）》、（0816）福田殖《朱子語類の各種版本について（正）》、（0817）隈本宏、福田殖《朱子語類の各種版本について（續）》、（0818）岡田武彥撰，李乃揚《朱子語類之成立及其版本》、（0822）藤本幸夫《朝鮮にぉける朱子語類——それた如何に扱ゎれたか——》、（0827）早川通介《朱子語類に見られる重複形式》。」〔註12〕「吳書「著述考與著述介紹」下有關版本研究的條目亦有 6 條，分別爲：友枝龍太郎《〈朱子語類〉的成立（1～8）》、岡田武彥《〈朱子語類〉の成立とその版本》、岡田武彥撰，李乃揚《〈朱子語類〉之成立及其版本》、徐德明《朝鮮古寫〈朱子語類〉的校勘價值》、隈本宏，福田殖《〈朱子語類〉の各種版本について（續）》、藤本幸夫《朝鮮にぉける〈朱子語類〉——それた如何に扱ゎれたか——》。」〔註13〕可補充的有福田殖《〈朱子語類〉の各種版本について（正）》、早川通介《〈朱子語類〉に見られる重複形式》岡田武彥《〈朱子語類〉の成立とその版本》、徐德明《朝鮮古寫〈朱子語類〉的校勘價值》。

3.1.2 語言研究

據袁賓、徐時儀，國外的《朱子語類》語言方面的成果主要有：朝鮮柳希春（1513～1577）《語錄字義》收錄解釋了《朱子語類》中的 80 多條俗語詞。

〔註11〕高令印、高秀華《朱子學通論》〔M〕廈門：廈門大學出版社，2007：451，509。

〔註12〕林慶彰主編《朱子學研究書目（1900～1991）》〔M〕臺北：文津出版社，1992：61～62。

〔註13〕林慶彰主編《朱子學研究書目（1900～1991）》〔M〕臺北：文津出版社，1992：61～62。

前蘇聯 G.卡爾葛蘭《宋代朱熹全書的口語研究》認爲《御纂朱子全書》反映了朱熹時代眞正的「官方」語言——知識階層的口語。卡爾葛蘭還在《朱子文集》中找到了大量口語詞彙。瑞典學者高歌蒂在《朱子全書中所見的宋代口語》（1958）一文中也對《朱子語類》中的口語詞進行了探討。〔註14〕日本鹽見邦彥還著有《〈朱子語類〉口語語彙索引》（1985）一書。

3.1.3 綜合研究

「日本京都學派從 1970 年起，以京都大學人文科學研究所的田中謙二爲中心，組織了前後爲期六年的共同研究班，這一項共同研究分兩期：『朱子研究』（1970～1975）與『《朱子語類》的研究』（1975～1976）。主要的成果有田中謙二的《朱門弟子師事年考》，吉川幸次郎與三浦國雄翻譯的《朱子集》（《朱子語類》的選譯本）等，其中《朱門弟子師事年考》詳細地考證了《語類》裏所出現的門人師事年代。」〔註15〕高令印在《現代日本朱子學》一文中說道：「在朱熹著述的整理和考辯方面，1973 年日本中文出版社出版的《朱子語類大全》很值得注意。岡田武彥爲該書寫的前言《朱子語類的成立及其版本》，是近年日本朱子學者研究《朱子語類》的綜合成果。還有佐藤仁德《朱子語類詞句索引》（采華書林出版社 1975 年版）、《朱子語類人名地名書名索引》。友枝龍太郎的《朱子的思想形成》附錄《朱子語類的成立》、《關於朱子語錄類要》等，是對《朱子語類》書志的研究。藤本幸夫的《朝鮮版〈朱子語類〉考》《富山大學人文學部記要》五，1982 年版），搜集整理了日本國內外的《朱子語類》朝鮮版本，反映了對《朱子語類》研究的深度與廣度。」〔註16〕

3.2 國內研究的狀況

上世紀九十年代以來，朱子學研究的重心開始由國外轉向國內，《朱子語類》的研究也開始從文獻版本研究趨向語言研究：袁慶述《〈朱子語類〉方言

〔註14〕袁賓、徐時儀《二十世紀的近代漢語研究》〔M〕太原：書海出版社，2001：768～769。

〔註15〕石立善《戰後日本的朱子學研究述評（1946～2006）》載《鑒往瞻來——儒學文化研究的回顧與展望》〔C〕上海：復旦大學出版社，2006：266～277。

〔註16〕高令印《現代日本朱子學》，《浙江學刊》〔J〕，1988（6）：64～65。

俗語詞考》開了《朱子語類》詞彙研究的先河，其後有祝敏徹《〈朱子語類〉句法研究》，導師徐時儀先生《〈朱子語類〉的文獻價值考論》一文在對《朱子語類》的文獻價值進行全面分析的基礎上指出：「歷來的學者往往偏重從哲學、文學、歷史學、文化史、思想史等角度研讀《朱子語類》，而較少涉及其語言方面的文獻史料價值。」此後，《朱子語類》語言研究進入了繁花似錦的狀態，歷年來的碩博士論文或相關著作都會有對前期成果的述評，筆者在此不再贅述，僅就管見所及 1987 年至 2011 年 8 月有關《朱子語類》語言研究（詞彙和語法）的成果統計如下：(87 年至 07 年前期刊和著作根據張玉萍《近代漢語研究索引》〔註 17〕統計）期刊論文 87 篇，碩博士論文 26 篇，專著 6 部，其中有 66 篇是關於詞彙研究的（包括一本專著）。縱觀已有的研究成果，《朱子語類》詞彙研究以考釋爲主，主要對其中的新詞新語、口語詞、方言俗語、四字語等進行探討，涉及到詞彙系統研究僅任科雄的《〈朱子語類〉「誅殺」概念場研究》和劉靜的《〈朱子語類〉中表「早上」的一組詞的詞義考探》兩篇文章，陳明娥《朱熹口語文獻詞彙研究》一書中亦有一些同義詞群的研究，多爲包含某個共同語素的一組詞，相對於龐大的 230 萬字的《朱子語類》詞彙系統而言，以上探討都是不夠的，都不足以全面體現《朱子語類》詞彙系統的特徵，展現南宋語言的實際，充分反映漢語史的發展規律。

3.3 發展水準和存在的問題

　　總的說來，國外的《朱子語類》研究更多地納入了「朱子學」研究的軌道，研究成果大多在文化、版本方面；國內的《朱子語類》研究在文化、版本等方面已有輝煌的成就，90 年代以後亦開始了語言研究的熱潮。根據筆者的統計資料來看，目前語法方面的總體成果比詞彙研究成果更多，更強，語法方面的碩博士論文和專著占明顯優勢，因而《朱子語類》詞彙方面的研究有待加強，而針對已有詞彙研究成果中多爲零散的詞語考釋的現象，加強對《朱子語類》中的詞彙進行系統的研究勢在必行。

〔註 17〕張玉萍《近代漢語研究索引》四川出版集團（巴蜀書社），2009。

四、研究目標和研究內容及擬解決的關鍵問題

4.1 研究目標

漢語詞彙發展到近代漢語階段，無論是單音詞還是複音詞，詞的多義性和同義關係的豐富性，都把「詞義系統」和「詞彙系統」這兩個領域的研究提上了日程，所謂的詞義系統，是針對多義詞而言的，從共時的角度研究該詞各個義項間的關係，蔣冀騁在《近代漢語詞彙研究》中提到：「研究多義詞的詞彙系統，對語言學、詞典編纂學、注釋學（即廣義的訓詁學）、語源學都有極其重要的意義。如果我們將每一個多義詞的詞義系統都很科學地加以說明，則我們的語義學將會達到一個新的水平。如果將詞義系統的研究成果運用於詞典編撰，我們的詞典將不會像現在這樣義項紛紜，無所統系，同時釋義將會更加準確，義項的確定將會更加精當。」〔註18〕對於同義關係，他指出：「語言中的詞義的變化不是孤立的。一個詞意義的變化，會引起同義語義場中其他詞的意義的變化，或對其他詞的演變產生一定的影響。」〔註19〕「同義關係並不是一成不變的，詞義的演變，不僅會引起詞義系統的變化，而且還會引起詞的聚合關係的改變。」〔註20〕因而我們把《朱子語類》中特定的「詞義系統」和「詞彙系統」作爲本課題的研究目標。

4.2 研究內容

我們以「《朱子語類》概念場詞彙系統研究」爲研究課題，借助這一「篇幅可觀、文白夾雜、同義關係豐富」的近代漢語語料爲研究文本，以概念場理論爲研究框架，以其中具有代表性的概念爲綱，盡可能地系聯出《朱子語類》中表達此概念的所有詞語，考察單個概念場詞彙系統成員詞義系統的同時，分析表達此概念的詞彙系統，在充分描寫共時材料的基礎上進行成員的歷時考察，以期探求系統研究漢語詞彙的新模式和新方法。

〔註18〕 蔣冀騁《近代漢語詞彙研究》〔M〕長沙：湖南教育出版社，1991：67。

〔註19〕 蔣冀騁《近代漢語詞彙研究》〔M〕長沙：湖南教育出版社，1991：68。

〔註20〕 蔣冀騁《近代漢語詞彙研究》〔M〕長沙：湖南教育出版社，1991：72。

4.3 擬解決的關鍵問題

在本論文中，我們將採取使單個詞的詞義系統和包含眾多成員的概念場詞彙系統點面結合，在細緻描寫的基礎上總結出概念場成員的屬性分析表。把研究對象置於共時描寫與歷時考察相結合的橫、縱坐標軸上，勾勒出概念場成員的共時層次和歷時層次分析圖。試圖揭示漢語詞彙系統與概念表達之間的某些規律。通過以上方法我們擬解決相關的關鍵問題有二：

①概念場詞彙系統研究對於詞義演變研究的價值。

②概念場詞彙系統研究對於概念維度詮釋的意義。

五、採取的研究方法與技術路線

5.1 研究方法

5.1.1 共時材料描寫

程湘清在《漢語史斷代專書研究方法論》一文中提到「專書研究最基礎工作就是對漢語進行共時靜態描寫，只有描寫得具體、全面，結論才比較可靠，揭示規律才能夠深入。」因此，對《朱子語類》中表示特定概念的詞彙系統作充分、細緻的描寫是進一步深入研究的重要前提。

5.1.2 歷時考察

「普通語言學還有這樣一個原理：語言的歷史也是系統的，從一個時代變到另一個時代，是一個新的系統代替一個舊的系統，它不是零零碎碎地變的，所以我們研究語言絕不能零打碎敲，而必須對整個語言系統進行全面審查。」[註21] 所以，在共時描寫的基礎上對概念場內的每個成員進行歷時考察，將共時分析與歷時考察相結合，是進行概念場詞彙系統研究的必由之路。

5.1.3 總結歸納

在共時分析與歷時考察相結合的基礎上，歸納出概念場成員屬性分析表、概念場成員共時層次分析圖、概念場成員歷時層次分析圖。

5.2 技術路線：語言分析與圖表說明相結合。

〔註21〕王力《我的治學經驗》載《龍蟲並雕齋瑣語》〔C〕北京：商務印書館，2002：276。

六、論文的創新點

「場」本是物理學的概念，用來表示在客觀物質世界中，萬物自身、物與物、物與背景之間存在着的一種相互的環境聯繫。語言學上的「概念場理論」是在索緒爾「語言系統性」的基礎上發展起來的。詞彙學研究中的「概念場詞彙系統」，「指的是指稱一個概念場的一組詞，這組詞的共同任務是表述這個概念場，彼此排斥互補。」〔註22〕我們要探討特定概念場詞彙系統的演變過程，首先應該理清每個成員的入場途徑，其次應該把詞義的研究納入相關的詞彙系統進行考察，從它與同類詞的關係出發研究它在相關系統中的價值。本文即立足於概念場理論，從系統成員的「意義」和「價值」兩個方面對《朱子語類》中的概念場詞彙系統進行研究。

在漢語詞彙史的研究框架內，漢語詞義演變研究完成了以單個詞爲中心的「點」式研究方法、以歷時考察爲中心的「線」式研究方法，我們的創新點在於充分發揮「點、線」式研究方法的基礎上開拓以概念場爲框架的結合共時描寫和歷時演變；整合語言本體研究和認知理論研究的「面」式研究方法。

〔註22〕譚代龍《義淨譯經身體運動概念場詞彙系統及其演變研究》〔M〕北京：語文出版社，2008：15。

第一章　動作概念場詞彙系統及其演變研究

　　運動是物質的固有性質和存在方式，沒有不運動的物質，也沒有離開物質的運動，而動作則是由人類主動參與其中的一種運動形式，大致可以分爲身體動作和思維動作。人們在這些動作中所獲得的經驗在語言系統內就形成不同的概念場詞彙系統。語言作爲與現實生活相對應的符號系統，其中與現實世界動作相對應的動作概念場詞彙系統在語言系統中具有舉足輕重的地位和研究價值。本章選取《朱子語類》中「放置、丟棄、隱藏、遮蓋、誅殺、招惹、揣度、知曉」共八個動作概念場詞彙系統爲研究對象，試圖勾勒出以《朱子語類》爲中心的動作概念場詞彙系統的共時面貌和歷時演變過程，爲漢語動作概念場詞彙系統的研究提供斷代層面的參考信息。

一、放置概念場詞彙系統及其演變研究

　　放置，是動作主體將物體搬動，在空間上位移至目標處所並最終處於靜止狀態的行爲。《朱子語類》中有「安、放、賔、置、措、頓」爲核心語素的六類詞及「窠坐」共同指稱放置概念場。這些成員主要表現爲以下 3 種語義傾向：①「放、置」偏重於完整的動作過程；②「安」偏重於動作結果產生的狀態；

③「措、頓、窠坐」偏重於特定的放置行爲。〔註1〕

（一）共時材料描寫

1. 安

1.1「安」單用。

《朱子語類》中的「安」的使用情況能全面反映其語義的歷時層次。

1.1.1 表示使「身、手足、心」之類安穩。

〔1〕此是自剝其廬舍，無安身己處。（5，71，1785）〔註2〕

〔2〕和靖赴樂會，聽曲子，皆知之，亦歡然；但拱手安足處，終日未嘗動也。（7，101，2578）

〔3〕若先未有安著身己處，雖然經營，畢竟不濟事。（7，104，2617）

〔4〕賀孫云：「少失怙恃，凡百失教。既壯，所從師友，不過習爲科舉之文，然終不肯安心於彼，常欲讀聖賢之書。」（7，114，2757）

1.1.2 語義泛化，由使「身、手足、心」之類安穩→使「X」放置「安穩」。

〔5〕北辰者，天之樞紐。乃是天中央安樞處。天動而樞不動，不動者，正樞星位。（2，23，534）

〔6〕曰：「是就北牖下安床睡。因君來，故遷之南牖下，使以南面視己耳。」（3，38，1006）

〔7〕如祔祭伯叔，則祔於曾祖之傍一邊，在位牌西邊安；伯叔母則祔曾祖母東邊安。（6，90，2314）

〔8〕亦有小書室，然甚齊整瀟灑，安物皆有常處。（7，103，2601）

1.1.3「穩妥、安定」之語義磨損，表達一般的「放置」義。

〔9〕明德不是外面將來，安在身上，自是本來固有底物事。（7，106，2655）

〔10〕何須安一個「必」字在心頭，念念要恁地做。（1，8，146～147）

〔註1〕以上討論局限於「放置」概念的範圍內，然以上成員在具體的使用語境中都存在程度不一的語義延伸，我們將隨文說明。

〔註2〕共時材料描寫中的例句均出自《朱子語類》，括號中的數字分別表示冊數、卷數、頁面，後同。（宋）黎靖德編，王星賢點校《朱子語類》〔M〕北京：中華書局，1986。

〔11〕問：「今地上安一物，雖烈風，未必能吹動。何故地如此堅厚，
卻吹得動？」（6，89，2287）

〔12〕問：「《集注》引前輩之說，而增損改易本文，其意如何？」曰：
「其說有病，不欲更就下面安注腳。」（2，19，438）

以上探討的「安」的這種語義特徵在《朱子語類》中呈現出一定的語義層
級，是歷時演變在共時層面的呈現。

1.2 場內組合：安頓、安置。

1.2.1「安頓」語義偏向「安」，說話人認為安頓動作能產生「安定，穩妥」
的狀態，且使該事件合乎事理邏輯。其行為方式是使動作的對象處於合適的
位置，詞義抽象化後含有「安排，使各得其所」之義。

〔1〕若不做這工夫，卻要讀書看義理，恰似要立屋無基地，且無安
頓屋柱處。（1，12，217）

〔2〕當時若不得蒲姑之地，太公亦未有安頓處。（6，87，2236）

〔3〕聖賢說出來底言語，自有語脈，安頓得各有所在，豈似後人胡
亂說了也！（1，11，194）

〔4〕又論太宗事，云：「太宗功高，天下所繫屬，亦自無安頓處，只
高祖不善處置了。」（8，136，3246）

〔5〕人心是箇神明不測物事，今合是如何理會？這耳目鼻口手足，
合是如何安頓？如父子君臣夫婦朋友，合是如何區處？（2，18，
400）

1.2.2 目標空間處所可以是有界的（裏面），也可以是無界的（具體的：淨
潔田地；或抽象的：義理上）。

〔6〕打疊了心胸，安頓許多道理在裏面，高者還他高，下者還他下，
大者還他大，小者還他小，都歷歷落落，是多少快活！（2，25，
634）

〔7〕譬如一片淨潔田地，若上面纔安一物，便須有遮蔽了處。（1，
11，184）

〔8〕若收斂都在義理上安頓，無許多胡思亂想，則久久自於物欲上
輕，於義理上重。（1，12，201～202）

1.2.3「安置」在《朱子語類》中是專有名詞指宋時官吏被貶謫，輕者稱送某州居住，稍重者稱安置，更重者稱編管。

〔9〕舊法：貶責人若是庶官，亦須帶別駕或司馬，無有帶階官者。今呂子約卻是帶階官安置。（8，128，3078）

〔10〕是時太母還朝，陳遂忤太上意，安置惠州。（8，132，3173）

1.3 場外組合：安著、安泊。

它們出現的句法環境爲「安著（泊）＋處」，或「安著＋不得（補語）」，其動作性不強，趨向於強調動作的結果狀態。

〔11〕橫渠皆說在裏面。若用都收入裏面，裏面卻沒許多節次，安著不得。若要強安排，便須百端撰合，都沒是處。（4，61，1469）

〔12〕橫渠作《正蒙》時，中夜有得，亦須起寫了，方放下得而睡。不然，放不下，無安著處。（7，99，2532）

〔13〕若無主一工夫，則所講底義理無安著處，都不是自家物事；若有主一工夫，則外面許多義理，方始爲我有，卻是自家物事。（7，113，2744）

〔14〕既知得，若不眞實去做，那個道理也只懸空在這裏，無個安泊處；所謂「忠信」，也只是虛底道理而已。（5，69，1721）

從以上所引材料來看，「安」類詞的語義特徵：因其本義在其詞義演變過程中的遺留，「安」類詞有使動作對象「安穩」的意味，但需要特定語境的激活，沒有被激活的語境中的「安」則表示一般的放置義，即「安」的「安穩」意味是其在詞義系統中的區別性特徵。「安」類詞所指稱的事件涉及主體將客體轉移至特定空間，動作的結果是客體在目標空間處於「靜止」狀態。其語義涉及以下 3 個方面：①行爲方式：穩妥地放置。②受事特點：可以是具體的或抽象的。③結果狀態：受事穩定、靜止地處於一定的空間或平面，抽象後則指處於一定的環境或狀態中。

2. 放

2.1 單用時其動作的主體、方式、目標處所都是不固定的、任意的。即其語義具有最大程度的包容性，語義包容性越大，在語言的發展演變過程中就處於優勢地位，最終成爲表達該概念的核心成員。

〔1〕卻如人有一屋錢散放在地上，當下將一條索子都穿貫了。（2，27，683）

〔2〕程子謂：「將這身來放在萬物中一例看，大小大快活！」（3，31，795）

〔3〕某說與他道：「聖人做一部《易》，如何卻將兩箇偏底物事放在爫頭？如何不討箇混淪底放在那裏？」（5，69，1730）

〔4〕他這箇一如碁盤相似，枰布定後，碁子方有放處。（6，86，2215）

〔5〕又非是去外面別擔水來放溝中，是溝中元有此水，只是被物事壅遏了。（6，95，2453）

2.2 場內組合：頓放、放頓、放置。

〔6〕但木之根，浮圖之頂，是有形之極；太極卻不是一物，無方所頓放，是無形之極。（5，75，1931）

〔7〕曰：「忠者，誠實不欺之名。聖人將此放頓在萬物上，故名之曰恕。一猶言忠，貫猶言恕。」（2，27，675）

〔8〕而今且放置閑事，不要閑思量，只專心去玩味義理，便會心精，心精，便會熟。（7，115，2779）

2.3 場外組合

「放」的場外組合有「放 X」和「X 放」兩種形式，在語義上呈現出各自不同的特點。

2.3.1「放 X」中放的語義中有一種「空間流動性放低著」，後面一般是對稱性詞，如「下、低、冷、高、前、開、出」等，這些詞在語言中都有與之相對的詞。

〔9〕曰：「便是項羽也有商量，高祖也知他必不殺，故放得心下。」（6，90，2302）

〔10〕知識貴乎高明，踐履貴乎著實。知既高明，須實做去（5，74，1908）

〔11〕蓋為告子將氣忒放低說了，故說出此話。（4，52，1238）

〔12〕如說斅只得一半，不成那一半掉放冷處，教他自得。（5，79，2038）

〔13〕三德，亦只是就此道理上爲之權衡，或放高，或捺低，是人事
　　　盡了。（5，79，2045）

〔14〕又問：「既得後，須放開。不然，卻只是守。」曰：「如『從心
　　　所欲，不踰矩』，是也。然此理既熟，自是放出，但未能得如此
　　　耳。」（4，52，1240）

　　以上例句的語境賦予「放」一個動態的過程，如「從上到下」的過程，「放
得心下」中的「放」不可以被其他成員替換，就是因爲，在用到「放心」的語
境中，存在一種預設：說話人認爲聽話人有種「心懸」的感覺，即「放」出現
的語境中一定會有一個可以「進行位移的空間」，這也是語義產生於語境而又會
反過來制約、選擇語境的原因所在。

　　2.3.2「X放」，「X＝寫、書、記、挨、移、傾、塞、存、粘、拈、平、展、
鋪攤、掉、埋、塡、散、入、攪」其中X表示放的行爲方式，如此豐富的行爲
方式使「放」成爲「放置」概念場的原型成員。

　　在「V＋放」的框架中，「放」的語義就會傾向於表達「動作過程」結束後
客體所呈現出來的狀態，相當於「到、在」。

〔15〕曰：「他也只是一時間恁地說，被人寫放冊上，便有礙。」（2，
　　　25，624）

〔16〕文定是如此說，道理也是恁地。但聖人只是書放那裏，使後世
　　　因此去考見道理如何便爲是，如何便爲不是。（6，83，2155）

〔17〕多見，只是平日見底事，都且記放這裏。（3，34，898）

〔18〕「倚數」云者，似把幾件物事挨放這裏。（5，77，1966）

〔19〕伊川解「艮其背」一段，若別做一段看，卻好。只是移放易上
　　　說，便難通。（5，73，1854）

〔20〕曰：「人物性本同，只氣稟異。如水無有不清，傾放白碗中是一
　　　般色，及放黑碗中又是一般色，放青碗中又是一般色。」（1，4，
　　　58）

〔21〕今所謂持敬，不是將個「敬」字做個好物事樣塞放懷裏。（1，
　　　12，212）

〔22〕此等處未消理會，且存放那裏。（3，35，946）

〔23〕此二事須是日日粘放心頭，不可有些虧欠處。（3，43，1107）

〔24〕未熟時，頓放這裏又不穩帖，拈放那邊又不是。（7，117，2818）

〔25〕又有無窮意思，又有道理平放在彼意思。（4，63，1536）

〔26〕「必有事焉而勿正心」之時，平舖放著，無少私意，氣象正如此，所謂「魚川泳而鳥雲飛」也，不審是如此否？（4，63，1539）

〔27〕譬如喫飯，寧可逐些喫，令飽爲是乎？寧可鋪攤放門外，報人道我家有許多飯爲是乎？（1，8，139）

〔28〕須是閑言冷語，掉放那裏，說教來不覺。（3，42，1083）

〔29〕禪床前置筆硯，掩一龕燈。人有書翰來者，拆封皮埋放一邊。（8，130，3100）

〔30〕只是將前人腔子，自做言語填放他腔中，便說我這箇可以比並聖人。（8，137，3258）

〔31〕卻如人有一屋錢散放在地上，當下將一條索子都穿貫了。（2，27，683）

〔32〕曰：「春夏陽，秋冬陰。以陽氣散在陽氣之中，如以熱湯入放熱湯裏去，都不覺見。秋冬，則這氣如以熱湯攪放水裏去，便可見。」（4，63，1547）

以上所引材料可知，「放」在與場外成員組合的過程中借與之組合的語素「X」凸顯出其豐富的語義範疇。我們把「放、安、置」三者放在一起考察，可用下圖說明它們各自的語義特徵如下。

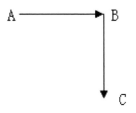

①結合上圖，「放」的語義特徵表現爲 A→B→C，可以看成是「放置」動作的理想認知模型 ICM〔註3〕。其中 A→B 表示動作主體支配動作客體首先從某一空間位移至目標空間，B→C 表示在目標空間一定高度下移至目標平面的

〔註3〕理想化認知模型（ICM）是第二代認知語言學家 Lakoff 在 1982 年和 1987 年基於體驗哲學和原型範疇等理論提出的，含命題結構、意象圖式、隱喻映射和轉喻映射四種原則，以此解釋概念結構、語義範疇和範疇化。

動態過程；「置」的語義特徵表現爲 B→C（從目標空間一定高度下移至目標平面）；「安」的語義特徵表現爲 C，側重於動作完成後的狀態。

②結合前文分析，「安 X」與「X 放、X 置」，具有句法格式的互補性。

3. 實

3.1「實」單用時，語義上具有一定的「處置」傾向，如「一實於法、實之第三、實於石床（區別與『用棺』殮葬）」。

〔1〕直卿云：「若是吳憲待崇安宰，雖當一付之法，還亦有少委曲否？」曰：「如恩舊在部屬，未欲一實於法，亦須令尋醫去可也。」（7，112，2736）

〔2〕及殿試編排卷子奏御，神宗疑非師錫之文。從頭閱之，至中間，見一卷子，曰：「此必陳某之文也。」實之第三。（8，127，3047）

〔3〕齊蕭子良死，不用棺，實於石床之上。（8，138，3284）

3.2 場內組合：無。

3.3 場外組合：無。

4. 置

4.1「置」單用

4.1.1「置」單用時的語境分析。

4.1.1.1「置」＋處所，如：「置……上、置之……上、置於……上、置……於……上；置……中、置在……中、置……於……中；置之……端；置於後、置在……後；置之……外」。

〔1〕在平江時，累年用一扇，用畢置架上。（7，101，2578）

〔2〕作兩小山於門前，烹狗置之山上，祭畢，卻就山邊喫，卻推車從兩山間過，蓋取跋履山川之義。（6，90，2291）

〔3〕刻訖，以字面相合，以鐵束之，置於壙上。（6，89，2286）

〔4〕祖道之祭，是作一堆土，置犬羊於其上，祭畢而以車碾從上過，象行者無險阻之患也，如周禮「犯軷」是也。（6，90，2292）

〔5〕又答人書云：「世間萬事，須臾變滅，皆不足置胸中，惟有窮理修身爲究竟法耳。」（1，8，147）

〔6〕在聖賢，則如置在清水中，其輝光自然發見；在愚不肖者，如置

在濁水中，須是澄去泥沙，則光方可見。（2，17，375）

〔7〕只爲氣昏塞，如置寶珠於濁泥中，不復可見。（2，17，375）

〔8〕故先生編《禮》，欲以《中庸》《大學》《學記》等篇置之卷端爲禮本。（2，19，444）

〔9〕已開《詩》《書》《易》《春秋》，惟二禮未暇及。《詩》《書》《序》各置於後，以還其舊。（6，84，2186）

〔10〕襲錄云：「凡可欲者，皆置在背後之意。」（5，73，1855）

〔11〕曰：「只純用炭末置之槨外，槨內實以和沙石灰。」（6，89，2287）

4.1.1.2「置」與「對象、處所」同現但出現的格式靈活，如：處所＋置……（滿室置尖物事、堂置位牌）；置……（置心平易 ﹝註4﹞）；置……在……中（置心在物中）。

〔11〕因舉遺書捉虎及滿室置尖物事。（7，118，2851～2852）

〔12〕以後架作一長龕堂，以板隔截作四龕堂，堂置位牌，堂外用簾子。（6，90，2304）

〔13〕橫渠云：「置心平易始知詩。」然橫渠解詩多不平易。（6，80，2090）

〔14〕此是置心在物中，究見其理，如格物、致知之義，與「體、用」之「體」不同。（7，98，2518）

4.1.2「置」單用時的語義特徵

綜合以上「置」單用時出現的兩種語境可知，「置」單用時出現的語境多與「對象、處所」同現，這與其本義遺留下來的對受事的「處置」義相呼應，因而「置」單用時具有如下兩種語義特徵：

4.1.2.1 將動作對象置於某種境地，其句法格式爲「置 X 於 Y 地」或「置 XY 處」。

〔15〕下不違欲諫之心，務欲置父母於無過之地。（2，27，705）

〔16〕以齊王，猶反手，不知置周王於何地？（4，51，1231）

〔17〕曰：「老子窺見天下之事，卻討便宜置身於安閑之地，云『清靜自治』，豈不是與朱同？」（4，60，1447）

〔註4〕此處「平易」指一種心態，是具體處所的抽象狀態。

〔18〕如置馬伸於死地，陳東歐陽徹之死，皆二人爲之。（8，131，3139）

〔19〕不息，則未嘗休息，置之無用處。全體似箇桌子四腳，若三腳便是不全。不息，是常用也。或置之僻處，又被別人將去，便是息。（2，28，718～719）

4.1.2.2「置」有「放一邊，不理會，不管它」之義，其典型格式有「姑置之、且置之、不若且置……於……」；或「置……度外、將……置在……、置之、置其……處」。

〔20〕要之，讀尙書，可通則通；不可通，姑置之。（5，78，2022）

〔21〕今人觀書，且看他那分明底；其難曉者，且置之。（5，79，2030）

〔22〕今不若且置小序於後，熟讀正文。（7，117，2813）

〔23〕舞干羽之事，想只是置三苗於度外，而示以閒暇之意。（5，78，2018）

〔24〕將孔子置在一壁，卻將左氏司馬遷駁雜之文鑽研推尊，謂這箇是盛衰之由，這箇是成敗之端。（7，114，2757）

〔25〕此須是當時有此制度，今不能知，又不當杜撰胡說，只得置之。（5，78，2021）

〔26〕置其難處，先理會其易處；易處通，則堅節自迎刃而解矣。（6，87，2252）

4.2 場內組合：「放置」見「放」。

4.3 場外組合：X+置，其中「X」表示「置」的方式，可以是「設、復、豎、橫、倒、刻、棄、粘」等。

〔27〕夫子像設置於椅上，已不是，又復置在臺座上，到春秋釋奠卻乃陳簠簋籩豆於地，是甚義理？（6，90，2293）

〔28〕曰：「中則直上直下，庸是平常不差異。中如一物豎置之，常如一物橫置之。唯中而後常，不中則不能常。」（4，62，1483）

〔29〕曰：「三國當以蜀漢爲正，而溫公乃云，某年某月『諸葛亮入寇』，是冠履倒置，何以示訓？緣此遂欲起意成書。」（7，105，2637）

〔30〕意其爲藏書閣銘也，請先生書之，刻置社倉書樓之上。（7，107，2675）

〔31〕曰：「如致知、格物，便是就事上理會道理。理會上面底，卻棄置事物爲陳跡，便只說箇無形影底道理。」（8，121，2939）

〔32〕藉溪教諸生於功課餘暇，以片紙書古人懿行，或詩文銘贊之有補於人者，粘置壁間；俾往來誦之，咸令精熟。（7，101，2582）

5. 措（厝）

5.1「措」單用時表將某物置於合適的位置，如：「無措手足處、無所措身、將安所措之、安所措足邪、方有措處、無所措」若沒有恰當之所，則有慌亂的可能，「手足無措」，即有此義。

〔1〕又，官科鹽於民，歲歲增添，此外有名目科斂不一，官艱於催科，民苦於重斂，更無措手足處。（7，111，2715）

〔2〕先妣不幸，某憂痛無所措身。（7，114，2764）

〔3〕或問：「如一樣小人，涉歷既多，又未有過失，自家明知其不肖，將安所措之？」（5，72，1817～1818）

〔4〕趙云：「此人得志，吾輩安所措足邪！」（8，131，3144）

〔5〕上面一截便是一箇坯子，有這坯子，學問之功方有措處。（4，64，1588）

〔6〕不切，則磋無所施；不琢，則磨無所措。（2，22，530）

5.2 場內組合：措置。

可用於具體的放置動作，動作的物件爲具體可感的物體：廚子、建築物。

〔1〕某在漳州，豐憲送下狀如雨，初亦爲隨手斷幾件。後覺多了，恐被他壓倒了，於是措置幾隻廚子在廳上，分了頭項。（7，106，2647）

〔2〕如那時措置得好，官街邊都無閑雜賣買，汙穢雜揉。（6，90，2304）

《朱子語類》中多用於抽象物事或事件的放置，即安排，常與「經畫、安排、擘畫」同現。

〔3〕東邊遣使去賑濟，西邊遣使去賑濟，只討得逐州幾箇紫綾冊子來，

　　　　某處已如何措置，某處已如何經畫，元無實惠及民。（7，106，
　　　　2643）

　　〔4〕讀詩之法，只是熟讀涵味，自然和氣從胸中流出，其妙處不可得
　　　　而言。不待安排措置，務自立說，只恁平讀著，意思自足。（6，
　　　　80，2086）

　　〔5〕本軍每年有租米四萬六千石，以三萬九千來上供，所餘者止七千
　　　　石，僅能贍得三月之糧。三月之外，便用別擘畫措置，如斛麵、
　　　　加糧之屬。（7，108，2681）

亦指被流放。

　　〔6〕汪明遠得旨出措置荊襄，奏乞迂路過建康，見張公。（8，131，
　　　　3152）

5.3 場外組合：厝火薪下。

　　〔7〕誼蓋皆與帝背者，帝只是應將去。誼雖說得如「厝火薪下」之
　　　　類，如此之急，帝觀之亦未見如此。（8，135，3227）

句中「厝」爲措的同音通假字，「厝火薪下」指把火放到柴堆下面，比喻潛
伏著很大危險。語本（西漢）賈誼《新書·數寧》：「夫抱火厝之積薪之下，而
寢其上，火未及燃，因謂之安，偷安者也。」

6. 頓

6.1 單用。

6.1.1 可用於具體的放置，如：「零零碎碎（雜物）、五色」等。

　　〔1〕如有屋舍了，零零碎碎方有頓處。（4，60，1446）

　　〔2〕謂如五色，若頓在黑多處，便都黑了。（1，4，65）

6.1.2 意義抽象後表示對非具體物事或事件的安排。

　　〔3〕公意思只是要靜，將心頓於黑卒卒地，說道只於此處做工夫。
　　　　（3，30，772）

　　〔4〕爲今之計，大段著揀汰，但所汰者又未有頓處。（7，109，2705）

6.1.3 「頓」多表示「放置」的動作，而不涉及動作產生的結果是否處於
「安穩」狀態，「頓」後多帶上「得穩、著」等成份補充說明動作的結果狀態。

　　〔5〕古人所以恁地方時，緣是頓得穩。（3，33，831）

〔6〕毅而不弘，如胡氏門人，都恁地撐腸拄肚，少間都沒頓著處。
（3，35，929）

6.2 場內組合：**頓放、放頓，二者均可用於具體、抽象的雙重語境。**

〔7〕若無此氣，則此理如何頓放！（1，4，64）

〔8〕若使將身己頓放在蘇黃間，未必不出其下。（8，130，3116）

〔9〕既探討得是當，又且放頓寬大田地，待觸類自然有會合處。（1，
13，223）

〔10〕曰：「忠者，誠實不欺之名。聖人將此放頓在萬物上，故名之曰
恕。一猶言忠，貫猶言恕。」（2，27，675）

由上可知，「頓」語義上突顯「從上到下位移，並最終接觸目標平面的過
程」，《朱子語類》中有相關的解釋：「頓首，亦是引首少扣地。」（6，87，2232）
據《漢語方言大詞典》：「今江淮官話、西南官話、閩語中都用『頓』表示『放
置、存放』義。江蘇阜寧：那盆湯要頓在高的地方，不要讓小孩扒翻了。廣
西桂林：把掃把頓在門背後。福建廈門：鼎頓佇桌鼎（鍋放在桌子上。）」

6.3 場外組合：**頓柴、頓身、頓身己。**

〔11〕或問灶陘。曰：「想是灶門外平正可頓柴處。」（2，25，622）

〔12〕封建世臣，賢者無頓身處，初間亦未甚。至春秋時，孔子事如
何。（8，134，3209）

〔13〕退之晚來覺沒頓身己處，如招聚許多人博塞為戲，所與交如靈
師惠師之徒，皆飲酒無賴。（8，137，3275）

7. 窠坐

《朱子語類》中「窠坐」僅僅出現此 1 例，表示對人的「安頓」。

〔1〕通判廳財賦極多。某在漳州，凡胥吏輩窠坐，有優輕處，重難
處，盡與他擺換一次，優者移之重處，重者移之優處。（7，106，
2651）

根據以上材料分析，我們得出《朱子語類》放置概念場詞彙系統成員共時
層次語義屬性分析表。

分析成員	單 用	場內組合	場外組合	語義屬性
安	①使「身、手足」之類安穩②語義泛化後指「使 X 放置安穩」③「穩妥、安定」之語義磨損，表一般的「放置」義	安頓：使動作的物件處於合適的位置，詞義抽象化後含有「安排，使各得其所」之義 安置：專有名詞指宋時官吏被貶謫	安著、安泊：趨向於強調動作的結果狀態	語義傾向於受事的結果狀態：穩定地、靜止地處於一定的空間或平面，抽象後則指處於一定的環境或狀態中
放	其動作的主體、方式、目標處所都是不固定的、任意的語義具有最大程度的包容性	頓放、放頓、放置	①放 X，其語義中有一種「空間流動性」，X 是對稱性詞②X 放，其中 X 表示放的行爲方式，「放」的語義傾向於動作結束後客體所呈現出來的狀態，相當於「到、在」	代表了「放置」動作的理想認知模型（ICM）
賓		無	無	語義上具有一定的「處置性」傾向
置	①將動作對象置於某種境地②「放一邊，不管它」之義	放置	X+置，X＝設、復、豎、橫、倒、刻、棄、粘，其中「X」表示「置」的方式	
措（厝）	將某物置於合適的位置	措置：①可用於具體的放置動作②多用於抽象物事或事件的安排；③亦指流放	厝火薪下：「厝」爲措的同音通假字	恰當地放置
頓	表具體的放置，意義抽象後表「安排」義	頓放、放頓：二者均可用於具體、抽象的雙重語境	頓柴、頓身、頓身己	多表從上到下並最終接觸目標平面的動作而不涉及結果
窠坐	動作對象爲人	無	無	對人的安排、安頓

綜上所述，以上七個成員在語義上具有互補性：「置、措、頓、窠坐」傾向於動作；「安」傾向於結果狀態；「放」傾向於完整的動作過程，語義上包括「動作及結果狀態」，以上分析可以圖示如下：

（二）歷時考察

1. 安

本義爲「安居、安寧」。《說文・宀部》：「安，靜也。從女在宀下。」徐鍇《繫傳》：「安，止也。」表狀態。從「安」的字形上看，其字形標記「宀」在語義特點上表現出人的「身有所寄的安全、穩定的感覺」。語義擴展到「身外之物」的處於「穩定」的狀態亦稱之爲「安」，物體的「安」即指「安放；安置」義，該義項從六朝沿用至明清，現代漢語中基本不用「安」表示「放置」義。

〔1〕（晉）干寶《搜神記》卷十二：「秦時，南方有落頭民，其頭能飛……將軍朱桓得一婢，每夜臥後，頭輒飛去……至曉頭還，礙被，不得安，兩三度墮地，噫吒甚愁，體氣甚急，狀若將死。乃去被，頭復起，傅頸。」

〔2〕（明）《警世通言》第十九卷：「那酒保從裏面掇一桶酒出來。隨行自有帶著的酒盞，安在桌上，篩下一盞，先敬衙內。」

2. 放

本義爲「驅逐；流放」。《說文・放部》：「放，逐也。」徐鍇《繫傳》：「古者臣有罪宥之於遠也。」主體的角度就是動作對象被「放逐」了，不在原來的處所，故「放」在一定的句法環境中會啓動本義中「放逐」在空間上的隱性語義特徵，即把特定的物體從一處所搬離，在空間上位移一段距離後放置到目標處所，對物表示使處於一定的位置，對人則有「安放；安置；安排」義，該義項從六朝沿用至今，成爲現代漢語中表示「放置」概念的核心詞。

〔1〕（南朝蕭齊）求那毗地譯《百喻經・蛇頭尾共爭在前喻》：「放尾在前，即墮火坑，燒爛而死。」

〔2〕魏巍《東方》第六部第五章：「由於家庭窮困，父母不得不把我放在孤兒院裏。」

3. 寘

本義即爲「放置；安置」。《說文解字・宀部》：「寘，置也。」該義項從先秦沿用至清。

〔1〕《詩・魏風・伐檀》：「坎坎伐檀兮，寘之河之干兮。」毛傳：「寘，

　　　　　置也。」

　　〔2〕（清）黃宗義《前鄉進士澤望黃君壙誌》：「十六歲補博士弟子員，
　　　　　爲博菴黎公所識拔。又三年丙子，乾所劉公以第一寘之。明年
　　　　　歲試，復第一。」

　　表「放置；安置」的「寘」在發展過程逐漸被「置」代替，宋代已見端倪，
如《朱子語類》中「寘」僅出現 3 例，全部表示「放置；安置」義，而「置」
的用例要多得多。

4. 置

　　本義爲「赦免，釋放」。《說文·網部》：「置，赦也。」後引申有「置放
「義，從先秦沿用至現代漢語中。

　　〔3〕《莊子·逍遙遊》：「覆杯水於坳堂之上，則芥爲之舟，置杯焉則
　　　　　膠。」

　　〔4〕丁西林《一隻馬蜂》：「門之左邊置一衣架，靠窗一小桌，桌上置
　　　　　鮮花。」

　　「置」和「放」相比，前者多用於現代漢語書面語，後者使用範圍包括書
面語和口語，二者的語義在歷時的演變中基本處於平行狀態，詳見下面「放」
與「置」語義發展平行性分析表。

成員 ＼ 時代	放	置
	《說文·攴部》：「放，逐也。」	《說文·网部》：「置，赦也。」
先秦	捨棄；廢置。《書·康誥》：「惟威惟虐，大放王命。」孔傳：「並爲威虐，大放棄王命。」	廢棄；捨棄。《國語·周語中》：「今以小忿棄之，是以小怨置大德也，無乃不可乎！」韋昭注：「置，廢也。」
近古	免去。《全唐詩》卷四二七白居易《杜陵叟》詩：「白麻紙上書德音，京畿盡放今年稅。」	豁免。明李贄《史綱評要·後梁紀·太祖皇帝》：「晉王歸晉陽，休兵行賞，命州縣舉賢才，黜貪殘，置租賦，撫孤窮。」
春秋戰國	放下；擱置。《莊子·知北遊》：「神農隱几擁杖而起，曝然放杖而笑。」	擱置；放下。《韓非子·十過》：「子置勿復言。」
南朝／先秦	安放；安置；安排。《百喻經·蛇頭尾共爭在前喻》：「放尾在前，即墮火坑，燒爛而死。」	安放；安置。《莊子·逍遙遊》：「覆杯水於坳堂之上，則芥爲之舟，置杯焉則膠。」

　　這種語義發展的平行性使得二者在場內成員中處於優先組合地位，複合詞

「放置」在《朱子語類》中出現 2 例，但爲同一句話的重複，爲「擱置」之義，含有「放下，不管」之義。今且放置閑事，不要閑思量。只專心去玩味義理，便會心精；心精，便會熟。（1，10，164）「放置」的「放下，不管」的語義在使用過程中逐漸脫落，元代開始出現「放置」表「放在，放入」的用法。（元）魯明善《農桑衣食撮要・造酥油》：「於木柱或樹傍上下，以繩絟定二小圈或二木板，別作一木鑽，下釘圓板，一半放置桶中，一半套於上下圈內。」

5. 措（厝）

本義爲「安置；安放」。《說文・手部》：「措，置也。」該義項從先秦沿用至現代漢語書面語中。

〔1〕《論語・子路》：「刑罰不中，則民無所措手足。」

〔2〕丁玲《韋護》第二章五：「既至韋護再去徵求她的意見時，她竟無所措手足的呐呐著。」

厝，本義爲磨刀石。《說文・厂部》：「厝，厲石也。从厂聲。《詩》曰：『他山之石，可以爲厝。』」表示「措置；放置」義時爲「措」之假借字，（清）朱駿聲《說文通訓定聲・豫部》：「厝，假借爲措。」該義項從先秦沿用至清。

〔3〕《列子・湯問》：「命夸娥氏二子負二山，一厝塑東，一厝雍南。」《釋文》云：「厝音措。」

〔4〕《花月痕》第四一回：「山厝愚公空立志，海塡少婦總埋冤。」

以上材料說明，「厝」作爲「措」的假借字從先秦至清都處於混用狀態，到現代漢語中才被規範爲「措」。

6. 頓

本義爲「以頭叩地」。《說文・頁部》：「頓，下首也。」《周禮・春官・大祝》：「辨九，一曰稽首；二曰頓首。」賈公彥疏：「二種拜具頭叩至地，但稽首至地多時，頓首至地則舉，故以叩地言之，謂若以首叩物然。」動作主體泛化爲「任意物體」，動作的處所擴大爲「一切地方」，則「頓」的語義發展爲「放置，安放」義，該義項從六朝沿用至現代漢語中。

〔1〕《三國志・魏志・高句麗傳》：「女父母乃聽使就小屋中宿，傍頓錢帛，至生子已長大，乃將婦歸家。」

〔2〕王少堂《武松・鬥殺西門慶》：「陳洪坐下，手下人把酒肴食盒頓

在屋裏，招呼禁班上人來幫著把桌子一順，荣擺好了，杯筷理好了。」

7. 窠坐

安頓。語義上傾向於對人的「安頓、安排」。從文獻用例來看，當爲宋代出現的新詞，使用的時代大約從宋到明，現代漢語中基本消失。

〔1〕《歐陽修集》卷一一七：「本軍不敢接狀，然亦以其人等怨忿，不敢差使功役，只與閑慢處窠坐羈縻。」

〔2〕（明）陸采《明珠記·遇僕》：「千里歸來，無些窠坐。」

結合以上共時材料描寫和歷時考察的情況，我們分別得出《朱子語類》放置概念場詞彙系統成員歷時層次分析圖〔註5〕。

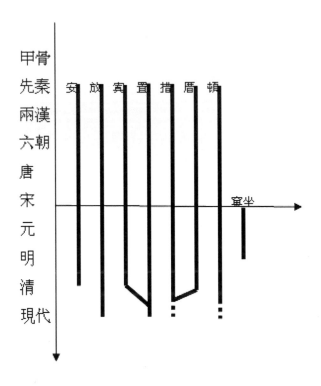

結合上圖，我們可以得出如下結論：

①放置概念場在先秦時期已基本成型，主體成員有「安、放、置（寘）、措（厝）、頓」，其中「安、寘、措（厝）、頓」沿用至清，「措、頓」見於現代漢語則多爲承古用法或方言，「寘、厝」在清以後分別並入了「置、措」。

②放置概念場在宋代出現了邊緣成員「窠坐」，使用時代大約從宋到明，後

〔註5〕圖中的傾斜的實線表示併入，虛線表示僅存在於承古用語或方言中，後同。

世不曾沿用。

　　③放置概念場發展到現代漢語中，主要由成員「放」和「放置」表示。

二、丟棄概念場詞彙系統及其演變研究

　　丟棄，指物體由於失去用處、價值或興趣而被扔掉的行爲。《朱子語類》中共有「颺、拌（抻）、捨、舍、棄、掉、投、拋、撩」爲核心語素的九類詞共同指稱丟棄概念場。

（一）共時材料描寫

1. 颺

1.1「颺」單用時有俗語「颺了甜桃樹，沿山摘醋梨」；其中「颺」與「掉放一壁，不能管得」義同，字亦寫成「漾」。

〔1〕人若能於《大學》《語》《孟》《中庸》四書窮究得通透，則經傳中折莫甚大事，以其理推之，無有不曉者，況此末事！今若此，可謂是「颺了甜桃樹，沿山摘醋梨」也！（7，121，2843）

〔2〕思量一件道理不透，便颺去聲掉放一壁，不能管得，三日五日不知拈起，每日只是悠悠度日，說閒話逐物而已。（8，121，2919）

〔3〕求放心，乃是求這物；克己，則是漾著這一物也。（1，12，203）

〔4〕曰：「至德固是誠，但此章卻漾了誠說。若牽來說，又亂了。蓋它此處且是要說道非德不凝，而下文遂言修德事。」（4，64，1584）

　　第一句是呂友仁錄，朱熹認爲窮究得《大學》《語》《孟》《中庸》四書通透，經傳所載只要以其理推之則無有不曉，指出鄭可學問《左傳》數事就像「颺了甜桃樹，沿山摘醋梨」，以甜桃樹喻四書，醋梨喻《左傳》類書，意謂鄭可學治學是捨本逐末。該句有對應的記錄爲：「或問《左傳》疑義。曰：『公不求之於《六經》《語》《孟》之中，而用功於《左傳》。且《左傳》有甚麼道理？縱有，能幾何？所謂「棄卻甜桃樹，緣山摘醋梨！』（8，121，2938）」第三句中「颺」與「掉放一壁，不能管得」義同。

　　1.2 場內組合：無。

　　1.3 場外組合：颺下。

〔5〕恐只是佔便宜自了之學，出門動步便有礙，做一事不得。今人之
患，在於徒務末而不究其本。然只去理會那本，而不理會那末，
義剛作「颺下了那末」。（7，117，2824）

2. 拌、拚（拚）

2.1 單用。「拌、拚」俗寫作「拚」，《廣韻》：「拌，棄也。俗作拚。」在表示「放棄」的義項上，多表示放棄生命，《朱子語類》中有「拚一死、拌卻一死」之類的說法。

〔1〕粘罕圍太原一年有餘，姚師古輩皆爲其戰退，遂破太原。張孝純守太原一年，多少辛苦。及城破，拚一死不得，遂降，後爲劉豫處官。（8，133，3193）

〔2〕日：「固是事極也不愛一死。但拌〔註6〕卻一死，於自身道理雖僅得之，然恐無益於事，其危亡傾頹自若，奈何！如靖康，李忠潛死於虜手，亦可謂得其死。（8，128，3069）

2.2 場內組合：拚捨。

〔3〕陳文子有馬十乘，亦是大家，他能棄而去之，亦是大段放得下了。亦不可說他是避利害，如此割捨。且當時有萬千拚捨不得不去底，如公之論，都侵過說，太苛刻了。（2，29，733）

2.3 場外組合：拌命。

〔4〕如兩軍廝殺，兩邊擂起鼓了，只得拌命進前，有死無二，方有箇生路，更不容放慢。若纔攻慢，便被他殺了！（7，116，2803）

3. 舍

3.1「舍」單用。

3.1.1 多見於習慣表達，如：「舍心無以見性，舍性無以見心；舍死向前；舍生取義；舍己忘私」。

〔1〕又日：「舍心無以見性，舍性無以見心。」（1，5，96）

〔2〕克己亦別無巧法，譬如孤軍猝遇強敵，只得盡力舍死向前而已，尚何問哉！（3，41，1042）

〔3〕孟子謂「舍生取義」，又云：「志士不忘在溝壑，勇士不忘喪其

〔註6〕上例中「拌」，徽州本和成化本作「拚」。

元。」學者須是於此處見得定，臨利害時，便將自家斬剉了，也須壁立萬仞始得。（4，58，1361）

〔4〕孔子又就顏子所說上說，皆是將己與物對說。子路便是箇舍己忘私底意思。（2，299，755）

3.1.2「舍」經常使用的習慣組合有：「舍……以求……、舍……從……、舍……取……、舍著從……去討、舍……它求；（除此以外無他）舍……之外、別不曾……、舍我其誰。

〔5〕問：「道之不明，蓋是後人舍事跡以求道。」（1，15，288）

〔6〕問：「公山弗擾果能用夫子，夫子果往從之，亦不過勸得他改過自新，舍逆從順而已，亦如何能興得周道？」（4，47，1181）

〔7〕問「舍生取義」。曰：「此不論物之輕重，只論義之所安耳。」（4，59，1404）

〔8〕覺得思處失了，便著去事上看，便舍彼取此。（2，24，583）

〔9〕曰：「似是漏字。漢書說：『幾者，動之微，吉凶之先見者也。』似說得是。幾自是有善有惡。君子見幾，亦是見得，方舍惡從善，不能無惡。」（5，76，1949）

〔10〕「渙其躬，志在外也」，是舍己從人意思。（5，73，1864）

〔11〕如此，天下騷然。他人各有定分土地，便肯舍著從別處去討？（6，90，2300）

〔12〕聖人之書，便是箇引導人底物事。若舍此而它求，則亦別無門路矣。（8，126，3017）

〔13〕曾子是踐履篤實上做到，子貢是博聞強識上做到。夫子舍二人之外，別不曾說，不似今人動便說一貫也。（2，27，679～680）

〔14〕敬之問：「明道：『舍我其誰』，是有所受命之辭。」（3，36，957）

3.1.3「舍」單用時否定式為：捨不得、舍X不得。

〔15〕如是又數日，不得已，隨眾入室。揭簾欲入，又捨不得拜他。（8，132，3184）

〔16〕知道善我所當為，卻又不十分去為善；知道惡不可作，卻又是自家所愛，舍他不得，這便是自欺。（2，16，328）

3.2 場內組合：掉舍。

〔17〕如他幾箇高禪，縱說高殺，也依舊掉舍這箇不下，將去愚人。

（8，126，3036）

3.3 場外組合

3.3.1 與表示「取用」的語素組成：操舍、用舍、用舍行藏。

〔18〕曰：「如肺肝五臟之心，卻是實有一物。若今學者所論操舍存亡之心，則自是神明不測。」（1，5，87）

〔19〕苟操舍存亡之間無所主宰，縱說得，亦何益！（1，12，202）

〔20〕蓋當時魯君用舍之權，皆歸於季氏也。（3，40，1024）

〔21〕問「用舍行藏」章。曰：「聖人於用舍甚輕，沒些子緊要做。用則行，舍則藏，如晴乾則著鞋，雨下則赤腳。」（3，34，874）

3.3.2 與表示「失去」的語素組合：放舍、舍失、舍去。

〔22〕惟曾子更不放舍，若這事看未透，真是捱得到盡處，所以竟得之。（3，39，1018）

〔23〕譬如處一家之事，取善舍惡；又如處一國之事，取得舍失；處天下之事，進賢退不肖。蓄疑而不決者，其終不成。（1，13，227）

〔24〕今人讀書，看未到這裏，心已在後面；纔看到這裏，便欲舍去了。（1，10，166）

3.3.3 表示「依戀」的情態：念念不舍、戀不肯舍、不能相舍。

〔25〕曰：「思量講究，持守踐履，皆是志。念念不舍，即是總說，須是有許多實事。」（3，34，863）

〔26〕人多是被那舊見戀不肯舍。除是大故聰明，見得不是，便翻了。（1，9，155）

〔27〕曰：「也是那時多世臣，君臣之分密，其情自不能相舍，非是皆曉義理。」（8，134，3211）

4. 捨

4.1「捨」單用。

4.1.1 後常帶「命、心、性、身、宅、生」等具有自身領屬性質的賓語。

〔1〕人於此事，從來只是強勉，不能捨命去做，正似今人強勉來學義

理。（1，13，245）

〔2〕曰：「此兩箇說著一箇，則一箇隨到，元不可相離，亦自難與分別。捨心則無以見性，捨性又無以見心，故孟子言心性，每每相隨說。」（1，5，88）

〔3〕不探虎穴，安得虎子！須是捨身入裏面去，如搏寇讎，方得之。（3，32，818）

〔4〕王介甫平生讀許多書，說許多道理，臨了捨宅爲寺，卻請兩箇僧來住持，也是被他笑。（8，126，3036）

〔5〕孟子言捨生而取義，只看義如何，當死便須死。（1，13，248）

4.1.2「捨」在語境中可以和「討、舉、求、受、從」等詞對舉使用，這些詞在語義上都有「主體」的「主觀積極性」在裏面，使「捨」在語義中也被賦予了與之相對的「主觀積極性」，使一種主動的有特定目的的放棄。

〔6〕只溫箇故底，便新意自出。若捨了故底，別要討箇新意，便不得也。（3，41，1060）

〔7〕若自家執政，定不肯捨其賢而舉其不肖，定是舉其賢而捨其不肖。（5，72，1820）

〔8〕某在紹興，有人訴不肯爲保長，少間卻計會情願做保正，某甚嘉之，以爲捨易而就難。（7，111，2718）

〔9〕不期今日學者乃捨近求遠，處下窺高，一向懸空說了，扛得兩腳都不著地！（7，113，2748）

〔10〕讀書亦然，書固在外，讀之而通其義者卻自是裏面事，如何都喚做外面入來得！必欲盡捨詩書而別求道理，異端之說也。（8，121，2941）

〔11〕今日之來，若捨六經之外，求所謂玄妙之說，則無之。（7，114，2756）

〔12〕又如「實際理地不受一塵，萬行叢中不捨一法」等語，這是他後來柴點底又撰出這一話來倚傍吾儒道理，正所謂「遁辭知其所窮」。（8，126，3017）

〔13〕但若要從自家身上做將來，須是捨其所已學，從其所未學。（7，116，2790）

4.1.3 上文已經提到，「捨」表示放棄義時傾向於一種主觀上的爲了特定目的的行爲，並不是心甘情願的放棄，因而存在一種依戀情態，如：戀戀不肯捨、汲汲不捨、相依而不捨、難割捨底、不可相捨處」等相關表達。

〔14〕曰：「他人於微小物事，尚戀戀不肯捨。仲由能如此，其心廣大而不私己矣，非其意在於求仁乎？」（2，29，753）

〔15〕因言及釋氏，而曰：「釋子之心卻有用處。若是好叢林，得一好長老，他直是朝夕汲汲不捨，所以無有不得之理。」（8，121，2919）

〔16〕依，如「依乎中庸」之依，相依而不捨之意。（3，34，866）

〔17〕雖有大底，不見其爲大；難底，不見其爲難；至磽确至勞苦處，不見其爲磽确勞苦；橫逆境界，不見其有憾恨底意；可愛羨難割捨底，不見其有粘滯底意。（7，117，2819）

〔18〕須是決然見得未嘗離，不可相捨處，便自然著做不能已也。（7，120，2906）

4.1.4「捨」與「去、去失」義同。

〔19〕不毅，便倒東墜西，見道理合當如此，又不能行，不能守；見道理不當如此，又不能捨，不能去。（3，25，928）

〔20〕「操則存，舍則亡」，只是人能持此心則心在，若捨之便如去失了。（4，59，1400）

4.2 場內組合：挤捨。見「拌、拚（挤）」。

4.3 場外組合：

4.3.1 與表示「取用」的語素組合：捨得、取捨、用捨、操捨。

〔1〕曰：「只是說中庸之難行也。急些子便是過，慢些子便不及。且如天下國家雖難均，捨得便均得；今按：「捨」字恐誤。爵祿雖難辭，捨得便辭得；蹈白刃亦然。只有中庸卻便如此不得，所以難也。」（4，63，1528）

〔2〕然後說：「君子去仁，惡乎成名！」必先教取捨之際界限分明，然後可做工夫。（1，13，241）

〔3〕學者苟於此一節分別得善惡、取捨、是非分明，則自此以後，凡有忿懥、好樂、親愛、畏敬等類，皆是好事。（1，15，306）

〔4〕這箇若不見教徹底善惡分明，如何取捨。（2，24，574）

〔5〕敬之問：「富貴貧賤，聖人教人，要得分別取捨到箇眞切處，便隨道理做去。」（2，26，649）

〔6〕若宰相不能知人，則用捨之際，不能進賢而退不肖。（2，22，532）

〔7〕「念茲在茲，釋茲在茲」，用捨皆在於此人。（5，78，2008）

〔8〕給事中初置時，蓋欲其在內給事。上差除有不當，用捨有不是，要在裏面整頓了，不欲其宣露於外。（8，128，3071）

〔9〕曰：「操捨固是，亦須先見其本。不然，方操而則存時，已捨而則亡矣。」（7，118，2842）

　　4.3.2 與表示「放、割、去」類的類的語素組合：放捨、割捨（得）、捨去。

〔10〕因言異端之學，曰：「嘗見先生答『死而不亡』，說其間數句：『大率禪學只是於自己精神魂魄上，認取一箇有知覺之物，把持玩弄，至死不肯放捨。』可謂直截分曉。」（7，118，2862）

〔11〕不毅，便傾東倒西，既知此道理當恁地，既不能行，又不能守；知得道理不當恁地，卻又不能割捨。（3，35，928）

〔12〕子路是有些戰國俠士氣象，學者亦須如子路恁地割捨得。（2，29，750）

〔13〕觀他所作離騷數篇，盡是歸依愛慕，不忍捨去懷王之意。（8，137，3259）

　　從以上對「舍」與「捨」的分析來看，二者的用法基本一致。在複合詞中都以「X 舍（捨）」的形式出現，舍（捨）的物件多爲原本屬於自己的東西，這種失去在總體看來具有「一去不復返」的特徵，是一種主動的、有特定目的的放棄，因而語義中常常滲透出一種依戀的情態。

5. 棄

5.1 單用，在具體的語境中與「去」相類，與「取、求」相對。

〔1〕曰：「誰人說無？誠有此理。只是他那工夫大段難做，除非百事棄下，辦得那般工夫，方做得。」（1，4，80）

〔2〕且如今格一物，若自家不誠不敬，誠是不欺不妄；敬是無怠慢放蕩。纔格不到，便棄了，又如何了得！（2，18，403）

〔3〕陳文子有馬十乘，亦是大家，他能棄而去之，亦是大段放得下了。（2，29，733）

〔4〕若人心不許舜棄天下而去，則便是天也。（4，60，1450）

〔5〕釋氏棄了道心，卻取人心之危者而作用之；遺其精者，取其粗者以爲道。如以仁義禮智爲非性，而以眼前作用爲性是也。此只是源頭處錯了。（8，126，3021）

〔6〕「君子所貴乎道者三」，乃是切於身者。若籩豆之事，特有司所職掌耳。今人於制度文爲一一致察，未爲不是；然卻於大體上欠闕，則是棄本而求末也。（3，35，917）

5.2 場內組合：捐棄、放棄、擯棄、屏棄、遺棄。

〔7〕既爲人，亦須著事君親，交朋友，綏妻子，御僮僕。不成捐棄了，閉門靜坐，事物來時也不去應接。（3，45，1161）

〔8〕如鄉黨一篇，可見當時此等禮數皆在。至孟子時，則漸已放棄。（1，15，287）

〔9〕且以當日所用之才觀之，固未能皆賢，然比之今日爲如何？今日之謗議者，皆昔之遭擯棄之人也。（5，72，1818）

〔10〕蜚卿曰：「某欲謀於先生，屏棄科舉，望斷以一言。」（7，118，2837）

〔11〕嘗見《征蒙記》云，兀朮在甚處，淮上二士人說之曰：「今韓世忠渡江，遺棄糧草甚多。若我急往收取，資之以取江南，必可得也。」（8，131，3142）

5.3 場外組合。

5.3.1 與表示厭惡的語素組合：厭棄、蔑棄。

〔12〕問：「君子亦有敖惰於人者乎？」曰：「人自有苟賤可厭棄者。」（2，16，353）

〔13〕如謝氏所引兩句，乃是莊子之說。此與阮籍居喪飲酒食肉，及至慟哭嘔血，意思一般。蔑棄禮法，專事情愛故也。（2，27，705）

5.3.2 與表示廢除的語素組合：廢棄、滅棄、毀棄、棄絕、棄之絕之。

〔14〕「邦有道」，是君子道長之時，南容必不廢棄。（2，27，709）

〔15〕曰：「當時諸公只是借他言語來，蓋覆那滅棄禮法之行爾。據其心下汙濁紛擾如此，如何理會得莊老底意思！」（8，137，3254）

〔16〕人謂其不可行，則曰：「雖不毀棄人倫，亦可以行吾說。」此其所以必窮也。（4，52，1237）

〔17〕遯者，是它已離於道而不通，於君臣父子都已棄絕，見去不得，卻道道之精妙不在乎此，這是「遯辭知其所窮」。（8，126，3027）

〔18〕「以直報怨」則不然，如此人舊與吾有怨，今果賢邪，則引之薦之；果不肖邪，則棄之絕之，是蓋未嘗有怨矣。（3，44，1137）

5.3.3 與表示「割捨」的語素組合：割棄、棄背。

〔19〕從上一念，便一切作空看，惟恐割棄之不猛，屏除之不盡。（2，17，380）

〔20〕入陣，則割棄竹筒，狼籍其豆於下。虜馬饑，聞豆香，低頭食之，又多爲竹筒所滾，腳下不得地，以故士馬俱斃。（8，136，3240）

〔21〕其父身死，其妻輒棄背與人私通，而敗其家業。（7，106，2645）

5.3.4 與表示「怠墮」的語素組合：怠棄、自棄自暴、自暴自棄。

〔22〕則東坡謂「威侮五行，怠棄三正」者，又未必是。（8，134，3218）

〔23〕凡爲血氣所移者，皆是自棄自暴之人耳。（7，104，2623）

〔24〕曰：「事多、質不美者，此言雖若未是太過，然即此可見其無志，甘於自暴自棄，過孰大焉！眞箇做工夫人，便自不說此話。」（7，118，2836）

6. 撩

《朱子語類》中僅出現一例「撩東劄西」，猶言捨此就彼。

〔1〕若撩東劄西，徒然看多，事事不了；日暮途遠，將來荒忙不濟事。（7，104，2612）

7. 拋

7.1 單用無。

7.2 場內組合：無。

7.3 場外組合：拋荒。

遺下產業，好者上戶占去，不好者勒鄰至耕佃。鄰至無力，又逃亡。所有田業或拋荒，或隱沒，都無歸著。（7，111，2715）

8. 掉

8.1 單用時後接賓語，在具體語境中語義與「取、攻」等相對。

〔1〕也不道惻隱便是仁，又不道掉了惻隱，別取一箇物事說仁。譬如草木之萌芽，可以因萌芽知得他下面有根。也不道萌芽便是根，又不道掉了萌芽別取一箇根。（4，53，1288）

〔2〕有馬十乘，也自是個巨室有力量人家，誰肯棄而違之！文子卻脫然掉了去，也自是個好人，更有多少人舍去不得底。（2，29，733）

〔3〕陳文子有馬十乘，亦是大家，他能棄而去之，亦是大段放得下了。亦不可說他是避利害，如此割捨。（2，29，733）

以上 2、3 例是同一內容的不同記錄，對比可知「掉」與「棄」對文同義。

8.2 場內組合：掉舍，見「舍」。

8.3 場外組合：

8.3.1 與表示完結的語素組合：掉卻、掉過。

〔4〕如今宰相思量得一邊，便全然掉卻那一邊。（7，112，2733）

〔5〕要之，其心實無所用，每日閑慢時多。如欲理會道理，理會不得，便掉過三五日、半月日不當事，鑽不透便休了。（7，114，2754）

8.3.1 與表示放棄的語素組合：掉放掉放一壁不管、掉放冷處、掉放那裏、掉放一壁，不能管得、掉脫。

〔6〕曰：「子路許了人，便與人去做這事。不似今人許了人，卻掉放一壁不管。」（3，42，1087）

〔7〕如說斅只得一半，不成那一半掉放冷處，教他自得。（5，79，2038）

〔8〕曰：「譖，是譖人，是不干己底事。才說得驟，便不能入他，須

是閑言冷語，掉放那裏，說教來不覺。」（3，42，1083）

〔9〕思量一件道理不透，便颺去聲。掉放一壁，不能管得，三日五日不知拈起，每日只是悠悠度日，說閑話逐物而已。（8，121，2919）

〔10〕是以事未至則迎之，事已過則將之，全掉脫不下。（5，72，1815）

9. 投

9.1 單用時後面直接帶賓語，如「白豆、黑豆、巫」；亦可帶上介詞後接處所，如「投之死地、投於井」。

〔1〕前輩有欲澄治思慮者，於坐處置兩器，每起一善念，則投白豆一粒於器中；每起一惡念，則投黑豆一粒於器中。（7，113，2746）

〔2〕道夫曰：「如他論西門豹投巫事，以爲他本循良之吏，馬遷列之於滑稽，不當。似此議論，甚合人情。」（8，139，3312）

〔3〕劉錡順昌之捷，亦只是投之死地而後生。（8，132，3166）

〔4〕遂將弓箭刀刃之屬，盡投於井，馬亦解放，但自乘一馬而去。（8，138，3293）

9.2 場內組合：無。

9.3 場外組合：投身、投畀。

〔5〕他則不食肉，不茹葷，以至投身飼虎！此是何理！（8，126，3014）

〔6〕如汀民事定光二佛，其惑亦甚。其佛肉身嘗留公廳，禱祈徼福。果有知道理人爲汀州，合先投畀水火，以祛民惑。（7，106，2646）

根據以上材料分析，我們得出《朱子語類》放置概念場詞彙系統成員共時層次語義屬性分析表。

分析成員	單用	場內組合	場外組合	語義屬性
颺	①有俗語「颺了甜桃樹，沿山摘醋梨」②「颺」與「掉放一壁，不能管得」義同。	無	颺下	不管，不顧
拌	「拌、拚」俗寫作「捹」，在表示「放棄」的義項上，多表示放棄生命	捹捨	拌命	多表示放棄生命

舍	多見於習慣表達：「舍心無以見性，舍性無以見心；舍死向前；舍生取義；舍己忘私」	掉舍	與表示「取用」的語素組成：操舍、用舍、用舍行藏	「舍」與「捨」的用法基本一致，捨棄的對象多爲原本屬於自己的東西，這種失去在總體看來具有「一去不復返」的特徵，是一種主動的、有特定目的的放棄，因而語義中常滲透出一種依戀的情態
	「舍」的習慣組合：「舍……以求……、舍……從……、舍……取……、舍著從……去討、舍……它求；舍……之外、別不曾……、舍我其誰		與表示「失去」的語素組合：放舍、舍失、舍去	
			表示「依戀」的情態：念念不舍、戀不肯舍、不能相舍	
	否定式爲：捨不得、舍 X 不得			
捨	常帶「命、心、性、身、宅、生」等具有領屬性的賓語	拼捨	與表示「取用」的語素組合：捨得、取捨、用捨、操捨	
	和「討、舉、求、受、從」等對舉使用，語義上包含有「主體的主觀積極」，因而「捨」在語義上偏重於一種主動的、有特定目的的放棄		與表示「放、割、去」類的類的語素組合：放捨、割捨、捨去	
	語義上包含依戀情態：戀戀不肯捨、汲汲不捨、相依而不捨、難割捨底、不可相捨處」		與表示「與、放、割、去」類的類的語素組合：與捨、放捨、割捨（得）、捨去	
	與「去、去失」義同			
棄	在具體的語境中與「去」相類，與「取、求」相對	捐棄、放棄、擯棄、屏棄、遺棄	與表示「厭惡」的語素組合：厭棄、蔑棄	語義中蘊含著「厭惡、廢除、割捨、怠墮」等元素
			與表示「廢除」的語素組合：廢棄、滅棄、毀棄、棄絕、棄之絕之	
			與表示「割捨」的語素組合：割棄、棄背	
			與表「怠墮」的語素組合：怠棄、自棄自暴、自暴自棄	
撩	無	無	撩東剒西，猶言捨此就彼	語義特徵不明顯
拋	無	無	拋荒	
掉	單用時後接賓語，在具體語境中語義與「取、攻」等相對	掉舍	與表示「完結」的語素組合：掉卻、掉過	語義中含「完結、放棄」的元素
			與表示「放棄」的語素組合：掉放、掉脫	
投	單用時後面直接帶賓語；亦可帶上介詞後接處所，如「投之死地、投於井」	無	投身：猶捨身 投畀：賜與	語義上傾向於因「給予」而「丟棄」

總的說來，從物理學的角度來看，丟棄動作過程的原型軌跡實際上是一個近乎數學上的拋物線，如下圖所示：

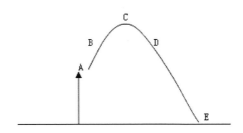

向上的箭頭表示丟棄動作的主體（我們默認為人），人發出丟棄動作使物體從 A 點開始，依次經過 B、C、D 點，最後落到 E 點（地面）。根據常識我們知道，實施丟棄動作的人只能對 A 點具有控制力，而從 B 點開始到 E 點，都是由於慣性的作用產生的狀態，不在動作主體的控制範圍之內，因而在語言表達過程中，丟棄概念場詞彙系統中只會出現表示動作的詞和表示狀態的詞，一般情況下不會出現表達從 A 點到 E 點的表示「動作+狀態」的能呈現整個動作過程的詞。《朱子語類》概念場詞彙系統中，只有「颺」表示的是「B→E（動作過程呈現出的狀態）」「拌（拚）、捨、舍、棄、掉、投、拋、撩」都表示 A（動作本身）。

（二）歷時考察

1. 颺

本義指「（風使物）飛揚；飄揚」。《說文·風部》：「風所飛揚也。」《廣韻》一為與章切，以母陽韻，平聲；一為餘亮切，以母漾韻，去聲。讀平聲有「飛揚；飄揚」義，讀去聲有「丟棄」義。張相《詩詞曲語辭匯釋》卷五：「颺，猶拋；丟也」，又作「漾、洋」等，「拋；丟」為宋代產生的新義，沿用至清。

〔1〕（宋）周邦彥《南柯子》詞：「嬌羞不肯傍人行。颺下扇兒拍手、引流螢。」

〔2〕（明）高明《琵琶記》：「沒來由漾卻苦李，再尋甜桃。」

〔3〕（明）馮夢龍《喻世明言》：「便焦躁發作道：『兀誰在你面前說長道短來？老娘不是善良君子，不裹頭巾的婆婆！洋塊磚兒也要落地，你且說是誰說黃道黑，我要和你會同問得明白。』」

〔4〕（清）蒲松齡《聊齋誌異‧瞳人語》：「婢乃下帘，怒顧生曰：『此芙蓉城七郎子新婦師宁，非同田舍娘子，放教秀才胡覷！』言已，掬轍土颺生。」

2. 拌（拚、拼、判）

「拌」音 Pān，捨棄；不顧惜。《廣雅‧釋詁一》：「拌，棄也。」王念孫疏證：「拌之言播棄也。《吳語》云『播弃黎老』是也。播與拌古聲相近。《士虞禮》：『尸飯播餘於篚。』古文播為半，半即古拌字，謂棄餘飯於篚也。」「拌」表示「捨棄；不顧惜」義在文獻中亦寫成「拚、拼、判」《廣韻‧桓韻》：「拌，棄也。俗作拚。」張相《詩詞曲語辭匯釋》卷五：「判，割捨之辭；亦甘願之辭。自宋以後多用拼字或拚字，而唐人則多用判字……然其本字實本作拌。」此觀點無疑是正確的，從這些詞在文獻中的使用來看，表示「捨棄；不顧惜」的意義上，「播」最早見於先秦典籍中，「拌、判」較早出現在兩漢典籍中，沿用至唐，唐後至清，多用拼字或拚字，發展到現代漢語中「拼」取代了「拌、拚（拼）」，成為表示「捨棄，不顧惜」義的代表性詞語。

〔1〕《書‧多方》：「爾乃屑播天命。」孔傳：「是汝乃盡播棄天命。」

〔2〕（西漢）揚雄《方言》第十：「拌，棄也。楚凡揮棄物謂之拌。」

〔3〕《吳越春秋‧勾踐伐吳外傳》：「一夫判死兮而當百夫。」

〔4〕（五代）牛嶠《菩薩蠻》詞：「須作一生拚，盡君今日歡。」

〔5〕《二十年目睹之怪現狀》第十八回：「你老子是發了財的人，你今天沒有，就拼一個你死我活。」

3. 舍、捨

舍，本義為「客館」。《說文‧亼部》：「市居曰舍。」段玉裁注：「《食部》曰：『館，客舍也。』客舍者何也，謂市居也……此市字非買賣所之，謂賓客所之也。」客館是羈旅之人「休息，止息」的地方。「休息，止息」就意味著至少是暫時「放棄」繼續趕路。「舍」有「放棄；捨棄」義，亦作「捨」，本義為「捨棄；放下」。《說文‧手部》：「捨，釋也。」段玉裁注：「釋者，解也。按經傳多叚舍為之。」從文獻用例來看，表示「放棄；捨棄」義，「舍」最早見於先秦文獻，「捨」最早見於兩漢文獻，沿用至清，現代漢語中的「舍」是「捨」的簡化字。

〔1〕《易・比》:「舍逆取順,失前禽也。」

〔2〕(漢)張衡《東京賦》:「今捨純懿而論爽德,以《春秋》所諱而爲美談。」

〔3〕《儒林外史》第一回:「世人一見功名,便捨著性命去求他。

4. 棄

本義爲「拋棄」。《說文・𠦒部》:「棄,捐也。」該義項從上古沿用至現代漢語書面語中。

〔1〕《書・大誥》:「厥考翼,其肯曰:『予有後,弗棄基。』」孔傳:「其肯言我有後不棄我基業乎?」

〔2〕陳毅《題西山紅葉》詩:「伸手摘紅葉,我取紅透底。淺紅與灰紅,棄之我不取。」

5. 撩

撩,同「摿」,丟;拋。《龍龕手鑒・手部》:「撩,擲也。」該義項從六朝沿用至現代漢語中。

〔1〕(唐)玄應《一切經音義》卷四:「撩擲,謂相撩擲也。」

〔2〕丁玲《自殺日記》一:「她把一件一件的衣服脫下,撩在地上,撩在椅上,撩在床頭。」

以上探討的是《朱子語類》中已經出現的丟棄概念場詞彙系統的成員,該概念場在宋代以後產生了另外兩個新成員「丟、扔」,發展到現代漢語中,二者成爲丟棄概念場詞彙系統的核心成員,此處一併討論之。

6. 拋

「拋」爲「拋棄;拋擲」義時古用「抱(pāo)」表示。《集韻・爻韻》:「拋,棄也。或作抱。」

〔1〕《尉繚子・制談》:「將已鼓而士卒相囂,拗矢、折矛、抱戟,利後發戰,有此數者,內自敗也,世將不能禁。」一本作「拋」。孫詒讓《箚迻・尉繚子》:「案:抱即今之『拋』字。《史記・三代世表》云:『抱之山中。』裴駰《集解》:音『普茅反』。《玉篇・手部》始有『拋』字。云:『擲也。』古止作『抱』字。」

〔2〕《漢書・李廣傳》:「廣陽死,睨其傍有一兒騎善馬,暫騰而上胡

兒馬，因抱兒，鞭馬，南馳數十里。」

〔3〕《敦煌變文集・搜神記》：「天知至孝，於墓所直北起雷之聲，忽有一道風雲而來到嵩邊，抱嵩置墓東八十步。」蔣禮鴻通釋：「抱，就是拋擲。」〔註7〕

〔4〕（清）洪頤煊《讀書叢錄・抱兒》：「抱，即拋字。《李將軍列傳》作『因推墮兒』，即『拋』字義。」

據上文裴駰的說法《玉篇・手部》始有『拋』字，該詞之前用的是「抱」，直到唐代的變文中仍用「抱」，而據筆者檢索辨析，《朱子語類》中的「抱」共 31 例，無一表示「拋棄；拋擲」義，推理可知，上古→南北朝時期，「抱」可以表示「拋棄；拋擲」義；南北朝時期→唐五代，「抱、拋」混用表示「拋棄；拋擲」義；唐五代→現代，「抱」逐漸退出，「抱、拋」表示的「拋棄；拋擲」全部由「拋」承擔。《說文新附・手部》：「拋，棄也。」「拋」的「棄」義從六朝沿用至現代漢語中。

〔5〕（劉宋）范曄《後漢書・安成孝侯賜傳》：「賜與顯子信賣田宅，同拋財產，結客報吏，皆亡命逃伏，遭赦歸。」

〔6〕巴金《春天裏的秋天》二：「她裝出生氣的樣子說，便拋開我，一個人急急向前走了。」

7. 掉

本義爲「擺動；搖動」。《說文・手部》：「掉，搖也。」段玉裁注：「掉者，搖之過也；搖者，掉之不及也，許渾言之。」唐代產生「拋開，丟下」之義，沿用至現代漢語中。

〔1〕唐呂巖《七言》詩：「割斷繁華掉卻榮，便從初得是長生。」

〔2〕柔石《爲奴隸的母親》：「她底心老是掛念著她底舊的家，掉不下她的春寶。」

8. 投

本義爲「擲；扔」。《說文・手部》：「投，擿也。」從動作的結果來看，「投」出去的東西是處於離開動作主體的狀態，從領屬的角度來看，動作主體已經失去了「投」的物件，「投」的語義泛化爲「拋棄；棄置」的義項。《小爾雅・

〔註7〕蔣禮鴻《敦煌變文字義通釋》〔M〕上海：上海古籍出版社，1997：128。

廣言》：「投，棄也。」該義項從先秦沿用至清。

〔1〕《左傳・文公十八年》：「投諸四裔，以禦螭魅。」

〔2〕（清）姚鼐《法源寺》詩：「欲偕投紱志，終日問楞迦。」

9. 丟

《昭通方言疏證》：「丟音如德尤反《新方言》：『《說文》：「投，擿也。」』今為丁侯切，俗書作『丟』云云。按章先生以丟即投之今音。《說文》訓擿，以聲均通，轉言是也。《方言》六云：『丟，一去不返也。』……按《說文・攴部》有敨字訓棄也。引《詩》云：『無我敨兮。』《詩》『遵大路兮』，毛傳作『讟』，云棄也。又以『魗』為之。古知徹澄歸端透定，今從壽之字在尤侯韻，則敨即丟之故言。無我敨兮言勿遺棄我也。……敨又借為討。《說文》引《周書》以為討字。討在透母，與丟同為雙聲矣。昭言或又稍變其音如吊，即掉之借也。」[註8]由上可知，「丟」是「投」的俗字，《朱子語類》中未見「丟」字。（清）翟灝《通俗編》卷一：「捨去曰丟，見李氏《俗呼小錄》。」據筆者文獻檢索可知，「丟」最早見於元代文獻，沿用至今。

〔1〕（元）康進之《李逵負荊》第一折：「把煩惱都也波丟，都丟在腦背後。」

〔2〕巴金《春天裏的秋天》二：「電報紙被她丟在地上。」

10. 扔

《說文・手部》：「扔，因也。」《說文・口部》：「因，就也。」即「相就；趨赴」。即「扔」本義為「相就；趨赴」，而「丟棄」物體的動作產生的結果是動作處置的對象趨向一定的目的地。這一動作過程與「擲；投」類的動作具有相似性。而當動作的主體決定對「擲；投」出去的東西不想再擁有，即相關語義成份脫落，剩下動作本身也就產生了「丟掉；拋棄」義，從文獻用例來看，該義項最早見於清代，沿用到現代漢語中，成為表「丟掉；拋棄」義的一個常用口語詞。

〔1〕（清）富察敦崇《燕京歲時記・荷花燈》：「荷花燈，荷花燈，今日點了明日扔。」

〔註8〕王力《我的治學經驗》載《龍蟲並雕齋瑣語》〔C〕北京：商務印書館，2002：134。

〔2〕魯迅《而已集‧魏晉風度及文章與藥及酒之關係》:「(他)吃飯之後，便要將飯錢算回給姊姊。她不肯要，他就於出門之後，把那些錢扔在街上，算是付過了。」

根據以上材料分析，我們得出《朱子語類》丟棄概念場詞彙系統成員歷時層次分析圖。

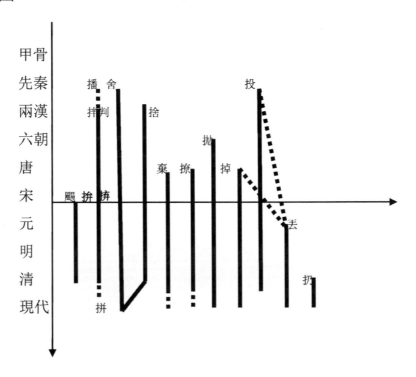

結合上圖，我們可以得出如下結論:

①丟棄概念場在先秦兩漢時期的主要成員爲「播（拌、判）、舍（捨）、投」;六朝至宋新增加了「拋、棄掉、撩、颺」〔註9〕;元代新增的成員「丟」與「投、掉」具有語音上的聯繫。清代新增的成員「扔」和元代的「丟」一起成爲現代漢語中表示丟棄概念的常用詞。

②丟棄概念場中先秦出現的「播」，後世文獻亦用作「拌、判、抌、捭」，從清代開始則逐漸被「拼」代替。「捨」從兩漢開始作爲「舍」的異體字並存至清，至現代漢語中並入「舍」字。

③以上信息說明概念場成員之間的續變涉及到語音和字形的關係。

〔註9〕拼（捭）爲「播（拌、判）」的變體成員，固不計爲新增成員之列。

三、隱藏概念場詞彙系統及其演變研究

隱藏指動作主體本身自動消失在視野中或動作主體使客體對象消失在視野中的動作過程。《朱子語類》中有「隱、潛、匿；藏、亢（伉）」為核心語素的五類詞共同指稱隱藏概念場。

（一）共時材料分析

1. 隱

1.1 單用。

1.1.1 表示具體的「隱藏」義時指不見於視野之內。

〔1〕有一常見不隱者為天之蓋，有一常隱不見者為天之底。（1，2，12）

〔2〕用之問：「戒懼不睹不聞，是起頭處，至『莫見乎隱，莫顯乎微』，又用緊一緊。」（4，62，1500）

〔3〕又問：「『巽稱而隱』，隱亦是入物否？」曰：「隱便是不見處。」（5，76，1955）

〔4〕曰：「就其中其形而上者有非視聽所及，故曰隱。隱，言其體微妙也。」（4，63，1532）

1.1.2 意義「抽象」化之後指「隱藏，不輕易表現或表露出來」。

〔5〕孔子於鄉黨便「恂恂」，朝廷便「便便」，到處皆是人樣，更無精粗本末，何嘗有隱！（6，87，2244）

〔6〕人欲隱於天理之中，其幾甚微，學者所宜體察。（4，53，1282）

〔7〕他分明謂之郡將，若使之練習士卒，修治器甲，築固城壘，以為一方之守，豈不隱然有備而可畏！（7，110，2707）

〔8〕宦者一一聲說，略不敢隱。（7，110，2721）

〔9〕舊說指上九作高尚隱於丘園之賢，而用束帛之禮聘召之。（5，71，1784）

1.1.3 與「隱」相對的詞有「揚、當、行」，相近的詞有「諱」。

〔10〕「隱惡而揚善」，自家這裏善惡便分明。（7，114，2758）

〔11〕故大辟棄於市，宮刑下蠶室，其他底刑，也是就箇隱風處。不然，牽去當風處割了耳鼻，豈不割殺了他！（5，78，2004）

〔12〕若將「見善如不及，見不善如探湯」，與「隱居以求其志，行義以達其道」這幾句意思涵泳，是有多少意思！（3，47，1176）

〔13〕蓋東坡尊方平，而天下後世之人以東坡兄弟之故，遂爲東坡諱而隱其事，併毀其疏以滅蹤。（8，130，3112）

1.2 場內組合：隱藏。

〔14〕如云占得初九是潛龍之體，只是隱藏不可用。（5，67，1652）

1.3 場外組合

1.3.1 與表示「冒犯、違背」的語素組合：有犯無隱、費隱。

〔15〕且如事君，若不見得決定著致其身，則在內親近，必不能推忠竭誠，有犯無隱；在外任使，必不能展布四體，有殞無二。（1，14，276）

〔16〕或問：「《中庸》說道之費隱，如是其大且妙，後面卻只歸在『造端乎夫婦』上，此中庸之道所以異於佛老之謂道也。」（4，63，1540）

上句中「費隱」謂政治主張不同則隱居不仕。語本《禮記·中庸》：「君子之道，費而隱。」鄭玄注：「言可隱之節也。費猶佹也，道不費則仕。」孔穎達疏：「言君子之人，遭值亂世，道德違費，則隱而不仕；若道之不費，則當仕也。」

1.3.2 與表示潛藏的語素組合：幽隱、隱微、隱伏、至隱至密、至隱至微、微辭隱義、探賾索隱、探微索隱、隱憂、隱奧。

〔17〕如「愼獨」之「獨」，亦非特在幽隱人所不見處。」（2，24，567）

〔18〕爲復是下卦是坎，有幽隱之義，因此象而設立廟之義邪？（5，73，1863）

〔19〕某謂呂公方寸隱微，雖未可測，然其補過之功，使天下實被其賜，則有不可得而掩者。（8，129，3087）

〔20〕如介甫心術隱微處，都不曾攻得，卻只是把持。（8，130，3099）

〔21〕看如今未識道理人，說出道理，便恁地包藏隱伏，他元不曾見來。（2，16，329）

〔22〕聖賢之言，分分曉曉，八字打開，無些子回互隱伏說話。（8，124，2980）

〔23〕曰：「表便是外面理會得底，裏便是就自家身上至親至切、至隱至密、貼骨貼肉處。」（2，16，323）

〔24〕裏者，乃是至隱至微，至親至切，切要處。（2，16，325）

〔25〕程子所謂「微辭隱義，時措從宜者爲難知」耳。（6，83，2154）

〔26〕「探賾索隱」，若與人說話時，也須聽他雜亂說將出來底，方可索他那隱底。（5，74，1911）

〔27〕後因見汪玉山駁張綱諡文定奏狀，略云：「一，行狀云：『公講論經旨，尤精於書。著爲論說，探微索隱，無一不與聖人契，世號張氏書解。」（5，78，1987）

〔28〕曰：「蔡京晚歲漸覺事勢狼狽，亦有隱憂。其從子應之自興化來，因訪問近日有甚人才。（7，110，2570）

〔29〕《易》曰：「探賾索隱。」賾處不是奧，是紛亂時；隱是隱奧也，全在探索上。紛亂是他自紛亂，我若有一定之見，安能紛亂得我！（7，128，2848）

1.3.3 與表示「躲避、回避」的語素組合：隱遯、隱僻、隱避、隱避回互、逃隱、隱沒、隱諱。

〔30〕如後世有隱遯長往而不來者，皆是老之流。（2，24，587）

〔31〕今爲主司者，務出隱僻題目，以乘人之所不知，使人弊精神於檢閱，茫然無所向方，是果何法也！（7，109，2694）

〔32〕先生曰：「若人家有隱僻事，便作詩訐其短譏刺，此乃今之輕薄子，好作謔詞嘲鄉里之類，爲一鄉所疾害者。」（6，80，2092）

〔33〕至成公無道失國，若智巧之士，必且去深僻處隱避不肯出來。（2，29，740）

〔34〕若是以常人去比聖賢，則說是與不是不得；若以聖賢比聖賢，則自有是與不是處，須與他分箇優劣。今若隱避回互不說，亦不可。（4，58，1365）

〔35〕問：「遯卦『遯』字，雖是逃隱，大抵亦取遠去之意。」（5，72，1822）

〔36〕所有田業或拋荒，或隱沒，都無歸著。（7，111，2715）

〔37〕太宗奏建成元吉，高祖云：「明當鞫問，汝宜早參。」及次早建
成入朝，兄弟相遇，遂相殺。尉遲敬德著甲持刃見高祖。高祖
在一處泛舟。程可久謂：「既許明早理會，又卻去泛舟，此處有
闕文，或爲隱諱。」（8，136，3245）

1.3.4 與表示「顯現」的語素組合：隱顯，隱微顯明。

〔38〕然仁之在此，卻無隱顯皆貫通，不可專指爲發見。（3，34，864）

〔39〕所謂誠意者，須是隱微顯明，小大表裏，都一致方得。（2，16，
336）

1.3.5 與表示「袒護；包庇」義的語素組合：隱護、隱晦、素隱行怪。

〔40〕忠信實有是事，故實有是言，則謂之忠信。今世間一等人，不
可與露心腹處，只得隱護其語，如此亦爲忠信之權乎？（2，21，
491）

〔41〕董仲舒才不及陸宣公而學問過之。張子房近黃老，而隱晦不露。
（8，137，3264）

〔42〕大率異端皆是遯世高尚底人，素隱行怪之人，其流爲佛老。（2，
29，742）

1.3.6 與表示忍讓的語素組合：隱若、隱忍。

〔43〕如條侯擊吳楚，到洛陽，得劇孟，隱若一敵國，亦不信。他說
道，如何得一箇俠士，便隱若一敵國！（8，134，3216）

〔44〕朱勝非卻也未爲大乖，當時被苗劉做得來可畏了，不柰何，只
得且隱忍去調護他。卻未幾而義兵至，這事便都休了。（8，127，
3052）

2. 潛

2.1 單用時與「見現、昭」相對。

〔1〕又曰：「所謂『大過』，如當潛而不潛，當見而不見，當飛而不飛，
皆是過。」（3，34，886）

〔2〕「潛雖伏矣，亦孔之昭！」詩人言語，只是大綱說。（4，62，
1503）

2.2 場內組合：潛藏。

〔3〕如燈在中間，纔照不及處，便有賊潛藏在彼，不可知。（1，15，302）

2.3 場外組合

2.3 與表示隱晦的語素組合：潛晦、潛伏。

〔4〕如說「潛龍勿用」，是自家未當出作之時，須是韜晦方始無咎。若於此而不能潛晦，必須有咎。（3，34，885）

〔5〕寤則虛靈知覺之體燁然呈露，如一陽復而萬物生意皆可見；寐則虛靈知覺之體隱然潛伏，如純坤月而萬物生性不可窺。（8，140，3340）

3. 匿

3.1 單用時語義上傾向於為躲避危險而隱藏。

〔1〕召穆公始諫厲王不聽，而退居於郊。及厲王出奔，國人欲殺其子，召公匿之。（7，108，2691）

〔2〕自求一好馬，抱兒以逃。追兵踵至，匿於麥中，如此者三四。（8，138，3292）

3.2 場內組合：藏匿。

〔3〕向來某在某處，有訟田者，契數十本，中間一段作偽。自崇寧、政和間，至今不決。將正契及公案藏匿，皆不可考。（2，18，395）

〔4〕方搜捕諸王宗室時，吳革獻議於孫傅，欲藏匿淵聖之子，年十許歲，以續趙祀，而取外人一子狀貌年數相似者，殺之以獻虜，云皇子出閤，為眾人爭奪蹂踐而死。（7，111，2721）

3.3 場外組合

3.3.1 與表示隱藏動作的物件組合：匿怨、匿名。

〔5〕既為呂公而出，豈復更有匿怨之意？況公嘗自謂平生無怨惡於一人，此言尤可驗。（8，129，3087）

〔6〕蓋人家田產只五六年間便自不同，富者貧，貧者富，少間病敗便多，飛產匿名，無所不有。（7，109，2696）

3.3.2 與表示隱藏動作的方式組合：逃匿。

〔7〕仁宗大怒，即令中官捕捉，諸公皆已散走逃匿。（8，129，3089）

4. 藏

4.1 單用。

4.1.1 表示具體「隱藏」義時指使物體處於不易與發現的處所，表抽象義時候指不顯露，使蘊含於特定物體中。

〔1〕曰：「謂如傳得師友些好說話好文字，歸與朋友，亦喚做及人。
如有好說話，得好文字，緊緊藏在籠篋中，如何得及人。」（2，
20，452）

〔2〕仁宗以胡安定阮逸《樂書》，令天下名山藏之，意思甚好。（6，
92，2345）

〔3〕少頃，聞前面有人馬聲，恐是來趕他，乃下馬走入麥中藏。（8，
138，3293）

〔4〕人有所見，不肯盡發出，尚有所藏，便是枉道。（4，53，1299）

〔5〕每箇穀子裏，有一箇生意藏在裏面，種而後生也。（2，20，465）

4.1.2 詞義抽象化後指「不表露出來」，固定的組合有「藏往知來、其智愈大，其藏愈深、知以藏往、舍之則藏、藏巧若拙、藏頭、多藏必厚亡」。

〔6〕心官至靈，藏往知來。（1，5，85）

〔7〕如人肚臟有許多事，如何見得！其智愈大，其藏愈深。（1，6，
106）

〔8〕「神以知來，知以藏往。」一卦之中，凡爻卦所載、聖人所已言
者，皆具已見底道理，便是「藏往」。（5，75，1926）

〔9〕「舍之則藏」，是自家命恁地，不得已，不奈何。（3，34，873）

〔10〕如《與劉原父書》說藏巧若拙處，前面說得儘好，後面卻說怕
人來磨我，且恁地鶻突去，要他不來，便不成說話。（4，62，
1485）

〔11〕祇緣怕人譏笑，遂以此爲戒，便藏頭不說。（8，123，2961）

〔12〕多藏必厚亡，老子也是說得好。（8，125，2998）

4.1.3 與藏「相關」的詞有「收、斂」，相反的詞有「用、出用、行」。

〔13〕收而藏之，生者似息矣，只明年種之，又復有生。（2，20，468）

〔14〕到夏是生氣之長，秋是生氣之斂，冬是生氣之藏。（2，20，467）

〔15〕竊意以爲，天地之理，動而陽，則萬物之發生者皆其仁之顯著；靜而陰，則其用藏而不可見。（5，74，1900）

〔16〕子貢只是如此設問，若曰「此物色是只藏之，惟復將出用之」耳，亦未可議其言之是非也。（3，36，972）

〔17〕聖人之六位，如隱顯、進退、行藏。潛龍時便當隱去，見龍時便是他出來。（5，68，1700）

4.2 場內組合：隱藏、藏掩、掩頭藏倖、藏匿。

〔18〕如云占得初九是潛龍之體，只是隱藏不可用。（5，67，1652）

〔19〕朱梁不久而滅，無人爲他藏掩得，故諸惡一切發見。（8，136，3250）

〔20〕只緣當初立法，不肯公心明白，留得這般掩頭藏倖底路徑，所以使人趨之。（8，128，3073）

〔21〕東坡平時爲文論利害，如主意在那一邊利處，只管說那利。其間有害處，亦都知，只藏匿不肯說，欲其說之必行。（8，130，3113）

4.3 場外組合：

4.3.1 與表示「收斂」的語素組合：秋斂冬藏、藏斂、斂藏、收斂藏縮、收藏、收斂閉藏、秋收冬藏、藏頭沒尾、藏怒宿怨。

〔22〕譬如禾穀一般，到秋斂冬藏，千條萬穟，自各成一箇物事了；及至春，又各自發生出。（6，94，2388）

〔23〕春生時，全見是生；到夏長時，也只是這底；到秋來成遂，也只是這底；到冬天藏斂，也只是這底。（1，6，107）

〔24〕若論仁知之本體，知則淵深不測，眾理於是而斂藏，所謂「誠之復」，則未嘗不靜。（3，32，822）

〔25〕殊不知舒暢發達，便是那剛底意思；收斂藏縮，便是那陰底意思。（1，6，106）

〔26〕曰：「老子只是要收藏，不放散。」（6，87，2259）

〔27〕所以萬物到秋冬時，各自收斂閉藏，忽然一下春來，各自發越

條暢。（6，94，2387）

〔28〕曰：「即春生夏長、秋收冬藏便是聖人之道。不成須要聖人使他發育，方是聖人之道。」（4，64，1584）

〔29〕又曰：「桓公雖譎，卻是直拔行將去，其譎易知。如晉文，都是藏頭沒尾，也是蹺蹊。」（3，44，1127）

〔30〕曰：「自是兩義，如舜封象於有庳，不藏怒宿怨而富貴之，是仁之至；使吏治其國而納其貢稅，是義之盡。」（4，58，1358）

4.3.2 與表示「隱退」的語素連用：退藏、退藏於密、潛藏、伏藏、藏伏。

〔31〕諸葛武侯未遇先主，只得退藏，一向休了，也沒奈何。（1，13，248）

〔32〕「退藏於密」，只是未見於用，所謂「寂然不動」也。（5，75，1925）

〔33〕如燈在中間，纔照不及處，便有賊潛藏在彼，不可知。（1，15，302）

〔34〕又云：「知是伏藏祖錄作『潛伏』。淵深底道理，至發出則有運用。然至於運用各當其理而不可易處，又不專於動。」（3，32，823）

〔35〕問：「『復其見天地之心。』生理初未嘗息，但到坤時藏伏在此，至復乃見其動之端否？」（5，71，1790）

4.3.3 與表示「包含、接受」的語素連用：包藏隱伏、包藏、懷藏、含藏、藏受。

〔36〕看如今未識道理人，說出道理，便恁地包藏隱伏，他元不曾見來。（1，16，329）

〔37〕然聖人胸中雖包藏許多道理，若無人叩擊，則終是無發揮於外。（2，25，613）

〔38〕「嗛」字一從「口」，如胡孫兩「嗛」，皆本虛字，看懷藏何物於內耳。（2，16，330）

〔39〕「或從王事」者，以居下卦之象，不終含藏，故有或時出從王事之象。（5，69，1738）

〔40〕又曰：「陰主藏受，陽主運用。凡能記憶，皆魄之所藏受也，至於運用發出來是魂。（6，87，2259）

4.3.4 與表示隱藏「方式」的語素組合：寶藏、窩藏、歸藏、藏密。

〔41〕看聖人所言，多少寬大氣象！常人褊迫，但聞得些善言，寫得些文字，便自寶藏之，以爲己物，皆他人所不得知者，成甚模樣！（2，20，451）

〔42〕曰：「『克己』者，一似家中捉出箇賊，打殺了便沒事。若有『克伐怨欲』而但禁制之，使不發出來，猶關閉所謂賊者在家中；只是不放出去外頭作過，畢竟窩藏。」（3，44，1118）

〔43〕先生謂：「『誠之通』，是造化流行，未有成立之初，所謂『繼之者善』；『誠之復』，是萬物已得此理，而皆有所歸藏之時，所謂『成之者性』。」（6，94，2392）

〔44〕「謀，時寒若。」謀是藏密，便自有寒結底意思。（5，79，2048）

4.3.5 與表示「聚集、積聚」的語素組合：藏蓄、蘊藏。

〔45〕曰：「驕卻是枝葉發露處，吝卻是根本藏蓄處。」（3，35，938）

〔46〕舜功問：「『徽柔懿恭』，是一字，是二字？」……璘錄云：「柔易於暗弱，徽有發揚之意；恭形於外，懿則有蘊藏之意。」（5，79，2059）

4.3.6 與表示「守護、修習」的語素組合：深藏固守、藏修。

〔47〕若老氏猶骨〔註10〕是有，只是清淨無爲，一向恁地深藏固守，自爲玄妙，教人摸索不得，便是把有無做兩截看了。」（8，126，3012）

〔48〕允升藏修〔註11〕之所正枕江上，南軒題曰「漣溪書室」。（7，120，2915）

5. 冘（伉）

5.1 冘（伉）單用無。

5.2 場內組合：藏頭冘腦、藏頭伉腦。

〔1〕說鄉里諸賢文字，以爲「皆不免有藏頭冘腦底意思。有學者來問，便當直說與之，在我不可不說。若其人半間不界，與其人

〔註10〕「骨」，賀疑作「有」。

〔註11〕藏修，語本《禮記·學記》：「君子之於學也，藏焉，脩焉，息焉，遊焉。」鄭玄注：「藏謂懷抱之；脩，習也。」後以「藏修」指專心學習。

本無求益之意，故意來磨難，則不宜說。」（8，123，2961）

〔2〕不應恁地千般百樣，藏頭亢腦，無形無影，教後人自去多方推測。（4，66，1633）

《朱子語類》中「亢（伉）」表示「遮蔽、隱匿」義的僅上述2例，前一例爲徐寓，浙江溫州永嘉縣人。後一例爲葉賀孫的記錄。葉賀孫乃括蒼人居（浙江溫州）永嘉。「《源委》三35謂其先括蒼人，括蒼乃隋之舊名，即宋之處州麗水縣（離永嘉縣不遠），後居建甯府建陽縣（福建）。故《經義考》二八三9、二八四4、二八五3以爲建陽人。……慶元五年（一一九九）省試落第。復從朱子於考亭（福建建陽縣）。……《學案》六五1全祖望云：『永嘉爲朱子之學者，字葉文修（葉賀孫謚文修）公與潛室（陳埴）始』」。〔註12〕根據以上材料可知，葉賀孫當爲浙江溫州永嘉縣人，後從學朱熹，居福建建陽縣。《朱子語類》中2例「亢（伉）」表示「遮蔽、隱匿」義均爲浙江溫州永嘉縣人的記錄，「亢（伉）」極有可能是浙江溫州永嘉縣方言。據《漢語方言大詞典》，「亢」有「遮蔽；隱藏」義。①吳語（浙江定海）。民國《定海縣志》：「亢，蔽也。按蔽有藏匿義，故藏物曰蔽。」浙江青田[kʻɔ²²]。②湘語。湖南西部[kʻaŋ⁵³]。③閩語（福建福州）。〔註13〕「伉」有「囥；藏」義。①西南官話。雲南昭通。姜亮夫《昭通方言疏證·釋詞》：「肻，《說文》：『肻，覆也。苦紅切。』昭人音如康上聲，使覆蓋之也。《廣韻》有『伉』字，訓藏物曰肻，苦浪切，藏物也，黨即後起字，以肻無人能識，故造爲形聲字也。」②吳語。上海[kʻaŋ³⁴]。毛奇齡《越語肯綮錄》：「伉，藏物也。今俗猶呼藏爲伉，音苦浪切。」浙江金華、蕭山、象山。〔註14〕《漢語方言大詞典》的記錄和《朱子語類》中「亢（伉）」用例記錄者的里籍信息正好是吻合的，由上可知「亢（伉）」表示「遮蔽、隱匿」爲方言用法，主要用於浙江和福建方言。

3.3 場外組合：無。

根據以上材料分析，我們分別得出《朱子語類》隱藏概念場詞彙系統成員共時層次語義屬性分析表和《朱子語類》隱藏概念場詞彙系統成員共時指稱分布圖。

〔註12〕陳榮捷《朱子門人》〔M〕華東師範大學出版社，2007：1，193～194

〔註13〕許寶華、宮田一郎《漢語方言大詞典》〔M〕北京：中華書局1999：905。

〔註14〕許寶華、宮田一郎《漢語方言大詞典》〔M〕北京：中華書局1999：2046。

概念場彙詞彙系統成員共時層次語義屬性分析表。

分析成員	單　　用	場內組合	場　外　組　合	語義屬性
隱	表具體「隱藏」義時指不見於視野	隱藏	①與表示「冒犯、違背」的語素組合：有犯無隱、費隱	（自動）不現於視野之內，不輕易表現或表露出來
	意義「抽象」化後指「隱藏，不輕易表現或表露出來」		②與表示潛藏的語素組合：幽隱、隱微、隱伏、至隱至密、至隱至微、微辭隱義、探賾索隱、探微索隱、隱憂、隱奧	
	與「隱」相對的詞有「揚、當、行」，相近的詞有「諱」		③與表示「躲避、回避」的語素組合：隱遯、隱僻、隱避、逃隱、隱沒、隱諱	
			④與表示「顯現」的語素組合：隱顯	
			⑤與表示「袒護；包庇」義的語素組合：隱護、隱晦、素隱行怪	
			⑥與表示「忍讓」的語素組合：隱若、隱忍	
潛	與「見現、昭」相對	潛藏	與表示「隱晦」的語素組合：潛晦、潛伏	
匿	語義上傾向於為躲避危險而隱藏	藏匿	與表示「隱藏」的對象組合：匿怨、匿名	
			與表示隱藏動作的方式組合：逃匿	
藏	表示具體「隱藏」義時指使物體處於不易與發現的處所	隱藏、藏掩、藏匿	①與表示「收斂」的語素組合：秋斂冬藏、藏斂、斂藏、收斂藏縮、收藏、收斂閉藏、秋收冬藏、藏頭沒尾、藏怒宿怨	（使動）使物體處於不易與發現的處所，使不表現出來
	詞義抽象化後指「不表露」出來：藏往知來、其智愈大，其藏愈深、知以藏往、舍之則藏、藏巧若拙、藏頭、多藏必厚亡		②與表示「隱退」的語素連用：退藏、退藏於密、潛藏、伏藏、藏伏	
	與藏「相關」的詞有「收、斂」，相反的詞有「用、出用、行」		③與表示「包含、接受」義的語素連用：包藏隱伏、包藏、懷藏、含藏、藏受	
			④與表示「方式」的語素組合：寶藏、窩藏、歸藏、藏密	
			⑤與表示「聚集、積聚」的語素組合：藏蓄、蘊藏	
			⑥與表示「守護、修習」的語素組合：深藏固守、藏修	
亢、伉	無	藏頭亢腦、藏頭伉腦	無	

《朱子語類》隱藏概念場詞彙系統成員共時指稱分布圖。

（二）歷時考察

1. 隱

「『隱』是短牆的意思。牆是屋宇外部的遮蔽物，所以不論作爲名詞還是動詞，『隱』都有掩蓋起來讓人看不到或看不清眞相的意思。」〔註15〕《說文・自部》：「隱，蔽也。」徐灝注箋：「隱之本義蓋謂隔自不相見，引申爲凡隱蔽之稱。」《玉篇・阜部》：「隱，不見也，匿也。」《廣韻・隱韻》：「隱，藏也。」該義項從先秦沿用至今。

〔1〕《易・坤》：「天地變化，草木蕃，天地閉，賢人隱。」孔穎達疏：「天地否閉，賢人潛隱。」

〔2〕巴金《家》十：「他看見她們逼近了，便轉身向裏走去，把身子隱在梅樹最多的地方。」

2. 潛

潛，隱藏。《說文・水部》：「潛，一曰藏也。」《廣雅・釋詁四》：「潛，隱也。」該義項從先秦沿用至今。

〔1〕《易・乾》：「初九，潛龍勿用。孔穎達疏：「潛者，隱伏之名。」

〔2〕郭沫若《穆穆篇》：「舊庵乃竹製，革命時所潛。」

3. 匿

隱藏；隱瞞。《爾雅・釋詁下》：「匿，微也。」郝懿行疏：「《左氏・哀十六年》正義引舍人曰：『匿，藏之微也。』」該義項從先秦沿用至今。

〔1〕《書・盤庚上》：「王播告之脩，不匿厥指，王用丕欽。」孫星衍疏：「匿者，《廣雅・釋詁》云：隱也。」

〔2〕魯迅《彷徨・孤獨者》：「漸漸地，小報上有匿名人來攻擊他。」

〔註15〕王鳳陽《古辭辨》〔M〕長春：吉林文史出版社，1993：819。

4. 藏

古字爲「臧」，隱藏。《字彙・臣部》：「臧，匿也。」《說文新附》：「藏，匿也。」徐鉉等注：「《漢書》通用臧字，從艸後人所加。」鈕樹玉《說文新附考》：「漢碑已有藏字，知俗字多起於分隸。」可以認定至遲在漢代「藏」字形已經出現，沿用至今。

〔1〕《史記・魏公子列傳》：「公子聞趙有處士毛公藏於博徒，薛公藏於賣漿家，公子欲見兩人，兩人自匿不肯見公子。」

〔2〕余華《活著》第六章：「家珍招呼著他們坐下，有幾個人不老實，又去揭鍋又掀褥子，好在家珍將剩下的米藏在胸口了，也不怕他們亂翻。」

5. 亢（仾）

遮蔽；庇護。《廣雅・釋詁二》：「亢，遮也。」《字彙・亠部》：「亢，蔽也。」章炳麟《新方言・釋言》：「亢亦有遮使隱匿之義。今淮西、淮南、吳、越皆謂藏物爲亢。」〔註16〕該義項從先秦沿用至清並保留在現代漢語方言中。

〔1〕《左傳・昭西元年》：「吉不能亢身，焉能亢宗？」杜預注：「亢，蔽也。」

〔2〕（清）姚鼐《亡弟君俞權厝銘》：「余不孝不友，不能亢其家。」

現代漢語方言中「亢」可表示「遮蔽；隱藏」義。據《漢語方言大詞典》，吳語（浙江定海），民國《定海縣志》：「亢，蔽也。按蔽有藏匿義，故藏物曰亢。」浙江青田。湘語（湖南西部），閩語（福建福州）都有這種用法。〔註17〕「亢」亦寫成「仾」，《字彙・人部》：「仾，藏物也。」「仾」表示「藏物」義的文獻用例約見於宋代，見共時描寫中的用例。與「亢（仾）」字音字形相關的有「坑」，在方言中也表示「藏」。《海上花列傳》第三二回：「故是送撥耐個表記，拿去坑好來浪！」

6. 躲

宋以後，表示「隱藏」概念的還出現了一個「躲」，《玉篇・身部》：「躲，躲身也。」《改併四聲篇海・身部》引《川篇》：「躲，身躲也。」《字彙・身

〔註16〕（清）章炳麟《新方言》（《章氏叢書》）〔M〕浙江圖書館，1919：146。

〔註17〕許寶華、宮田一郎《漢語方言大詞典》〔M〕北京：中華書局1999：905。

部》:「躲,躲避也。」古籍中多作「躲,」今「躲」字通行。《朱子語類》中僅出現 1 例「躲」,表示「避開」義。「伊川發明道理之後,到得今日,浙中士君子有一般議論,又費力,只是云不要矯激。遂至於凡事回互,揀一般偎風躲箭處立地,卻笑人慷慨奮發,以爲必陷矯激之禍,此風更不可長。」(8,122,2957)上句中「偎風躲箭」是唐宋時習俗語。據《漢語大字典》,「偎」有「隱;不明晰」義。「偎風躲箭」中「偎」、「躲」義近,「偎風」即「避風」、「背著風」、「躲著風」。「躲」,《說文》未收。《字彙》:「躲,避也。」「躲」是宋代出現的表示「避」義的白話口語詞,「躲避」動作的目的是使動作主體不出現在具有危險性的對象面前,在語義上和隱藏的目的具有很大的相似性,大約在宋代以後「躲」產生「隱藏;藏」義,沿用至今。

〔1〕《京本通俗小說·馮玉梅團圓》:「兵火之際,東逃西躲,不知拆散了幾多骨肉!」

〔2〕魯迅《集外集·自嘲》:「躲進小樓成一統,管他冬夏與春秋。」

根據以上材料分析,我們可以得出《朱子語類》隱藏概念場詞彙系統成員歷時層次分析圖。

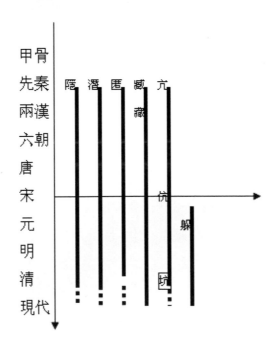

結合上圖,我們可以得出如下結論:

①隱藏概念場在先秦時期已基本成型,主體成員有「隱、潛、匿、臧、亢」,沿用至清,其中「隱、潛、匿」見於現代漢語多爲書面語,「亢」則多

見於方言。

②宋元時期新增了新成員「躲」，該成員沿用至現代漢語，並與「藏」一起成爲現代漢語中表達隱藏概念的常用詞，其中「藏」多用於書面語，「躲」多用於口語。

③先秦時期的「臧」，兩漢時期開始用「藏」；先秦時期的「冗」，在宋元寫成「伉」，在清代亦寫成「坑」，以上信息說明研究概念場內成員的發展續變應涉及字形的考察。

四、遮蓋概念場詞彙系統及其演變研究

遮蓋，指從上面或外面遮住，使物體不暴露於視野中的動作。《朱子語類》中有「遮、蔽；掩、揜、蓋；覆」爲核心語素的六類詞指稱遮蓋概念場。

（一）共時材料描寫

1. 遮

1.1 單用。

1.1.1 動作涉及的雙方爲具體事物表「遮，擋住」義，多表示擋住動作主體的感官或視線，動作產生的結果是動作物件不再被感官感受到，如看不見。

〔1〕如日月本自光明，雖被雲遮，光明依舊在裏。（7，101，2584）

〔2〕如裝鬼戲、放煙火相似，且遮人眼。（8，137，3276）

〔3〕如鏡子中被一物遮住其光，故不甚見也。（1，2，21）

1.1.2 當動作涉及的雙方爲抽象事物，如「仁、義、德」等，「遮」的語義就抽象爲「掩蓋、掩飾」義。

〔4〕緣本來箇仁義禮智，人人同有，只被氣稟物欲遮了。（2，18，412）

〔5〕一於禮之謂仁。只是仁在內，爲人欲所蔽，如一重膜遮了。（3，41，1043）

〔6〕然而其德本是至明物事，終是遮不得，必有時發見（1，14，264）

1.2 場內組合：**遮掩、遮蓋、遮蔽、遮覆。**

〔16〕蓋前段是好名之人大處打得過，小處漏綻也；動於萬鍾者，是小處遮掩得過，大處發露也。（4，61，1458）

〔17〕謂如人爲善，他心下也自知有箇不滿處，他卻不說是他有不滿
　　　處，卻遮蓋了，硬說我做得是，這便是自欺。卻將那虛假之善，
　　　來蓋覆這眞實之惡。（2，16，339）

〔18〕趙忠簡張魏公當國，魏公欲戰，忠簡欲不戰。忠簡以爲劉豫杌
　　　上肉耳。然豫挾虜人以爲重，今且得豫遮蔽虜人，我之被禍猶
　　　小；若取劉豫，則我獨當虜人，難矣。（8，131，3142）

〔19〕曰：「三子皆意思大同小異：求賜則微見其意，子路則全體發在
　　　外，閔子則又全不外見，然此意思亦自在。三子者，皆有疑必
　　　問，有懷必吐，無有遮覆含糊之意。」（17，1014）

1.3 場外組合

1.3.1 與表示「遮擋、阻礙」的語素組合：遮障、遮礙、遮閉、遮隔、遮
攔，組合方式爲「遮X」，其中X在語義上都有「阻隔」義，可知「遮」的動
作性很強，語義中蘊含著「阻隔」的元素。

〔20〕曰：「此只是說要得道理在面前，不被物事遮障了。」（7，117，
　　　2742）

〔21〕如水本東流，失其道而西流；從西邊遮障得，歸來東邊便了。
　　　（4，63，1541）

〔22〕這箇道理，吾身也在裏面，萬物亦在裏面，天地亦在裏面。通
　　　同只是一箇物事，無障蔽，無遮礙。（3，36，977）

〔23〕譬如重陰之時，忽略開霽，有些小光明，又被重陰遮閉了。（4，
　　　47，1184）

〔24〕曰：「蔽，是遮隔之意。氣自流通不息，一爲私意所遮隔，則便
　　　去不得。」（4，52，1264）

〔25〕如天地之化都沒箇遮攔，聖人便將天地之道一如用範來範成箇
　　　物，包裹了。（5，74，1894）

1.3.2 與表示「掩飾、維護」的語素組合成複合詞：「遮瞞、遮護」。此類詞
表示的動作關聯的物件是抽象的事物時，語義也同時凸顯爲抽象的內涵，猶「掩
飾」。

〔26〕常官吏檢點省倉，則掛省倉某號牌子；檢點常平倉，則掛常平
　　　倉牌子。只是一箇倉，互相遮瞞！（7，106，2642）

〔27〕或問：「文帝欲短喪。或者要爲文帝遮護，謂非文帝短喪，乃景帝之過。」（8，135，3224）

1.3.3 與表示「周密；謹嚴」的語素組合：周遮，語義上凸顯遮掩的程度很嚴密。

〔28〕鄉原是箇無骨肋底人，東倒西擂，東邊去取奉人，西邊去周全人，看人眉頭眼尾，周遮掩蔽，惟恐傷觸了人。（4，61，1477）

〔29〕五峰辨《疑孟》之說，周遮全不分曉。若是恁地分疏《孟子》，剗地沈淪，不能得出世。（7，101，2594）

綜上所述，「遮」的動作性很強，在複合詞中出現的格式均爲「遮 X」式，表示的動作涉及的對象可以是具體或抽象的，語義蘊含中有「阻礙、維護、周密」等元素。

2. 蔽

2.1 單用。

2.1.1 在一定的語境中凸顯出主體視域被「遮擋」的語義傾向，賓語爲生物體時則有「遮護」義。

〔1〕譬如日月之光，雲霧蔽之，固是不見。（1，6，117）

〔2〕鏡本來明，被塵垢一蔽，遂不明。（3，31，781）

〔3〕韍，蔽膝也，以韋爲之。（3，35，947）

〔4〕「明衣」即是箇布衫。「長一身有半」，欲蔽足爾。（3，38，1003）

2.1.2 視線被「遮擋」，主體會感覺昏昧，暗而不明，易被「蒙蔽；壅蔽」。

〔5〕呂曰：「蔽有淺深，故爲昏明；蔽有開塞，故爲人物。」（7，98，2515）

〔6〕故學者只要去其物欲之蔽，此心便明。（2，20，477）

〔7〕橫渠言，凡物莫不有是性，由通蔽開塞，所以有人物之別。（1，4，57）

2.2 場內組合：蓋蔽、蔽蓋、掩蔽、遮蔽、蔽翳。

〔8〕人心本明，只被物事在上蓋蔽了，不曾得露頭面，故燭理難。（1，12，205）

〔9〕「密雲不雨，尙往也」，蓋止是下氣上升，所以未能雨。必是上氣蔽蓋無發洩處，方能有雨。（1，2，23）

〔10〕某與林黃中爭辨一事，至今亦只是說，不以爲悔。「夫道若大路然」，何掩蔽之有？（8，123，2961）

〔11〕看文字，須是退步看，方可見得。若一向近前迫看，反爲所遮蔽，轉不見矣。（1，11，185）

〔12〕又曰：「聖人之心，如青天白日，更無些子蔽翳。」（8，130，3117）

「遮蔽」見上文「遮」。除了「蓋蔽、蔽蓋」爲一對異序詞外，「蔽」在場內的組合方式均以「蔽 X」的形式出現，其動作性不強，語義傾向上多表現爲動作產生的結果爲不被發現的狀態。

2.3 場外組合

2.3.1 與表示「阻塞；阻隔」義的語素組合：障蔽、蔽障、隔蔽。

〔13〕須看見定是著如此，不可不如此，自家何故卻不如此？意思如何便是天理？意思如何便是私慾？天理發見處，是如何卻被私慾障蔽了？（4，58，1358）

〔14〕聖人便是一片赤骨立底天理，光明照耀，更無蔽障；顏子則是有一重皮了。（7，119，2869）

〔15〕稟得氣清者，性便在清氣之中，這清氣不隔蔽那善；稟得氣濁者，性在濁氣之中，爲濁氣所蔽。（6，94，2381）

障，阻塞；阻隔。《說文・𨸏部》：「隔也。」玄應《一切經音義》卷六引《通俗文》：「障，蕃隔曰障也。」《呂氏春秋・貴直》：「人主之患，欲聞枉而惡直言，是障其源而欲其水也，水奚自至？」高誘注：「障，塞也。」動作上的「阻塞；阻隔」，在視覺上則體現爲「遮擋；遮蔽」。慧琳《一切經音義》卷十引《考聲》：「障，蔽也。」《孫子・行軍》：「衆草多障者，疑也。」賈林注：「結草多爲障蔽者，欲使我疑之。」《朱子語類》中亦有用例：譬之此燭籠，添得一條骨子，則障了一路明。若能盡去其障，使之體統光明，豈不更好！（5，67，1655）

2.3.2 與表示「隱秘」的語素組合：密蔽。

〔16〕或問：「良何以訓『易直』？」曰：「良，如今人言無嶢崎爲良善，無險阻密蔽。」（2，22，508）

〔17〕李問：「良如何訓『易直』？」曰：「良善之人，自然易直而無

險詐，猶俗言白直也。」（2，22，508）

〔18〕問「良，易直」之義。曰：「平易坦直，無許多艱深纖巧也。」
　　　（2，22，509）

前一句為甘節的記錄，後兩句分別為吳雉、董銖的記錄，比較以上三人記錄可知，「密蔽」與「詐」、「纖巧」相似，與「白直」義相對，語義綜合提取可知句中「密蔽」有「掩飾，隱藏，城府深」之義。

2.3.3 與表示「片面」義的語素組合：偏蔽、拘蔽，與之組合的語素「偏、拘」均是片面的表現，片面就無法顧全大局，因而會有「被遮蔽」之處。

〔19〕問：「久侍師席，今將告違。氣質偏蔽，不能自知，尚望賜以一
　　　言，使終身知所佩服。」（7，114，2764）

〔20〕問：「禮義本諸人心，惟中人以下為氣稟物欲所拘蔽，所以反著
　　　求禮義自治。若成湯，尚何須『以義制事，以禮制心』？」（5，
　　　79，2029）

2.3.4 與表示「迷惑、蒙騙」義的語素組合：蔽惑、蒙蔽、欺蔽、昏蔽，該類詞語義上均表示抽象義。

〔21〕況耳目之聰明得之於天，本來自合如此，只為私欲蔽惑而失其
　　　理。（3，46，1174）

〔22〕淵聖即位三四日後，昏霧四塞，豈耿南仲邪說有以蒙蔽之乎？
　　　（8，127，3050）

〔23〕故了翁摭摘其失，以為京但行得王安石之政，而欺蔽不道，實
　　　不曾紹復元豐之政也。（8，127，3046）

〔24〕下達者只因這分毫有差，便一日昏蔽似一日。（3，44，1132）

2.3.5 與表示「擁塞」的語素組合：壅蔽、蔽窒、蔽塞、蔽錮、蔽固。

〔25〕若是明君，自無壅蔽之患，有言亦見聽。（4，58，1373）

〔26〕這便見得他孟子胸中無一毫私意蔽窒得也，故其知識包宇宙，
　　　大無不該，細無不燭！（1，15，290）

〔27〕某今惟要諸公看得道理分明透徹，無些小蔽塞。（8，121，2924）

〔28〕上五陰下一陽，是當沉迷蔽錮之時，忽然一夕省覺，便是陽動
　　　處。（5，71，1792）

〔29〕人之心量本自大，緣私故小。蔽固之極，則可以喪邦矣。（3，43，1099）

2.3.6 與表示「捍衛；護衛」的語素組合：扞蔽。

扞，捍衛；護衛。後作「捍」。《廣韻·翰韻》：「扞，以手扞，又衛也。」扞蔽，《漢語大詞典》釋義爲「猶屛藩」，《朱子語類》中用作動詞。

〔30〕饒錄云：「張魏公欲討劉豫，趙丞相云：『留他在上，可以扞蔽北虜。若除了，便與北虜爲鄰，恐難抵當。』此是甚說話！豈有不能討叛臣而可以服夷狄乎？」（8，131，3143）

3. 掩

3.1 單用。

3.1.1 遮住對象爲「光線、物體」等具體物事。

〔1〕日食是爲月所掩，月食是與日爭敵。（1，2，21）

〔2〕禪床前置筆硯，掩一龕燈。（8，130，3100）

〔3〕正如人販私鹽，擔私貨，恐人捉他，須用求得官員一兩封書，並掩頭行引，方敢過場、務，偷免稅錢。（8，137，3258）

3.1.2 隱藏對象爲「善、義、言、行、過、姦謀」等抽象物事。

〔4〕閒居爲不善，見君子則掩其不善而著其善，是果有此乎？（2，16，335）

〔5〕問：「『古人門內之治恩掩義，門外之治義斷恩』。寓恐閨門中主恩，怕亦有避嫌處？」（2，29，709）

〔6〕點則行不掩，開見此箇大意了，又卻要補塡滿足，於「未能信」一句上見之。（3，40，1035）

〔7〕然使點遂行其志，則恐未能掩其言，故以爲狂者也。（3，40，1036）

〔8〕後既策名委質，只得死也，不可以後功掩前過。（3，44，1129）

〔9〕權之姦謀，蓋不可掩。平時所與先主交通，姑爲自全計爾。（8，136，3237）

3.2 場內組合：藏掩、掩頭藏倖、掩覆。

〔10〕朱梁不久而滅，無人爲他藏掩得，故諸惡一切發見。（8，136，3250）

〔11〕只緣當初立法，不肯公心明白，留得這般掩頭藏倖底路徑，所以
　　　使人趨之。（8，128，3073）

〔12〕今來許多說話，自是後來三晉既得政，撰造掩覆，反有不可得
　　　而掩者矣。（8，136，3268）

3.3 場外組合

3.3.1　與表示主體器官的語素組合：「掩身、合眼掩耳、掩目捕雀、掩人不
備」，語義上傾向於指遮住動作主體的感覺器官使之不能接觸動作對象。

〔13〕掩身事齋戒，及此防未然。（5，71，1797）

〔14〕曰：「所不聞，所不見，不是合眼掩耳，只是喜怒哀樂未發時。」
　　　（4，62，1499）

〔15〕諺所謂「掩目捕雀」，我卻不見雀，不知雀卻看見我。（5，72，
　　　1819）

〔16〕曰：「所謂『義襲而取之』者，襲，如用兵之襲，有襲奪之意，
　　　如掩人不備而攻襲之。」（4，52，1263）

3.3.2 與表示「襲擊、抓捕」的語素組合：掩襲、掩殺、掩捕、掩撲、掩取。
其中「掩」引申有「趁其不備，出其不意、突然襲擊」之義，源自「遮住客體，
使動作主體現在正在或將來無法感知對象的存在」的遮蓋語義內涵。

〔17〕不是只行一兩事合義，便謂可以掩襲於外而得之也。（4，52，
　　　1243）

〔18〕張齊賢以為不可，如此則被夏人掩殺，須是與之戰，勝則得之，
　　　不勝則漸漸引去。（8，133，3188）

〔19〕若遽然進兵掩捕，則事勢須激，城中之人不可保，而州郡必且
　　　殘破。（8，133，3188）

〔20〕須是積習持養，則氣自然生，非謂一事合宜，便可掩取其氣以
　　　歸於己也。（4，52，1263）

3.3.2 與表示消失的語素組合：掩沒。

〔21〕日月薄蝕，只是二者交會處，二者緊合，所以其光掩沒，在朔
　　　則為日食，在望則為月蝕，所謂「紓前縮後，近一遠三」。（1，
　　　2，18）

4. 揜

4.1 單用。

4.1.1 與「著、見（現）」相對。

〔1〕曰：「『小人閒居為不善，無所不至。見君子而後厭然，揜其不善，而著其善。』只為是知不至耳。」（2，16，327）

〔2〕問：「舊看『莫見乎隱，莫顯乎微』兩句，只謂人有所愧歉於中，則必見於顏色之間，而不可揜。」（4，62，1501）

4.1.2 對象可以是「功、過、名」等。

〔3〕問：「呂氏謂人之不伐，能不自言而已。孟之反不伐，則以言以事自揜其功，加於人一等矣。」（3，32，809）

〔4〕堯卿問：「管仲功可揜過否？」（3，44，1129）

〔5〕此二說要合為一，又不欲揜先輩之名，故姑載尹氏之本文。（4，49，1205）

4.2 場內組合：揜蓋。

〔6〕欲討匈奴，便把呂后嫚書做題目，要來揜蓋其失。（8，135，3226）

4.3 場外組合：揜著、揜采。

〔7〕如有得九分義理，雜了一分私意，九分好善、惡惡，一分不好、不惡，便是自欺。到得厭然揜著之時，又其甚者。（2，16，334）

〔8〕曰：「他是說春秋成後致麟〔註18〕，先儒固亦有此說。然亦安知是作起獲麟，與文成致麟？但某意恐不恁地，這似乎不祥。若是一箇麟出後，被人打殺了，也揜采。」（6，90，2297）

其中「揜采」指隱匿光彩，後有成語「韜光斂彩」，指收斂光采，比喻隱匿才華，無聲無息。《漢語大詞典》未收。其他文獻用例如：《頖宮禮樂疏》卷九：「所謂大賓，則年高德邵之處士，平日韜光掩采如祥麟瑞鳳，欲望見而不可得。」《喻林》卷十九：「榮珪掩采，靈劍摧鋒；宋郊淪鼎，洛水沈鐘。」

5. 蓋

《朱子語類》中「蓋」共出現 2238 次，其中作句首語氣詞 2078 例，表示人名「蓋卿」104 例，表示「蓋子」或「掩蓋」意義的僅 46 例。

〔註18〕他是說春秋成後致麟「致」，朝鮮本作「獲」。下同。

5.1 單用。

5.1.1 指「封住」或「遮住」具體的物事。

〔1〕且如飯甌，蓋得密了，氣鬱不通，四畔方有溫汗。（5，70，1755）

〔2〕又論說道理，恰似閩中販私鹽底，下面是私鹽，上面以鯗魚蓋之，使人不覺。（8，124，2978）

5.1.2 意義抽象後表「遮蓋、壓抑」義。

〔3〕學者大要立志。所謂志者，不道將這些意氣去蓋他人，只是直截要學堯舜。（1，8，133）

〔4〕子張便常要將大話蓋將去，子夏便規規謹守。（3，39，1015）

〔5〕如子張自說：「我之大賢歟，於人何所不容？我之不賢歟，人將拒我，如之何其拒人也！」此說話固是好，只是他地位未說得這般話。這是大賢以上，聖人之事，他便把來蓋人，其疏曠多如此。（3，39，1015）

〔6〕退之《與大顛書》，歐公云，實退之語。東坡卻罵以為退之家奴隸亦不肯如此說！但是陋儒為之，復假託歐公語以自蓋。（8，137，3274）

5.2 場內組合：揜蓋、蓋庇、遮蓋、蓋覆、覆蓋。

〔7〕欲討匈奴，便把呂后嫚書做題目，要來揜蓋其失。3226

〔8〕謂如人有一石米，卻只有九斗，欠了一斗，此欠者便是自欺之根，自家卻自蓋庇了，嚇人說是一石，此便是自欺。（2，16，338）

〔9〕謂如人為善，他心下也自知有箇不滿處，他卻不說是他有不滿處，卻遮蓋了，硬說我做得是，這便是自欺。卻將那虛假之善，來蓋覆這真實之惡。（2，16，339）

〔10〕蓋唯君子乃能覆蓋小人，小人必賴君子以保其身。（4，66，1632）

5.3 場外組合：無。

6. 覆

6.1 單用。《朱子語類》中共出現 170 次，多表示「反復」義，表「覆蓋」義的用法僅 13 例，語義上含有大範圍蓋住之義，動作主體多為「天」之類的廣闊之物。

〔1〕天所覆內，皆天之氣。（5，67，1665）

〔2〕如說「仁者其言也訒」，某當時爲之語云，「聖人如天覆萬物」云云。（7，103，2603）

〔3〕人是天地中最靈之物，天能覆而不能載，地能載而不能覆，恁地大事，聖人猶能裁成輔相之，況於其他。（7，110，2709）

6.2 場內組合：遮庇、芘覆、遮覆，其中「遮覆」見「遮」。

〔4〕如吳元忠李伯紀向來亦是蔡京引用，免不得略遮庇，只管喫人議論。（7，101，2573）

〔5〕「小人剝廬」，是說陰到這裏時，把他這些陽都剝了。此是自剝其廬舍，無安身己處。眾小人託這一君子爲芘覆，若更剝了，是自剝其廬舍，便不成剝了。（5，71，1785）

6.2 場外組合：占覆、覆射、覆幬。

〔6〕若曰渠能知未來事，則與世間占覆之術何異？（7，100，2546）

〔7〕且如《鍾離意傳》所載修孔子廟事，說夫子若會覆射者然，甚怪！（8，135，3230）

〔8〕「譬如天地之無不持載，無不覆幬，譬如四時之錯行，如日月之代明」，是言聖人之德如天地。（4，64，1594）

7. 翳

7.1 單用。

〔1〕只是晴明時節，青天白日，便無些子雲翳，這是甚麼氣象！（3，30，771）

7.2 場內組合：無。

7.3 場外組合：昏翳、壓翳、障翳。

〔2〕因鄭仲履之問而言曰：「致知乃本心之知。如一面鏡子，本全體通明，只被昏翳了，而今逐旋磨去，使四邊皆照見，其明無所不到。」（1，15，283）

〔3〕月之望，正是日在地中，月在天中，所以日光到月，四伴更無虧欠；唯中心有少壓翳處，是地有影蔽者爾。（1，2，18）

〔4〕孟子說「益烈山澤而焚之」，是使之除去障翳，驅逐禽獸耳，未必使之爲虞官也。（5，78，2005）

根據以上材料分析，我們得出《朱子語類》遮蓋概念場詞彙系統成員共時層次語義屬性分析表。

分析成員	單　用	場內組合	場　外　組　合	語義屬性
遮	動作涉及的雙方為具體事物表「遮，擋住」義，動作產生的結果是動作物件不再被感官感受到	遮掩、遮蓋、遮蔽、遮覆	與表示「遮擋、阻礙」的語素組合：遮障、遮礙、遮閉、遮隔、遮攔，組合方式為「遮X」，其中X在語義上都有「阻隔」義，可知「遮」的動作性很強，語義中蘊含著「阻隔」的元素。	動作性很強，組合格式均為「遮X」式，動作涉及的對象可以是具體或抽象的，語義蘊含中有「阻礙、維護、周密」等元素
	當動作涉及的雙方為抽象事物，如「仁、義、德」等，「遮」的語義就抽象為「掩蓋、掩飾」義。		與表示「掩飾、維護」的語素組合成複合詞：「遮瞞、遮護」。此類詞表示的動作關聯的物件是抽象的事物時，語義也同時凸顯為抽象的內涵，猶「掩飾」。」	
			與表示「周密；謹嚴」的語素組合：周遮，語義上凸顯遮掩的程度很嚴密。	
			與表示「周密；謹嚴」的語素組合：周遮	
蔽	「蔽」在一定的語境中凸顯出主體視域被「遮擋」的語義傾向，賓語為生物體時有「遮護」義	蓋蔽、蔽蓋、掩蔽、遮蔽、蔽翳	與表示「阻塞；阻隔」義的語素組合：障蔽、蔽障、隔蔽	語義上傾向於「阻、塞」
			與表示「隱秘」義的語素組合：密蔽	
			與表示「片面」義的語素組合：偏蔽、拘蔽	
	視線被「遮擋」，主體會感覺昏昧，暗而不明，易被「蒙蔽；壅蔽」		與表示「迷惑、蒙騙」的語素組合：蔽惑、蒙蔽、欺蔽、昏蔽	
			與表示「擁塞」的語素組合：壅蔽、蔽窒、蔽塞、蔽錮、蔽固	
			與表示「捍衛；護衛」的語素組合：扞蔽	
掩	遮住對象為「光線、物体」等具体物事	藏掩、掩頭藏俸、掩覆	與主體器官類語素組合：掩身、合眼掩耳、掩目捕雀、掩人不備	語義上傾向於「遮擋」
	隱藏對象為「善、義、言、行、過、姦謀」等抽象物事		與表示「襲、捕」的語素組合：掩襲、掩殺、掩捕、掩撲、掩取	
揜	與「著、見（現）」相對	揜蓋	揜著、揜采	語義上傾向於「不顯現」
	對象可以是「功、過、名」等			

蓋	指「封住」或「遮住」具體的物事 意義抽象後表「遮蓋、壓抑」義	揜蓋、蓋庇、蓋覆、覆蓋	無	語義上有虛化傾向
覆	語義上含有大範圍蓋住之義，動作主體多爲「天」之類的廣闊之物	遮庇、遮覆、芘覆	占覆、覆射、覆幬	傾向於「倒易其上下」
翳	語義不明顯	無	昏翳、壓翳、障翳	傾向於「遮」

（二）歷時考察

1. 遮

本義爲「遏止；阻攔」。《說文・辵部》：「遏也。」《篇海類編・人事類・辵部》：「遮，攔也，遏也。」「遮」語義上強調動作，語義轉移爲動作結果表一物體處在另一物體的某一方位，使後者不顯露。唐代開始出現較明確的「掩蓋，掩蔽」義，沿用至現代漢語書面語中。

〔1〕（唐）杜甫《季秋蘇五弟纓江樓夜宴》詩之三：「明月生長好，浮雲薄漸遮。」

〔2〕陳毅《贛南遊擊詞》：「野營已自無帳篷，大叔遮身待天明。」

2. 蔽

本義爲「小草貌」。《說文・艸部》：「蔽蔽，小艸也。」段玉裁注：「也當作兒。《召南》『蔽芾甘棠』，毛云：『蔽芾，小兒。』此小艸兒之引申也。」始生之小物，極易受到傷害，需要採取措施加以保護，「蔽」的「遮蓋，遮護」義從先秦沿用至清。

〔1〕《禮記・內則》：「女子出門，必擁蔽其面。」

〔2〕（清）《歧路燈》第六十一回：「那些松柏樹兒，森綠蔽天。」

3. 掩

本義爲「隱蔽；遮蔽」。《說文・手部》：「掩，斂也。」徐灝注箋：「《文選・懷舊賦》注引《埤蒼》曰：『掩，覆也。』《淮南・天文訓》注：『掩，蔽也。』此掩斂之本義也。」該義項從先秦沿用至清。

〔1〕《書・盤庚上》：「世選爾勞，予不掩爾善。」

〔2〕《紅樓夢》第六五回：「身上穿著大紅小襖，半掩半開的。」

4. 揜

本義爲「遮蔽，掩藏」。《說文‧手部》：「揜，覆也。」。《廣雅‧釋詁四》：「揜，藏也。」該義項從先秦沿用至清。

〔1〕《禮記‧聘義》：「瑕不揜瑜，瑜部揜瑕。」

〔2〕（清）顧炎武《日知錄‧日食》：「日食，月揜日也；月食，地揜月也。」

5. 蓋

本義爲「蓋屋的茅苫」。《說文‧艸部》：「蓋，苫也。」邵瑛群經正字：「今經典多作蓋。」《爾雅‧釋器》：「白蓋謂之苫。」郭璞注：「白茅苫也，今江東呼爲蓋。」材料指稱動作表示「遮蔽；掩蓋」義，《玉篇‧皿部》：「蓋，掩也，覆也。」該義項從先秦沿用至現代漢語。

〔1〕《書‧蔡仲之命》：「爾尚蓋前人之愆。」

〔2〕魯迅《朝花夕拾‧從百草園到三味書屋》：「薄薄的雪，是不行的；總須積雪蓋了地面一兩天，鳥雀們久已無處覓食的時候才好。」

6. 覆

《說文‧襾部》：「覆，蓋也。」該義項從先秦沿用至清。

〔1〕《詩‧大雅‧生民》：「誕寘之寒冰，鳥覆翼之。」朱熹集傳：「覆，蓋。」

〔2〕《聊齋誌異‧陽武侯》：「見舍上鴉雀群集，競以翼覆漏處。」

7. 翳

本義指用羽毛做的華蓋。《說文‧羽部》：「翳，華蓋也。」華蓋有遮蓋的功能，因而「翳」引申出「遮蔽，掩蓋」之義。《方言》卷十三：「翳，掩也。」郭璞注：「謂掩覆也。」該義項從先秦沿用至現代漢語書面語。

〔1〕《楚辭‧離騷》：「百神翳其備降兮，九疑繽其並迎。」王逸注：「翳，蔽也。」

〔2〕曹禺《北京人》第二幕：「屋內紗燈罩裏的電燈，暗暗地投下一個不大的光圈，四壁的字畫古玩，都隱隱地隨著翳入黑暗裏。」

根據以上材料分析，我們得出《朱子語類》遮蓋概念場詞彙系統成員歷時層次分析圖。

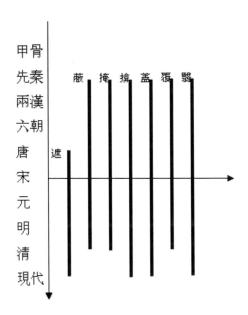

結合上圖，我們可以得出如下結論：

①遮蓋概念場在先秦時期已基本定型，主體成員有「蔽、掩、揜、蓋、覆、翳」，其中「蔽、掩、覆」沿用至清，「揜、蓋、翳」沿用至現代漢語書面語中。

②唐代新增成員「遮」沿用至現代漢語，和「蓋」一起成爲現代漢語中表達遮蓋概念的常用詞。

五、砍殺概念場詞彙系統及其演變研究

砍殺指用用刀、斧類器械或藥物等危及或使生命體失去生命的行爲，《朱子語類》中有「砍、斫、殺、誅、弑、戮、屠、斬、戕、絞」爲核心語素的十類詞指稱砍殺概念場。

（一）共時材料描寫

1. 斫、砍

1.1 單用，側重於動作，而不涉及結果。

〔1〕當時紂既投火了，武王又卻親自去斫他頭來梟起。（3，34，908）

〔2〕正如關羽擒顏良，只知有此人，更不知有別人，直取其頭而歸。
　　　若使既要砍此人，又要砍那人，非惟力不給，而其所得者不可
　　　得矣。（2，59，1262）〔註19〕

1.2 場內組合：無。

1.3 場外組合：無。

2. 殺

2.1 單用。

2.1.1《朱子語類》中，「殺」是砍殺概念場中使用頻率最高的成員，動作
「殺」的對象具有普遍性，可以是人、獸等，語義上可以是「上殺下」或「下
殺上」等。

〔1〕如漳州一件公事：婦殺夫，密埋之。後為崇，事才發覺，當時便
　　　不為崇。（1，3，44）

〔2〕如明皇友愛諸弟，長枕大被，終身不變，然而為君則殺其臣，為
　　　父則殺其子，為夫則殺其妻，便是有所通，有所蔽。（1，4，76）

〔3〕《淮南子》有一段說，武王問太公曰：「寡人伐紂，天下謂臣殺
　　　主，下伐上。吾恐用兵不休，爭鬥不已，為之奈何？「（3，35，
　　　937）

〔4〕今逐年人戶賽祭，殺數萬來頭羊，廟前積骨如山，州府亦得此一
　　　項稅錢。（1，3，54）

〔5〕且如鳥獸之情，莫不好生而惡殺，自家知得是恁地，便須「見
　　　其生不忍見其死，聞其聲不忍食其肉」方是。（1，15，295）

2.1.2「殺」行為評價為貶義，如：「好生而惡殺」，「殺」語義上傾向於動作
目的是使動作對象「死」。

〔6〕如言喫酒解醉，喫飯解飽，毒藥解殺人。（2，18，391）

〔7〕多有是非命死者，或溺死，或殺死，或暴病卒死，是他氣未盡，
　　　故憑依如此。（4，63，1552）

〔註19〕此 2 例「砍」，靜嘉堂本、成化本、徽州本皆作「斫」。而中華本所據底本為清光
　　　緒庚辰賀瑞麟校刻本，檢全書「斫」有 21 例，「砍」僅此句中 2 例，似為賀瑞麟
　　　所改，王星賢點校中華本失校。

〔8〕蓋龜山當此時雖負重名，亦無殺活手段。（5，101，2573）

〔9〕古人做事，苟利國家，雖殺身爲之而不辭。（6，81，2114）

〔10〕蓋露與霜之氣不同：露能滋物，霜能殺物也。又雪霜亦有異：霜則殺物，雪不能殺物也。（7，100，2549）

2.2 場內組合：殺戮、刺殺。

〔11〕然商之遺民及與紂同事之臣，一旦見故主遭人殺戮，宗社爲墟，寧不動心！（5，79，2053）

〔12〕五代時某人忌日受弔，某人弔之，遂於坐間刺殺之。（6，89，2258）

2.3 場外組合：殺罰、刑殺、藥殺、廝殺、殺伐、生殺、射殺、毒殺、戒殺、殺身、見殺、專殺、爛殺、鴆殺、渴殺、坑殺、謀殺。

〔13〕又曰：「如秦以水德，以爲水者刻深，遂專尚殺罰，此卻大害事！」（6，87，2240）

〔14〕尋常人施恩惠底心，便發得易，當刑殺時，此心便疑。（1，6，121）

〔15〕如藥殺許後事，光後來知，卻含糊過。（3，35，923）

〔16〕如廝殺相似，只是殺一陣便了。（6，80，2088）

〔17〕狄青殺伐，敗之而已。（3，43，1109）

〔18〕公事未判，生殺輕重皆未定；及已判了，更不可易。（5，78，1989）

〔19〕民大喜，遂射殺賊首。（7，101，2570）

〔20〕當時公子牙無罪，又用藥毒殺了。（6，83，2163）

〔21〕趙子直戒殺子文，末爲因報之說云：「汝今殺他，他再出世必殺汝。」（8，126，3035）

〔22〕沙隨卻云，劉蕡以布衣應直言極諫科，合如此說，縱殺身猶可以得名。（8，130，3122）

〔23〕蔡京不見殺淵聖，以嘗保佑東宮之故。（8，130，3127）

〔24〕是時恰限撞著汪黃用事，二人事事無能，卻會專殺。（8，130，3139）

〔25〕古之戰也，兩軍相對，甚有禮。有饋惠焉，有飲酌焉，不似後

世便只是爛殺將去。（8，131，3167）

〔26〕武后乃是武功臣之女，合下便有無君之心。自爲昭儀，便鴆殺其子，以傾王后。（8，132，3179）

〔27〕每兵行，則用水以自隨，渴殺了多少。（8，132，3189）

〔28〕長平坑殺四十萬人，史遷言不足信。（，8，130，3124）

〔29〕王猛事符堅，煞有事節。符堅之兄，乃其謀殺之。（8，136，3244）

3. 誅

3.1 單用。「誅」是作為有「罪」的一種懲罰，「誅」的對象均為動作主體認定的「亂臣賊子」。

〔1〕有功決定著賞，有罪決定著誅。（1，15，282）

〔2〕春秋大旨，其可見者：誅亂臣，討賊子，內中國，外夷狄，貴王賤伯而已。（6，83，2144）

〔3〕此是聖人據魯史以書其事，使人自觀之以爲鑒戒爾。其事則齊威晉文有足稱，其義則誅亂臣賊子。（6，83，2145）

〔4〕宋齊愈言之。其時正誅叛人，遂以宋嘗令立張邦昌，戮之。（8，128，3139）

3.2 場內組合：無。

3.3 場外組合：誅貶、誅賞、誅絕、誅討、征誅、誅殛竄戮、誅取、誅逐、誅竄、誅死。

〔5〕程子所謂「《春秋》大義數十，炳如日星」者，如「成宋亂」，「宋災故」之類，乃是聖人直著誅貶，自是分明。（6，83，2154）

〔6〕問：「胡文定據孟子『《春秋》天子之事』，一句作骨。如此，則是聖人有意誅賞。」（6，83，2155）

〔7〕此最是《春秋》誅絕底事，人卻都做好說！（6，84，2175）

〔8〕他若是到歸來，也須問我屋裏人，如何同去弒君？也須誅討斯得。（6，83，2156）

〔9〕如堯舜揖遜，湯武征誅，此是權也，豈可常行乎！（3，34，990）

〔10〕未說公卿大臣，且如當時郡守懲治宦官之親黨，雖前者既爲所治，而來者復蹈其跡，誅殛竄戮，項背相望，略無所創。（3，35，923）

〔11〕曰：「今之州郡，盡是於正法之外，非泛誅取。且如州郡倍契一項錢，此是何名色！然而州縣無這箇，便做不行。（3，42，1085）

〔12〕其久則根勢深固，反視節度有客主之勢。至有誅逐其上，而更代爲之。（7，109，2707）

〔13〕如僭竊及嘗受僞命之臣，方行誅竄；死節之臣，方行旌卹。然李公亦以此去位矣。（8，130，3139）

〔14〕賊敗，歐陽穎士吳琮先誅死，陸謝施逵以檻車送行在。（8，132，3186）

4. 弒

4.1 單用。「弒」多用於「臣弒君，子弒父」之類的大逆不道的行爲。

〔1〕解者以爲桓公弒君之賊，滕不合朝之，故貶稱子。（4，65，1614）

〔2〕孟子說：「臣弒其君者有之，子弒其父者有之。孔子懼，作《春秋》。」（5，83，2145）

4.2 場內組合：無。

4.2 場外組合：篡弒、弒逆。

〔3〕篡弒之賊，你若不從他，他便殺了你；你從他，便不死。（3，40，1024）

〔4〕曰：「彼謂『非惠帝子』者，乃漢之大臣不欲當弒逆之名耳。既云『後宮美人子』，則是明其非正嫡元子耳。」（7，105，2637）

5. 戮

5.1 單用時「戮」在原初語義上傾向於一種「侮辱性」的殺害。

〔1〕至中途，逵謂二人曰：「吾輩至，必死。與其戮於市朝，且極痛楚，曷若早自裁？」（8，132，3186）

〔2〕至於戮及元老。賊害忠良，攘人之功以爲己有，又不與也。若海。（8，130，3158）

〔3〕緣是滅了許多國，如孟子說「驅飛廉於海隅而戮之，滅國者五十」，便是得許多空地來封許多功臣同姓之屬。（6，90，2300）

5.2 場內組合：屠戮。

〔4〕兼虜之創業之主已死，他那邊兄弟自相屠戮，這邊兵勢亦稍稍強，所以他亦欲和。（8，134，3201）

5.3 場外組合：刑戮、就戮、殘戮、殄戮。

〔5〕以德報怨，寬身之仁也；以怨報怨，刑戮之民也。（3，44，1136）

〔6〕曰：「如此，則父子俱就戮爾，亦救太公不得。若『分羹』之語，自是高祖說得不是。」（8，135，3220）

〔7〕孟子說「盡信書不如無書」者，只緣當時恁地戰鬥殘戮，恐當時人以此為口實，故說此。（4，61，1457）

〔8〕《書》曰「亦敢殄戮用乂民」，「殄殲乃讎」，皆傷殘之義。（5，78，2006）

6. 屠

6.1 單用時語義上具有譴責傾向。

〔1〕如仁宗朝京西群盜橫行，破州屠縣，無如之何。（7，108，2681）

〔2〕如劉琨恃才傲物，驕恣奢侈，卒至父母妻子皆為人所屠。（8，135，3230）

6.2 場內組合：「屠戮」見「戮」。

6.3 場外組合：屠兒。

〔3〕答者云：「吳人沒水自云工，屠兒割肉與稱同，伎兒擲繩在虛空。」（2，19，449）

7. 斬

7.1 單用時「斬」是古代刑罰之一，因而表示「殺死」義的「斬」多表示對有罪者的刑罰，詞義泛化後，可通指「砍殺」（末例）。

〔1〕「象以典刑」，此一句乃五句之綱領，諸刑之總括，猶今之刑皆結於笞、杖、徒、流、絞、斬也。（5，78，2000）

〔2〕用兵時，用犯軍法當死底人斬於路，卻兵過其中。（6，90，2292）

〔3〕朝廷議失律兵將，中軍統制官王從道朝服而斬於馬行市。（8，130，3133）

〔4〕如今說古人兵法戰陣，坐作進退，斬射擊刺，鼓行金止，如何曉得他底？（86，92，2346）

7.2 場內組合：無。

7.3 場外組合：腰斬、要斬、斬首、斬首穴胸。

〔5〕謂之不怨不可，但也無謗朝政之辭，卻便謂之「腹誹」而腰斬！（5，79，2062）

〔6〕楊惲坐上書怨謗，要斬。此法古無之，亦是後人增添。（8，135，3229）

〔7〕到得戰國，斬首動是數萬，無復先王之意矣！（8，134，3210）

〔8〕論來若說爭，只爭箇是非。若是，雖斬首穴胸，亦有所不顧；若不是，雖日食萬錢，日遷九官，亦只是不是。（8，130，3111）

8. 戕

8.1 單用時有「殘害」之義，與「虐」相類。

〔1〕如「稽田垣墉」之喻，卻與「無相戕，無胥虐」之類不相似。（5，79，2055）

〔2〕至如晉文城濮之戰，依舊委曲還他許多禮數，亦如威公之意。然此處亦足以見先王不忍戕民之意未泯也。（8，134，3210）

8.2 場內組合：無。

8.3 場外組合：相戕相黨。

〔3〕今觀所謂「劉氏冠」「非劉氏不王」，往往皆此一私意。使天下後世有親疏之間，而相戕相黨，皆由此起。（8，135，3221）

9. 絞

「絞」表「殺死」義主要用於法律術語的專有名詞，指舊時死刑的一種：縊死；勒死。該義項在《朱子語類》中僅出現 2 例。

〔1〕後婦人斬，與婦人通者絞。（1，3，44）

〔2〕「象以典刑」，此一句乃五句之綱領，諸刑之總括，猶今之刑皆結於笞、杖、徒、流、絞、斬也。（5，78，2000）

9.1 場內組合：無。

9.2 場外組合：無。

根據以上材料分析，我們可以得出《朱子語類》誅殺概念場詞彙系統成員共時層次語義屬性分析表。

分析 成員	單 用	場內組合	場外組合	語義屬性
斫、砍	側重於動作，而不涉及結果	無	無	「斫、砍」均側重於動作，而不涉及結果
殺	動作對象具有普遍性，可以是人、獸等，語義上可以是「上殺下」或「下殺上」等 行為評價為貶義，如：「好生而惡殺」，「殺」語義上傾向於動作目的是使動作對象「死」	殺戮、刺殺	殺罰、刑殺、藥殺、篡弒、勳殺、廝殺、殺伐、生殺、戒殺	語義傾向於動作目的是使動作對象死
誅	是作為有「罪」的一種懲罰，「誅」的對象均為動作主體認定的「亂臣賊子」	無	誅貶、誅賞、誅絕、誅討、征誅、誅殛、誅取、誅逐、誅竄	作為有「罪」的一種懲罰
弒	「弒」多用於「臣弒君，子弒父」之類的大逆不道的行為	無	篡弒、弒逆	多用於「臣弒君，子弒父」類的大逆不道的行為
戮	「戮」在原初語義上傾向於一種「侮辱性」的殺害	屠戮	刑戮、就戮、殘戮、殄戮	傾向於一種「侮辱性」的殺害
屠	語義上具有譴責傾向	屠戮	屠兒	是一種把人當做「牲畜」的宰殺的行為
斬	「斬」是古代刑罰之一，多表示對有罪者的刑罰，詞義泛化後，可通指「砍殺」	無	腰斬、要斬、斬首、斬首穴胸	多表示對有罪者實施砍頭或砍腰部的死刑
戕	有「殘害」之義，與「虐」相類	無	相戕相黨	他國之臣來殺本國君王
絞	表「殺死」義主要用於法律術語的專有名詞，指舊時死刑的一種：縊死；勒死	無	無	專有名詞，法律術語：縊死；勒死

（二）歷時考察

1. 斫、砍

斫，本義指「用刀斧等砍削」。《說文·斤部》：「斫，擊也。」段玉裁注：「擊者，攴也。凡斫木、斫地、斫人，皆曰斫矣。」從《說文》的釋義來看，該義項從先秦沿用至現代漢語。

〔1〕《韓非子·奸劫弒臣》：「賈舉射公，中其股，公墜，崔子之徒以戈斫公而死之。」

〔2〕魯迅《集外集拾遺·懷舊》：「牽出太平橋上，一一以刀斫其頸。」

砍，出現的時代相對較晚，歷代辭書中最早收錄「砍」字的是舊題（明）宋濂撰、屠隆訂正的《篇海類編》，其《地理類·石部》說：「砍，苦感切。音坎。砍斫也。」〔註20〕據文獻檢索，「砍」字最早出現在六朝文獻中〔註21〕，沿用至現代漢語。

〔3〕（六朝）《宋書·列傳第二》：「大明四年，坐刀砍妻，奪爵土，以弟彪紹封。」

〔4〕夏明翰《就義》：「砍頭不要緊，只要主義眞。」

關於「砍」的音義來源，我們認爲「砍、斫」本爲一字，本作「斫」，但傳抄過程中，「斤」字漸漸地誤寫成了「欠」字，於是出現了一個新的字形「砍」，早期就是「斫」字的俗寫字。據錢大昕：「『斫』，之若切，今世人俗讀如『坎』……東北人謂『斫伐』爲『坎』」〔註22〕，又《說文·斤部》：「斫，擊也。」段玉裁注：「擊者，攴也。凡斫木、斫地、斫人，皆曰斫矣。」其中「斫地」曰「斫」，正與「東北人謂斫伐爲坎」具有詞義上的對應性，而「斫」的俗字「砍音斫」與「坎」在字形上有相似性，綜上，我們認爲「砍」字出現的過程可以描述爲：坎音+斫義→砍，即俗字「砍」逐漸擺脫對「斫」的依附後，與方言中表「斫伐」的「坎」字融和，在發展過程中整合了「坎」音「斫」義，六朝開始獨立，和「斫」并用，在發展過程中逐漸取代「斫」成爲表「斫伐」義的一個新詞，沿用至現代漢語中。

3. 殺

「殺」可以表示殺戮的「動作」，《說文·殳部》：「殺，戮也。」該用法從

〔註20〕本書編委會《續修四庫全書》（第229冊）〔M〕上海：上海古籍出版社，2002：628。

〔註21〕碩導曹小雲先生曾對「砍」字的出現時代提出質疑，認爲宋前傳世文獻中的「砍」字不可靠，因爲從同時文獻的角度來看，到南宋甯宗嘉定十年的《嘉定修城題名碑》中才出現一例「砍」字，即「砍（北）木場」（見於北京書同文數位化技術有限公司的《中國歷代石刻史料彙編》）。

〔註22〕（清）錢大昕著，陳文和、孫顯軍校點《十駕齋養新錄》〔M〕南京：江蘇古籍出版社，2000：86。

先秦沿用至現代漢語。

〔1〕《書・大禹謨》:「與其殺不辜,寧失不經。」

〔2〕朱德《寄語蜀中父老》:「佇馬太行側,十月雪飛白。戰士仍衣單,夜夜殺倭賊。」

「殺」可以表示殺戮的「動作」的過程「致死」,或殺戮的「動作」的結果「死」,該用法從唐代沿用至現代漢語。

〔3〕《晉書・武帝紀》:「大雨霖,伊洛河溢,流居人四千餘家,殺三百餘人。」

〔4〕夏衍《心防》第三幕:「愚園路打殺漢奸。」

正是因為「殺」在詞義發展過程中可以表示動作、過程、結果,因而使其成為是本概念場中沿用到現代漢語中使用頻率最高的成員。

4. 誅

《說文》:「誅,討也。」段注:「凡殺戮、糾責皆是。」從段注中我們可以看出,「誅」的語義中「指責;責備」義和「殺戮」義是並存的,在語義的逐步演變過程中,「誅」的「指責;責備」義融入到「殺戮」義中,使得「誅」表示「殺戮」義時,語義上傾向於對有罪之人的一種「責罰「的方式。「誅」的「殺戮」義從先秦沿用到現代漢語的仿古書面語中,現代口語中該義項已經被「殺」取代。

〔1〕《孟子・梁惠王下》:「聞誅一夫紂矣,未聞弒君也。」

〔2〕魯迅《偽自由書・賭咒》:「他明知道天不見得來誅他,地也不見得來滅他,現在連人參都『科學化地』含起電氣來了,難道『天地』還不科學化麼?」

5. 弒

古代卑幼殺死尊長叫「弒」。多指「臣子殺死君主,子女殺死父母」。《說文・殺部》:「弒,臣殺君也。」段玉裁注:「述其實則曰殺君,正其名則曰弒君。《春秋》正名之書頁,故言弒不言殺,三傳述實以釋經之書頁,故或言殺或言弒,不必傳無弒君字也,許釋弒曰臣殺君,此可以證矣。」在其詞義的演化過程中,其專用詞色彩逐漸被磨滅,可以泛指殺,該義項從先秦沿用至清。

〔1〕《易‧坤》：「臣弒其君，子弒其父，非一朝一夕之故，其所由來
者漸矣。」

〔2〕《公羊傳‧昭公二十五年》：「昭公將弒季氏。」

〔3〕（清）何琇《樵香小記‧有年》：「說者謂二君弒逆，不應有年而
有年，故孔子特筆以示戒。」

6. 戮

《說文‧戈部》：「戮，殺也。」「戮」在表「殺」義時，含有「陳屍示眾」
的意思，有「羞辱」的語義傾向，《國語‧魯語下》：「昔禹致羣神於會稽之山，
防風氏後至，禹殺而戮之。」韋昭注：「陳屍爲戮也。」該義項從先秦沿用至
清。

〔1〕《書‧湯誓》：「爾不從誓言，予則孥戮汝，罔有攸赦。」

〔2〕（清）譚嗣同《仁學》：「君子不善，人人得而戮之。」

7. 屠

宰殺（牲畜）。《說文‧屍部》：「屠，刳也。」段玉裁注：「刳，判也。」
《六書故‧疑》：「屠，刳剝畜牲也。」根據其本義，「屠」表示「殺死」義時
隱含著對動作對象的「分割」，而在中國傳統文化的觀念中，死無完屍是很恥
辱的事情，因而「屠」的語義傾向於「毀滅，毀壞」性的「屠殺，殺戮」，是
一種把人當做「牲畜」的缺乏根本人道的理應受到譴責的殺害行爲，該義項
從先秦沿用至現代漢語書面語中。

〔1〕《荀子‧議兵》：「不屠城，不潛軍，不留眾，師不越時。」

〔2〕蕭三《東北工農歌》：「上海吳淞一場戰，閘北燒盡屠江灣。」

對「屠」的這種語義傾向的繼承，一直沿用到現代漢語中，如令我們痛心
疾首的「南京大屠殺」，之所以稱之爲「屠殺」，即蘊涵著對日本軍隊這一令人
髮指的殘暴行爲的強烈譴責。

8. 斬

《說文‧車部》：「斬，䣒也。從車從斤。斬法車裂也。」段玉裁注「從車
之義，蓋古用車裂，後人乃法車裂之意而用鈇鉞，故字亦從車。斤者，鈇鉞之
類也。」然「車裂」俗稱五馬分屍。古代酷刑的一種。原爲車裂屍體，將被殺
之人的頭和四肢分別拴在五輛車上，以五馬駕車，同時分馳，撕裂肢體。亦有

車裂活人者。比較可知，「車裂」靠的是馬奔跑時的拉力「撕裂肢體」與「鈇鉞」之器無關，說文解釋「斬」為「斬法車裂」似乎很牽強。林義光《文源》：「按：車裂不謂之斬。斬，伐木也。《考工記・輪人》：『斬三材。』從斤從車，謂斬木為車。」我們贊同後者的觀點，「斬」原本為「伐木」義，「伐木」一般砍伐的是樹木的軀幹部份。而古代有砍人頭或腰部的死刑，《釋名・釋喪制》：「斫頭曰斬，斬腰曰斬。」「斬」和「殺」的細微區別在於前者工具和方式不同，《周禮・秋官・掌戮》：「掌斬殺賊諜而搏之。」鄭玄注：「斬以鈇鉞」，若今要（腰）斬也；殺以刀刃，若今棄市也。」

〔1〕《國語・吳語》：「明日徙舍，斬有罪者以徇。」

〔2〕《紅樓夢》第六十九回：「你依我將此劍斬了那妒婦，一同歸至警幻案下，聽其發落。」

「斬」在現代漢語中基本不單用，一般出現在複合詞「斬斷」或出現在承古的習慣用語中，如「斬草除根、披荊斬棘、斬釘截鐵」等。除以上這些承古用法之外，「斬」的語義基本被「砍」取代。

9. 戕

本義指「他國之臣來殺本國君王」。《說文・戈部》：「戕，槍也。他國臣來弒君曰戕。」段玉裁注：「《小雅》曰：『子不戕』。傳曰：『戕』殘也。』此戕之正義。」詞義泛化後指「剎害。」《玉篇・戈部》：「戕，殺業。」該義項從先秦沿用至清，到現代漢語中被「殺」取代。

〔1〕《易・小過》：「弗過防之，從或戕之。凶。」李鼎祚《集解》引虞翻注：「戕，殺也。」

〔2〕（清）紀昀《閱微草堂筆記・如是我聞一》：「然因由梟鳥，而盡戕羽族；因有破獍，而盡戕獸類，有是理耶？」

10. 絞

本義為「縊死；勒死」，舊時的一種死刑。《說文・交部》：「絞，縊也。」《玉篇・糸部》：「絞，殺也。」該義項從先秦沿用至清，可以單用，也可以組合成複合詞「絞縊、絞殺」等使用，多用於與「刑罰」相關的語境。

〔1〕《左傳・哀公二年》：「若其有罪，絞縊以戮。」

〔2〕《史記・楚世家》：「成王自絞殺。」

〔3〕（清）方苞《獄中雜記》：「其絞縊，曰：『順我，始縊即氣絕，否
則三縊加別械，然後得死。』」

根據以上材料分析，我們得出《朱子語類》砍殺概念場詞彙系統成員歷時
層次分析圖。

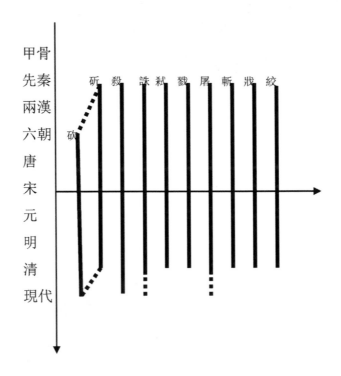

結合上圖，我們可以得出如下結論：

①砍殺概念場在先秦時期已基本定型，主體成員有「斫、殺、誅、弒、
戮、屠、斬、戕、絞」且沿用至清，其中「誅、屠」仍表留在現代漢語書面
語中。

②六朝新增的成員「砍」與「斫」有音義聯繫，「砍」與「斫」並存沿用至
清，「砍」最終取代「斫」的核心詞地位，在現代漢語中與「殺」一起成爲表達
砍殺概念的常用詞。

六、招惹概念場詞彙系統及其演變研究

招惹分爲有意識和無意識兩種，有意識的招惹指行爲主體爲了達到特定的
目的，而憑藉一定的手段招致引來相關後果的行爲；無意識的招惹指主體無特
定目的，只因自身特有的特質招致引來相關後果的行爲，《朱子語類》中有「勾
（鉤）、招、惹、引、誘、撩」爲核心語素的六類詞指稱招惹概念場。

（一）共時材料描寫

1. 勾、鉤

1.1 單用無。

1.2 場內組合：勾惹、勾引。

〔1〕如今人纏富貴，便被他勾惹。此乃爲物所役，是自卑了。（3，35，943）

〔2〕所說事有善者可從，又有不善者間之，依舊從不善處去；所思量事忽爲別思量勾引將去，皆是自家不曾把捉得住，不干別人事。（7，118，2849）

勾惹、勾牽爲唐宋時期產生的新詞，而勾引在唐宋時期產生新的義項，表「招惹」義。

1.3 場外組合：勾牽、鉤致

〔3〕所謂「得五成六」者，一纏勾牽著五，便是箇六。下面都恁地。（4，65，1612）

〔4〕又問：「『餂者，探取之意』，猶言探試之『探』否？」曰：「餂，是鉤致之意。如本不必說，自家卻強說幾句，要去動人，要去悅人，是『以言餂之也』。如合當與他說，卻不說，須故爲要難，使他來問我，『是以不言餂之也』。」（4，61，1472）

〔5〕子靜只是人未從，他便不說；及鉤致得來，便直是說，方始與你理會。（8，123，2960）

《朱子語類》中有此兩例「鉤致」，爲「引誘，誘取」之義。「鉤致」本義是用鉤子勾取，用釣鉤取魚需要誘餌，故「鉤致」引申有引誘之義。上例「餂，是鉤致之意」，是訓釋《孟子》之語。《孟子・盡心下》：「士未可以言而言，是言餂之也；可以言而不言，是以不言餂之也。是皆穿踰之類也。」趙岐注：「餂，取也。」從朱熹的論述來看，「以言餂之」，是說本來不必說的，卻偏要去說，以動人、悅人，「餂」指引誘別人。下例說陸子靜，上文語境爲：「子靜雖占姦不說，然他見得成箇物事，說話間便自然有箇痕跡可見。只是人理會他底不得，故見不得，然亦易見。」說陸子靜無人附時一般不說，如果別人投其所好，引到話題上來，便直說。兩例「鉤致」，當釋爲「引誘，誘取」。

2. 招

2.1 單用時語義上有一定的向心性或使對象趨己。

〔1〕只是乘魯之弱，招權聚財歸己而已。（3，40，1025）

〔2〕如往時秦檜當國，一日招胡明仲飲極歡；歸則章疏下，又送路費甚厚，殷勤手簡。（3，44，1136）

2.2 場內組合：招引。

〔3〕又曰：「蔡京當國時，其所收拾招引，非止一種，諸般名色皆有。及淵聖即位，在朝諸人盡攻蔡京，且未暇顧國家利害。」（7，101，2572）

2.3 場外組合：招徠。

〔4〕蓋逐末者多，則賦其廛以抑之；少則不廛，而但治以市官之法，所以招徠之也。（4，52，1278）

3. 惹

3.1 單用。

3.1.1 表示具體的「沾染；染上」。

〔1〕某嘗謂，說易如水上打毬，這頭打來，那頭又打去，都不惹著水方得。今人說，都打入水裏去了！（5，73，1868）

〔2〕若才惹著今人，便說差錯了，便非易之本意矣。（4，66，1629）

3.1.2 表示抽象的「牽扯、牽連」，「惹」的對象可以是「私欲、手、說、意、事、疑、群小、說話、言語」等。

〔3〕聖人直是脫灑，私欲自是惹不著。（3，34，889）

〔4〕它畢竟是看得來惹手難做後，不敢做。（3，43，1102）

〔5〕後人看不出，所以惹得許多善惡混底說來相炒。（4，59，1386）

〔6〕後來儒者諱道是卜筮之書，全不要惹他卜筮之意，所以費力。（5，67，1652

〔7〕易自是不惹著事，只懸空說一種道理，不似它書便各著事上說。（5，67，1663）

〔8〕曰：「未知立心，則或善或惡，故胡亂思量，惹得許多疑起；既知所立，則是此心已立於善而無惡，便又惡講治之不精，又卻用思。」（7，98，2529）

〔9〕若更加旌賞，卻惹得後來許多群小不服。（8，123，2964）

〔10〕近有一輩人，別說一般惹邪底詳說話。禪亦不是如此。（8，129，3091）

〔11〕後居福州李公家，於彼相得甚懽。是時李公亦嘗薦魏公，曾惹言語。（8，130，3138）

3.2 場內組合：粘手惹腳、引惹、勾惹。

〔12〕若今人恁地畏首畏尾，瞻前顧後，粘手惹腳，如何做得事成！（2，29，750）

〔13〕只緣先有視聽，便引惹得言動，所以先說視聽，後說言動。（3，41，1052）

〔14〕曰：「諸家多如此說，遂引惹得司馬溫公東坡來闢孟子。」（4，60，1449）

「勾惹」見「勾」。

3.3 場外組合：牽惹。

〔15〕當如此做，又被那要如彼底心牽惹，這便是不實，便都做不成。（2，16，327）

〔16〕「敬義夾持直上，達天德自此。」直上者，無許多人欲牽惹也。（6，95，2450）

4. 引

4.1 單用時語義上側重與一種無意識的行為，如：「引蟲蟻、引樹根、為所引」。

〔1〕又禮，壙中用生體之屬，久之必潰爛，卻引蟲蟻，非所以為亡者慮久遠也。（6，89，2285）

〔2〕問：「范家用黃泥拌石炭實槨外，如何？」曰：「不可。黃泥久之亦能引樹根。」（6，89，2287）

〔3〕與好諧戲者處，即自覺言語多，為所引也。（1，12，221）

4.2 場內組合：誘引、引誘、勾引。

〔4〕舉善於前，而教不能於後，則是誘引之使趨於善也，是以勸。（2，24，594）

〔5〕曰：「此語亦有病。下文謂：『道義明著，孰知其為此心？物欲

引誘，孰知其爲人欲？』便以道義對物欲，卻是性中本無道義，逐旋於此處攙入兩端，則是性亦可以不善言矣！」(7，101，2588)

〔6〕元在學者，聽依舊恩例。諸路牒試皆罷了，士人如何也只安鄉舉。如何自家卻立箇物事，引誘人來奔趨！（7，109，2702）

「勾引」見「勾」。「招引」見「招」。

4.3 場外組合：引聚、引動、引起、引得。「引」的動作均會產生一定的結果，如：「引聚得他那氣在此、引動著志、引起此事、引得項羽怒」。

〔7〕又卻能引聚得他那氣在此。此事難說，只要人自看得。（1，3，48）

〔8〕氣若併在一處，自然引動著志，古人所以動息有養也。（4，49，1240）

〔9〕興是借彼一物以引起此事，而其事常在下句。（6，80，2070）

〔10〕義剛問：「高祖因閉關後，引得項羽怒。若不閉時，卻如何？」（6，90，2302）

5. 誘

5.1 單用。

5.1.1 動作「誘」的實施一般需要憑藉一定的手段。

〔1〕文帝猶善用之，如南越反，則卑詞厚禮以誘之；吳王不朝，賜以几杖等事。（3，39，1022）

〔2〕只是名爲志道，及外物來誘，則又遷變了，這箇最不濟事。（2，26，663）

〔3〕三曰：「人之心，或爲人激觸，或爲利欲所誘，初時克得下。不覺突起，便不可禁禦，雖痛遏之，卒不能勝；或勝之，而已形於辭色。此等爲害不淺。」（7，115，2772）

5.1.2「誘」的動作均有一定的目的。

〔4〕古者群飲者殺。今置官誘民飲酒，惟恐其不來，如何得民興於善！（2，16，359）

〔5〕曰：「明道只是欲與此數人者共變其法，且誘他入腳來做。」（8，130，31040

〔6〕曰：「這物事輕了，是誘人入於死地。若是一片白紙，也直一錢在。而今要革其弊，須是從頭理會方得。」（7，121，2722）

〔7〕但爲物誘而至於陷溺，則爲害爾。（4，62，1489）

5.2 場內組合：引誘、誘引。

〔8〕諸路牒試皆罷了，士人如何也只安鄉舉。如何自家卻立箇物事，引誘人來奔趨！（7，109，2702）

〔9〕舉善於前，而教不能於後，則是誘引之使趨於善也，是以勸。（2，24，594）

5.3 場外組合

5.3.1 與表示憑藉手段的語素組合：知誘〔註23〕、知誘物化、說誘、物誘、外誘。

〔10〕好惡無節於內，知誘於外，不能反躬，天理滅矣！（1，12，208）

〔11〕問：「『知誘物化，遂忘其正』，這箇知是如何？」（3，41，1062）

〔12〕想見武庚日夜去說誘三叔，以爲周公，弟也，卻在周作宰相；管叔，兄也，卻出監商，故管叔生起不肖之心如此。（5，79，2054）

〔13〕於思慮上發時，便加省察，更不使形於事爲。於物誘之際，又當於視聽言動上理會取。（6，95，2439）

〔14〕問：「定性書所論，固是不可有意於除外誘，然此地位高者之事。在初學，恐亦不得不然否？」（6，95，2444）

5.3.2 與表示動作目的的語素組合：誘奪、誘化、誘殺。

〔15〕義剛曰：「孔明誘奪劉璋地，也似不義。或者因言渠雜學伯道，所以後將申商之說教劉禪。」（6，90，2302）

〔16〕道理本自好在這裏，卻因雜得外面言語來誘化，聽所以就理上說。（3，41，1061）

〔17〕問：「吳革是時結連義兵，欲奪二聖，爲范瓊誘殺之。不知當時若從中起，能有濟否？」（7，112，2722）

〔註23〕【知誘】謂爲物欲所誘導。《禮記・樂記》：「好惡無節於內，知誘於外，不能反躬，天理滅矣。」鄭玄注：「知，猶欲也。

5.3.3「誘」用於正面語義指「誘導；教導」：循循善誘人、誘之掖之、誘掖、開導誘掖、委曲誘掖。

〔18〕蓋聖人循循善誘人，才趲到那有滋味處，自然住不得。（2，24，570）

〔19〕士佺到此餘五十日，備見先生接待學者多矣，不過誘之掖之，未見如待吾友著氣用力，痛下鉗鎚如此。以九分欲打煉成器，不得不知此意。（7，97，2848）

〔20〕自家這裏也須察言觀色，因而盡誘掖之方。（3，47，1172）

〔21〕至於誤認移民移粟以爲盡心，而不能制民之產以行仁政；徒有愛牛之心，而不能推廣以行仁政，以開導誘掖以先王之政，可謂詳明。（4，51，1224）

〔22〕問：「孟子以公劉太王之事告其君，恐亦是委曲誘掖之意。」（4，51，1226）

6. 撩

6.1 單用無。

6.1 場內組合：撩撥。

〔1〕論及「僞學」事，云：「元祐諸公後來被紹聖群小治時，卻是元祐曾去撩撥它來，而今卻是平地起這件事出。」（7，107，2670）

6.2 場外組合無。

根據以上材料分析，我們可以得出《朱子語類》招惹概念場詞彙系統成員共時層次語義屬性分析表。

分析成員	單　　用	場內組合	場　外　組　合	語義屬性
勾（鉤）	無	勾惹、勾引	勾牽、鉤致	糾結
招	語義上有一定的向心性或使對象趨己	招引	招徠	引人注意
惹	表示具體的「沾染；染上」	粘手惹腳、引惹、勾惹	牽惹	沾染、牽連
	表示抽象的「牽扯、牽連」，「惹」的對象可以是「私欲、手、說、意、事、疑、群小、說話、言語」等			

引	語義上側重與一種無意識的行為，如：「引蟲蟻、引樹根、為所引」。	誘引、引誘、勾引	引聚、引動、引起、引得。	「引」的動作均會產生一定的結果，如：引聚得他那氣在此、引動著志、引起此事、引得項羽怒
誘	動作「誘」的實施一般需要憑借一定的手段且動作均有一定的目的	引誘、誘引	與表示憑藉手段的語素組合：知誘、知誘物化、說誘、物誘、外誘	憑藉一定的手段，達到特定的目的
			與表示動作目的的語素組合：誘奪、誘化、誘殺	
			「誘」用於正面語義指「誘導；教導」：循循善誘人、誘之掖之、誘掖、開導誘掖、委曲誘掖	
撩	無	無	撩撥	程度較輕

（二）歷時考察

1. 勾、（鉤）

字形本作「句」，本義為曲，彎曲。《說文》：「句，曲也。」段玉裁注：「古音總如鉤。後人曲音鉤，章句音屨。又改句曲字為勾。」勾，彎曲。五代王仁昫《刊謬補缺切韻·侯韻》：「句，俗作勾」，本義彎曲。《尚書大傳》卷五：「古之人衣上有冒而勾領。」鄭玄注：「勾領繞頸也。」「勾」在宋代產生「招引；引動」義，沿用至今。

〔1〕（宋）王禹偁《仲咸得三怪石題六十韻依韻和之》：「使君安置後，勾我往來頻。」

〔2〕《高寶玉》第五章：「周先生看到了這些，也勾起了自己的辛酸事。」

鉤，本義指「形狀彎曲，用於探取、連接、懸掛器物的用具。」《說文·句部》：「鉤，曲鉤也。」引申為「引致；誘致」義，從先秦沿用到現代漢語中。

〔3〕《鬼谷子·飛箝》：「引鉤箝之辭，飛而箝之。」陶弘景注：「內惑而得其情曰鉤，外譽而得其情曰飛。得情即箝持之，令不得脫移，故曰鉤箝。

〔4〕朱自清《槳聲燈影裏的秦淮河》：「這燈彩實在是最能鉤人的東西。」

2. 招

本義指「打手勢呼人」。《說文·手部》:「招,手呼也。」《廣韻·宵韻》:「招,招呼也。」從「以手招引」投射到「其他形式的招引」,抽象爲「惹;逗」義。該義項從先秦沿用至現代漢語。

〔1〕《史記·貨殖列傳》:「今夫趙女鄭姬,設形容,揳鳴琴,揄長袂,躡利屣,目挑心招,出不遠千里,不擇老少者,奔富厚也。」

〔2〕劉厚明《黑箭》:「黑箭越來越招人愛。」

3. 惹

《說文新附》:「惹,亂也。」(清)鄭珍《說文新附考》卷五謂唐人詩用「惹」爲「牽」,《玉篇》訓「惹」爲「亂」,大約在唐代產生「招引」義,沿用至今。

〔1〕(唐)羅隱《春思》詩:「蕩漾春風淥似波,惹情搖恨去偓偓。」

〔2〕郭沫若《洪波曲》第十三章五:「惹人注目的是在街道的牆壁上,或在馬路的正中,用瀝青粗大地寫著日本文的標語。」

4. 引

本義指「開弓」。《說文·弓部》:「引,開弓也。」指用手使勁拉弓弦,使得弓弦儘量張開後靠張大的弦的彈力把箭發出去。「開弓」時用力越大弓弦越靠近拉弓人,因而本義表示「開弓」的「引」使之向己靠近的意思,泛化延伸出「引起」之義。該義項從先秦沿用到現代漢語中。

〔1〕《管子·任法》:「其民引之而來,推之而往。」

〔2〕毛澤東《沁園春·雪》詞:「江山如此多嬌,引無數英雄競折腰。」

5. 誘

本義爲「誘導;教導」。《說文》:「羑,相訹呼也。從厶,從羑。誘,或從言、從秀。譸,或如此。羑,古文。」姚文田、嚴可均校議:「羑『從羑』下當有『一曰導也。』」沈濤古本考:「《一切經音義》卷十六引『誘,導也;引也;教也,亦相勸業。』《華嚴經卷二·音義》引『誘,教也。』誘之訓道,見《詩》毛傳;誘之訓教,見《儀禮》鄭注。皆非相訹之義。且羑字見《羊部》,解云:『進善業。』不得又以爲羑之古文。蓋誘字乃《羊部》羑之重文,誤竄於此。『羑古文』三字亦誤衍。」「誘」本義中的「誘導;教導」再語義

上傾向於「導」，詞義進一步延伸指「引誘；誘惑」，該義項從先秦沿用到現代漢語中。

〔1〕《書・費誓》：「竊馬牛，誘臣妾，汝則有常刑！」

〔2〕丁玲《太陽照在桑乾河上》一：「果子顏色大半還是青的，間或有幾個染了一些誘人的紅色。」

6. 撩

本義爲「料理」。《說文・手部》：「撩，理也。」王念孫疏證：「撩與料聲近義同。」「撩」的「料理」義在語義上傾向於使「亂」狀態變得有條理，反之，使有條理的狀態變「亂」，也成爲「撩」《字彙・手部》：「撩，挑弄也。」該義項從六朝沿用到現代漢語中。

〔1〕（北周）庾信《結客少年場行》：「歌撩李都尉，果擲潘河陽。」

〔2〕沈從文《邊城》十六：「〔翠翠〕知道他喝了酒，且有了點事情不高興，心中想：『誰撩你生氣？』」

根據以上材料分析，我們得出《朱子語類》招惹概念場詞彙系統成員歷時層次分析圖。

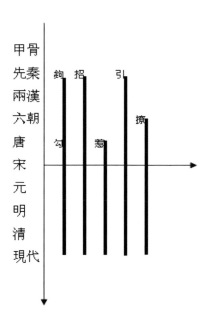

結合上圖，我們可以得出如下結論：

招惹概念場在先秦兩漢時期的主要成員爲「鉤、招、引」，六朝至唐時期新增的成員有「撩、惹」，其中「鉤」在後世文獻中一般作「勾」，以上成員均沿用至現代漢語，其中「招、惹」成爲現代漢語中表達招惹概念的常用詞。

七、揣度概念場詞彙系統及其演變研究

揣度運動，指人們根據自己的已知經驗對未知情況進行猜測、估量的行爲，是人類初步使用推理思維對特定事件進行預測的手段。《朱子語類》中有「團（摶）、猜、揣、度、料、量、測、忖」爲核心語素的八類詞指稱揣度概念場。

（一）共時材料描寫

1. 團（摶）

1.1 單用時，在具體語境中，「團」與「思量」對應，「摶」與「猜」的對象「謎（子）」對應。

〔1〕如十個物事，團九個不著，那一個便著，則九個不著底，也不是枉思量。（7，120，2886）

〔2〕或言：「某人如摶〔註24〕謎子，更不可曉。」（8，139，3314）

〔3〕因言：「伯恭《大事記》忒藏頭亢腦，如摶謎相以〔註25〕。」（7，105，2636）

1.2 場內組合：猜摶、團量、摶量。

〔4〕若是屈曲之說，卻是聖人做一個謎與後人猜摶，決不是如此！（4，67，1679）

〔5〕曰：「春秋是當時實事，孔子書在冊子上。後世諸儒學未至，而各以己意猜摶〔註26〕，正橫渠所謂『非理明義精而治之，故其說多鑿』，是也。」（6，83，2176）

〔6〕且如前日令老兄作《告子未嘗知義論》，其說亦自好；但終是摶量，非實見得。（7，113，2749）

〔7〕曰：「便是項羽也有商量，高祖也知他必不殺，故放得心下。項

〔註24〕摶，中華本作「搏」，據朝鮮徽州古寫本（139，1888）改，另「謎子」，徽州本作「健子」，待考。

〔註25〕以，朝鮮徽州古寫本作「似」（105，1483），古兩字通。《易·明夷》：「内難而能正其志，箕子以之。」陸德明《釋文》：「以之，鄭、荀、向作『似之』。」高亨注：「按『以』借爲『似』。」

〔註26〕摶，中華本作「傳」，據朝鮮徽州古寫本（83，1244）改。

羽也是團量了高祖，故不敢殺。」（6，90，2302）〔註27〕

1.3 場外組合：搏摸。

〔8〕莫要一領他大意，便去搏摸，此最害事！（7，116，2799）

〔9〕如一碗燈，初不識之；只見人說如何是燈光，只恁地搏摸，只是不親切。（7，97，2484）

2. 猜

2.1 單用時與「反復熟看」相對。

〔1〕曰：「恁地猜，終是血脈不貫，且反復熟看。」（6，81、2133）

2.1 場內組合：猜搏。見上文「團」。

2.2 場外組合：與表示「猜疑；懷疑」之義的語素組合：猜疑、猜嫌。

〔2〕先之以法制禁令，是合下有猜疑關防之意，故民不從。（2，23、548）

〔3〕蓋此人乃是箇多猜嫌疑慮之人，賞不賞，罰不罰，疑貳不決，正如唐德宗是也。（4，50，1216）

此兩個例句中複合詞中的「猜」更多的表現為「猜疑、猜嫌」，可見《朱子語類》中「猜」在語義的表達上還處於從「猜疑；懷疑」到「揣測」的過度時段。

3. 揣

3.1 單用時「揣」語義上傾向於主觀推測，常帶有標誌性的詞語，如「以意揣之、若揣、若……只是」等。

〔1〕道夫曰：「以意揣之，竊恐伊尹勝似夷惠得些。」（4，57、1340）

〔2〕如九五「飛龍在天，利見大人」，若揣自己有大人之德，占得此爻，則如聖人作而萬物咸睹，作之者在我，而睹之者在彼，我為主而彼為賓也。（5，68、1696）

〔3〕若細微處不研窮，所謂遠者、大者，只是揣作一頭詭怪之語，果何益？（7，118、2839）

〔4〕揣知上意，即進可棄之說。（8，138，3188）

〔註27〕此句朝鮮徽州古寫本《朱子語類》作：便是此事羽亦商量過來，羽搏量了高祖，故不敢殺。（135，1844）

3.2 場內組合：揣度。

〔5〕這二卦，便可以著意揣度了。不似龜，纔鑽拆，便無救處，全不可容心。（4，66，1638）

〔6〕左氏所傳春秋事，恐八九分是。《公》、《穀》專解經，事則多出揣度。（6，83，2151）

3.3 場外組合：揣摩、揣摸。

〔7〕曰：「見得道理透後，從高視下，一目瞭然。今要去揣摩，不得。」（8，137，3267）

〔8〕今之學者不曾親切見得，而臆度揣摸爲說，皆助長之病也。（1，9，158）

4. 度

4.1「度」單用時涉及的均為抽象的事件，在語義上有如下特點。

4.1.1 主觀性。

「度」意義上的具有較強的主觀性，搭配上前面用「自、己、意」等帶有主觀性的詞語，固定的說法有「以意度之、自度、以己（之心）度人之心、以己度人、推己度物、論心自度、暗度想像」。

〔1〕然以意度之，則疑此氣是依傍這理行。（1，1，3）

〔2〕寧王見他有功，自度不可居儲嗣，遂力讓他。（1，13，238）

〔3〕上面說人心之所同者既如此，是以君子見人之心與己之心同，故必以己度人之心，使皆得其平。（2，16，361）

〔4〕「是以君子有絜矩之道」，所以以己之心度人之心，使皆得以自盡其興起之善心。（2，16，360）

〔5〕聖人又幾曾須以己度人！自然厚薄輕重，無不適當。（2，27，671）

〔6〕子貢凡三問仁，聖人三告之以推己度物。（3，33，845）

〔7〕曰：「《孟子》乃是論心自度，非是心度物。」（7，97，2505）

〔8〕子貢只是暗度想像，恰似將一物來比並相似，只能聞一知二。（2，28，721）

4.1.2 判斷性。

「度」是一種動作過程，其動作結果是對「度」的結論作出一種「判斷」。

〔9〕這也是度得高祖必不能下士，故先說許多話，教高祖亦自知做不得了，方說他本謀來，故能使人聽信。（8，134，3216）

〔10〕又有一等人雖要求進，度其不可，亦有退步之意。（3，39，1017）

〔11〕凡言，須先度是非可否。果近於義而後言，則其言可踐。恐不近於義，其言將不可復也。（2，22，521）

〔12〕及到伯有子晳之徒撓他時，則度其可治者治之；若治他不得，便只含糊過。（6，83，2170）

〔13〕其鄙陋如此！後來集議，某度議必不合，遂不曾與議，卻上一疏論其事，趙丞相又執之不下。（6，90，2305）

〔14〕若成書，當亦不下《通鑑》許多文字。但恐精力不逮，未必能成耳。若度不能成，則須焚之。（7，105，2637）

4.1.3「度」在語境中頻繁的與「時、勢」共現，乃發展爲「審時度勢」的前奏。

〔15〕會做事底人，必先度事勢，有必可做之理，方去做。（7，108，2684）

〔16〕吾密揀精銳幾萬在此，度其勢力既分，於是乘其稍弱處，一直收山東。（7，110，2706）

〔17〕叔重說：「『浚恒貞凶』，恐是不安其常，而深以常理求人之象，程氏所謂』守常而不能度勢』之意。」（5，72，1821）

〔18〕彼端人正士，豈故欲忘此虜？蓋度其時之不可，而不足以激士心也。（8，133，3199）

〔19〕度那時節有百十人，有千來人，皆成部落，無處無之。（8，134，3219）

〔20〕曰：「讓國二子同心，度其當時，必是有怨惡處。」（2，29，745）

「審時度勢」分析時勢，估計其發展趨向。最早出現在明代文獻中，張居正《與李太僕漸庵論治體》：「然審時度勢，政固宜爾，且受恩深重，義當死報，雖怨誹有所弗恤也。」又有「度吾力量爲之」後發展爲「量力而爲」。

〔21〕後世同志者少，而汎然交處者多，只得隨其淺深厚薄，度吾力量爲之，寧可過厚，不可過薄。」（3，38，1006）

4.1.4 與視覺動詞的配合使用。

〔22〕只見太王有翦商之志，自是不合他意；且度見自家做不得此事，
便掉了去。（3，35，908）

〔23〕觀文王一時氣勢如此，度必不終竟休了。（3，35，945）

〔24〕問：「呂曰：『貨殖之學，聚所聞見以度物，可以屢中，而不能
悉中。』」（3，39，1020）

4.2 場內組合：測度、料度、揆度、量度、逆度、忖度、討度、揣度。

〔25〕唐虞三代事，浩大闊遠，何處測度？（5，78，1983）

〔26〕曰：「且只理會曾點如何見得到這裏。不須料度他淺深，徒費心
思也。」（3，40，1030）

〔27〕惟須「協於克一」，是乃爲善，謂以此心揆度彼善爾。（5，79，
2033）

〔28〕問：「『執兩端而量度以取中』，當厚則厚，當薄則薄，爲中否？」
（4，63，1525）

〔29〕此章固是要人不得先去逆度，亦是要人自著些精采看，方得。
（3，44，1134）

〔30〕聖人與天爲一，渾然只有道理，自然應去，不待盡己方爲忠，
不待推己方爲恕，不待安排，不待忖度，不待睹當。（2，27，
698）

〔31〕煖氣便是魂，冷氣便是魄。魂便是氣之神，魄便是精之神；會
思量討度底便是魂，會記當去底便是魄。（1，3，41）

揣度，見「揣」。

4.3 場外組合

4.3.1 與表示猜測的語素組合：意度、臆度、億度。

該組詞義爲「主觀推測」，三者在《朱子語類》中的使用頻率由高到低排序
爲：臆度 9 > 億度 4 > 意度 1，其中「臆度」的使用頻率最高並最終得以固化下
來成爲表達「主觀推測」義的常用詞。

〔32〕「而後從之」者，及行將去，見得自家所得底道理步步著實，然
後說出來，卻不是杜撰意度。（2，24，581）

〔33〕子貢不知貧富之定命，而於貧富之間不能無留情，故聖人見其

平日所講論者多出億度而中。（3，39，1019）

〔34〕今人說《易》，所以不將卜筮爲主者，只是慊怕小卻這道理，故憑虛失實，茫昧臆度而已。（5，75，1924）

4.3.2 與表示「推測」的語素組合：推度、約度。

〔35〕夫子以寅月人可施功，故從其時，此亦是後來自推度如此。（3，45，1154）

〔36〕蓋孟子後出，不及見《王制》之詳，只是大綱約度而說。（4，58，1371）

5. 料

5.1 單用時語義上表現出「主觀性」（如某之料、以意料）和「預測性」。

〔1〕後來多有如某之料，其意欲進甚銳。（8，132，3174）

〔2〕向作或問時，未見此書，只以意料。後來始見，乃知學不可以不博也。（4，64、1559）

〔3〕初，益公任內，只料用錢七萬。今磚瓦之費已使了六萬，所餘止一萬，初料得少，如今朝廷亦不肯添了。（7，106，2656）

〔4〕纔見一事，便料其難而不爲。緣先有箇畏縮之心，所以習成怯弱而不能有所爲也。（7，120，2890）

〔5〕然堅只不合擁眾來，謝安必有以料之。（8，136，3242）

5.2 場內組合：逆料、料度。

逆，《玉篇・辵部》：「逆，度也。」但《朱子語類》中未出現「逆」單用表示「揣度」義。

〔6〕若要一一理會，則事變無窮，難以逆料，隨機應變，不可預定。（1，13，237）

〔7〕此等意義，懸空逆料不得，須是親到那地位方自知。（3，36、968）

料度，見「度」。

5.3 場外組合：料事、料得、料想。

「料」強調事情發生前，主體的預測。如「料事」，預測未來的事，如「料得」，預測到；估計到。「料想」則體現出動作主體的「主觀性」。

〔1〕曰：「萬一料事不過，則如之何？」（22、521）

〔2〕當時秦也是強，但相如也是料得秦不敢殺他後，方恁地做。（8，134，3214）

〔3〕再見，因言：「去冬請違之後，因得一詩云：『三見先生道愈尊，言提切切始能安。如今決破本根說，不作從前料想看。有物有常須自盡，中倫中慮覺猶難。願言克己工夫熟，要得周旋事仰鑽。』」（7，113，2749）

6. 量

6.1 單用。

6.1.1《說文》：「稱輕重也。」「量」表示「揣測」義時，帶有其本義的痕跡。

〔1〕東漢諸人不量深淺，至於殺身亡家，此是凶。（5，71，1806）

〔2〕看呂與叔論選舉狀「立士規，以養德厲行；更學制，以量才進藝；定貢法，以取賢斂才」。（7，101，2561）

〔3〕然亦須量力。若自家力不及，多讀無限書，少間埋沒於其間，不惟無益，反爲所害。（7，120，2904）

6.1.2「量」表「揣測」義時針對的是未來的情況，因而在語境中會出現相關的提示詞語，如：「它日、未可」。

〔4〕以此見「漆雕開已見大意」，方欲進進而不已。蓋見得大意了，又要眞知到至實無妄之地，它日成就其可量乎！（2，28，713）

〔5〕如聞齊樂而曰「國未可量」，然一再傳而爲田氏，烏在其爲未可量也！此處皆是難信處。」（6，83，2170）

〔6〕會看文字，曉解明快者，卻是吳伯豐。（7，117，2812）

6.2 場內組合：團量、搏量、度量。分別見「團、搏、度」。

6.3 場外組合：思量。

「思量」表示「忖度」義的語境是主體不瞭解或未發生的情狀，如下文的「思量他日行得」，因爲猜測的前提是針對未發生的事情才可能。

〔7〕只如初與人約，便用思量他日行得，方可諾之。（2，22，524）

〔8〕這裏須思量顏子如何心肯意肯要「克己復禮」？（3，41，1056）

7. 測

7.1 單用時在語境中絕大多數以否定的形式「不測、不可測、莫測、無測」出現，以至於逐漸凝固成複合詞「不測」，表示「難以意料；不可知」。

〔1〕人心則語默動靜，變化不測者是也。（6，95，2422）

〔2〕「以妙用謂之神」，是忽然如此，皆不可測。（5，68，1685）

〔3〕其去行在所也，買冠梳雜碎之物，不可勝數，從者莫測其所以。
（7，101，2571）

〔4〕「無測未至」，未至之事，自家不知，不當先測，今日未可便說道
明日如何。（6，87，2249）

7.2 場內組合：測度。見「度」。

7.3 場外組合：推測。

〔5〕而今只據我恁地推測，不知是與不是，亦須逐一去看。（1，3，
33）

〔6〕不應恁地千般百樣，藏頭亢腦，無形無影，教後人自去多方推測。
（4，66，1633）

8. 忖

8.1 單用時《朱子語類》中僅出現1例，出現在「不忖……力量」的格式中。

〔1〕今舉者不忖自己力量去觀書，恐自家照管他不過。（1，10、166）

8.2 場內組合：忖度。見「度」。

8.3 場外組合：無。

9. 捕風捉影

比喻說話做事沒有確切的事實根據，或無事生非。

〔1〕進取得失之念放輕，卻將圣賢格言處研窮考究。若悠悠地似做不
做，如捕風捉影，有甚長進！（1，8，138）

〔2〕日：「『忠信所以進德。』忠信者，無一毫之不實。若有一毫之不
實，如捕風捉影，更無下工處，德何由進。」（5，69，1719）

根據以上材料分析，我們得出《朱子語類》揣度概念場詞彙系統成員共時
層次語義屬性分析表。

分析\成員	單　　用	場內組合	場外組合	語義屬性
團（搏）	單用時，在具體語境中，「團」與「思量」對應，「搏」與「猜」的對象「謎（子）」對應	猜搏、團量、搏量	搏摸	「揣」的借字
猜	單用時與「反復熟看」相對	猜搏	猜疑、猜嫌	疑惑

揣	單用時「揣」語義上傾向於主觀推測，出現的格式爲「以意揣之、若揣、若……只是」等	揣度	揣摩、揣摸	傾向於主觀推測
度	「度」單用時涉及的均爲抽象的事件，語義上具有主觀性、判斷性；	測度、揣度、料度、揆度、量度、逆度、忖度、討度	與表示「猜測」的語素組合：意度、臆度、億度	傾向於主觀判斷
	在語境中頻繁的與「時、勢」共現，乃發展爲「審時度勢」的前奏		與表示「推測」的語素組合：推度、約度	
	與視覺動詞的配合使用			
料	單用時語義上表現出「主觀性」（如某之料、以意料）和「預測性」	逆料、料度	料事、料得、料想	傾向於主觀預測
量	表示「揣測」義時，帶有其本義（稱輕重）的痕跡	團量、搏量、度量	思量	針對的多是未來的情況
	表「揣測」義時針對的是未來的情況，因而在語境中會出現相關的提示詞語，如：「它日、未可」			
測	在語境中絕大多數以否定形式「不測、不可測、莫測、無測」出現，以至逐漸凝固成複合詞「不測」，表示「難以意料；不可知」	測度	推測	多以否定形式出現
忖	「不忖……力量」的格式中	忖度	無	心理動作
捕風捉影	比喻說話做事沒有確切的事實根據，或無事生非	無	無	無確切的事實根據

（二）歷時考察

1. 團（搏）

「團（團）」之「揣」義最早出現在唐代文獻中。關於這個義項的來源，蔣冀騁、吳福祥先生認爲「『團：猜也。』……『團』、『搏』當是一詞之異寫，皆是『猜』的意思。雲從師云：『團有斯義』乃揣量，揣摩字之假借。」〔註28〕黃征、張湧泉先生：「『經內自云團估價，六殊（銖）可以買婆娑。』校注：『團估，同義連文，估量義』。《朱子語類》卷九〇：『高祖也知他必不殺，故放得心下。項羽也是團量了高祖，故不敢殺。』『團量』義同。」〔註29〕徐時儀先

〔註28〕蔣冀騁，吳福祥《近代漢語綱要》〔M〕長沙：湖南教育出版社，1997：276。

〔註29〕黃征，張湧泉《敦煌變文校注》〔M〕北京：中華書局，1997：723。

生曾提到韓愈的詩也常出現當時使用的方俗語。認爲「《南山詩》:『團辭試提挈，掛一念萬漏。』中，『團』是當時口語『估量』、『猜度』義，『團辭』即推敲揣度怎樣用詞。」〔註30〕趙家棟、付義琴先生《〈敦煌變文校注〉識讀語詞散記》「團估」條:「『團』當爲『揣』之借。」〔註31〕上述各位先生的觀點大致可歸結爲兩點:①「團」有「揣」義，乃揣量，揣摩字之假借;②『團』表「揣」義是唐時口語。然各家均未對此義項的來源做系統梳理。蔣紹愚先生指出:「研究口語詞，在說明了其詞義之後，最好還應說明其理據（即其「命名之由」）」並指出在這一方面，以前的研究做得不夠。〔註32〕基於此，筆者擬在各位先生已有研究成果的基礎上，對「團」之「揣」義的來源及其相關問題做進一步探討。

　　1.1「用耑爲專」的過度類推導致「摶（團）」寫成「揣」。

　　錢大昕在《十駕齋養新錄》卷五「舌音類隔之說不可信」中說「古人多舌音，後代多變爲齒音，不獨『知徹澄』三母爲然也。……古讀『專』如『耑』，舌音非齒音也。『𣍨』爲『專』之古文;『剬』字，或作『剸』」〔註33〕正齒音「章、昌、船、書、禪」，即屬「章」系的聲母在中古前期出現，上古時這些正齒音接近舌頭音「耑、透、定」。「耑」是「耑母，桓韻」，專是「章母，仙韻」。它們古音相近，因而古籍中多「用耑爲專」。《說文・耑部》:「耑，物初生之題也。」段玉裁注:「古發耑字作此，今則耑行而耑廢，乃多用耑爲專矣。」書信末尾「耑此」亦可作「專此」，謂專爲此事致書。如:「耑此奉懇」;「耑此布謝」;「耑此敬頌時祺」中「耑」都可以寫成「專」。由上可知，「用耑爲專」是符合語音發展規律的，大量的文獻用例也證明這種語言現象確實存在。而人們的過度類推導致文獻中大量「耑」符的字都換成了「專」符，如王國維《釋觶觛觟卮𤰕𤮀》:「『𤰕、𤮀』二字亦本一字，古書多以『耑』爲『專』，《急就篇》顏本之『蹲踞』皇本作『踹踞』，賈誼《服鳥賦》:『何足控摶』《史記》、《文選》作『摶』，《漢書》作『揣』，《急就篇》顏本之『槫榼』，宋太宗本作

〔註30〕徐時儀《漢語白話發展史》〔M〕北京:北京大學出版社，2007:15。

〔註31〕趙家棟，付義琴《敦煌變文校注識讀語詞散記》〔J〕中國語文，2008，(3):273。

〔註32〕蔣紹愚《近代漢語研究概要》〔M〕北京:商務印書館，2005:278。

〔註33〕（清）錢大昕著，陳文和、孫顯軍校點《十駕齋養新錄》〔M〕南京:江蘇古籍出版社，2000:86，112～113。

『楄榻』」。〔註34〕替換的結果就是人爲地出現了很多的異體字，其中包括把「摶」寫成「揣」。

1.2「摶（團）」與「揣」不是假借關係，「揣」因聲符「耑」誤讀「摶（團）」。

要確認「團」之「揣」義不是傳統意義上音近義通的假借，首先必須弄清「團、摶」與「揣」在語音上的是否有聯繫。前文可知，兩個偏旁的替換是中古才見，中古「專」爲章紐，屬正齒音，比「舌上音」從「舌頭音」的分化更早。而「揣」是「初委切」，中古初紐，從上古精組分化而來，跟「舌頭音」耑組更無牽涉。更重要的是我們在文獻用例中幾乎找不到上古「團」、「摶」等有揣度的用法或揣度義有類似「團」、「摶」的讀音。因而無法證明「團、摶」與「揣」在語音上有聯繫。即「團、摶」寫成的「揣゛」與表「估量」義的「揣」在語音和語義上都是不相關聯的。但這種現象在漢譯佛經中卻被混淆了起來。慧琳和可洪都注意到了這種現象，《慧琳音義》中就指出「團、摶、剸」在佛經中都作「揣」，非也，「揣」非字義。（見下文表格）《可洪音義》卷五釋《維摩詰所說經》下卷：「揣若，上徒官反。丸也。正作摶、糰、團三形也。諸經律中「歡喜摶」字作「歡喜揣」，亦「大歡喜丸」也。按西域諸番趁飯等皆以蘇酪溲之爲「摶」而食之也。古經「摶」字皆作「揣」也。支護譯者云使眾人食摶，若湏彌猶不能盡。唐玄奘譯者云：假使無量大千世界一切有情一一摶食，其食摶量等妙高山。如是摶食，或經一劫，或一劫餘，猶不能盡是也。又「初委、尺絹、丁果」三反。非此三呼也。承聞有人定作「初委反」呼者，非也。若非今古對驗，爲敢定指乎？蓋字體不正也。應和尙云假借呼是也。〔註35〕可洪認爲佛經中「揣」寫成「摶」是「字體不正」，贊同玄應「此乃假借呼」的說法。由上可知，慧琳和可洪已經感覺到並有意識地在區分「團、摶」與「揣」的關係，據檢索，《慧琳音義》共有「揣」51個，與「團、摶」有關的涉及 8 個詞語的 15 條音義，詳見下表分析：

詞條	音義內容及所在卷數	佛經及所在卷數	譯者	原文②及附注
肉團	或作摶。徒鸞反。今經文作揣，非也。揣音初捶反。揣，殊非經義也。15	《大寶積經》94	後秦・鳩摩羅什譯	觀欲如肉團，多怨憎故。注：團＝摶（宋、元、明），＝揣（宮）

〔註34〕王國維《觀堂集林》〔M〕石家莊：河北教育出版社，2001：178。

〔註35〕《可洪音義》，高麗大藏經本第 792 頁。

	段巒反。經本作揣，非。43	《僧伽吒經》2	元魏·月婆首那譯	萬二千劫生作肉摶。注：摶＝團（宋、元、明、宮、聖）
	段巒反。《毛詩傳》曰：「團，聚也。」《說文》：「圓也。外從口（口音韋）內專，專亦聲也。」經文作槫，非也。音初累反。甚乖經義。15	《大寶積經》106	唐·菩提流志譯	眼性非知，但是肉團。注：團＝摶（宋、元），＝搏（明），＝揣（宮）
一摶	段鸞反。《博雅》：「摶，以手握物使相著也。」《說文》：「從手專聲。」經文作揣，非也。16	《決定毘尼經》1（全稱《佛說決定毘尼經》）	西晉·燉煌三藏譯	乃至施與畜生一揣之食。注：揣＝摶（宋、元、明、宮）
	段巒反。《說文》：「摶，握也〔註36〕。從手專聲。」經文從耑作揣，非也。65	《五百問事經》1（全稱《佛說目連問戒律中五百輕重事經》卷上）	東晉·佚名譯	問：「比丘食或唅一口飲吐之，取一摶飯棄之，犯事不？」答：「犯舍墮。」
揣食	揣食字正宜作摶，音徒鸞反。字從專聲，非從甫韻。流俗不能別茲兩形，遂謬用。揣字音初委反，此乃揣量之字也。22	《花嚴經24》（實見於《新譯大方廣佛花嚴經》25）	唐·實又難陀譯	哀溍眾生，為作福田，現受摶食。
摶食	徒丸反。《說文》：「摶，圓也。《通俗文》云『手團曰摶』是也。」律文作揣。《說文》：「揣，量也。」音都果反，北人行此音。又初委反，江南行此音。揣非字義。59	《四分律》3	姚秦·佛陀耶舍、竺佛念等譯	善法者樂閒靜處，時到乞食，著糞掃衣，作餘食法，不食一坐食一摶食。
	上徒鸞反。杜注《左傳》云：「摶，手摶也。」《考聲》云：「摶，令相著也。」《文字典說》云：「圓也。從手專聲。」論文從耑作揣，是揣量字，非手摶義也。揣音初委反。67	《眾事分阿毘曇論》4	劉宋·求那跋陀羅共菩提耶舍譯	四食，謂：麤摶食、細觸食、意思食、識食。
	徒官反。《通俗文》：「手團曰摶。」《三蒼》：「摶飯也。」論文作揣，音初委反。測廣（度）〔註37〕前人曰揣，江南行此音。又都果反。《說文》：「揣，量。」故揣也，關中行此音，並非此義也。72	《雜阿毘曇心論》1	晉·僧伽提婆、惠遠譯	離欲揣食故一切香味是性揣食。

〔註36〕握，今傳本《說文》作「圓」。

〔註37〕廣，玄卷十八釋此詞作「度」。

	上斷鑾反。初食地味，未有匕箸而食之，故名摶食。從手專聲。文中作揣，非也。77	《釋迦譜序》1	梁・釋僧佑撰	其後眾生以手試嘗，遂生味著，漸成揣食。
	段鑾反。手摶食也。《說文》從手。經文從耑作揣，非也。78	《經律異相》1	梁・旻寶唱等集	食淨揣食洗浴衣服爲細滑食。
摶戢	徒官反。《通俗文》：「手團曰摶。」《說文》：「摶，團也。」……論文作揣，初委、都果二反，量也，度也。揣非義音。46	《大智度論》18	後秦・鳩摩羅什	以大鐵鋸解析揣截。破其肉分，臠臠稱之。注：揣＝剬（宋、元、明、宮）
剬栱	旨奭反。《通俗文》：「截斷曰剬。」律文作褍，丁果、而兖二反。搖也，度也。59	四分律56	後秦佛陀耶舍、共竺佛念譯；唐・玄應音	失墼若木頭榑栱屋棟種種材木墮亦如是。注：榑栱＝剬栱（宋、元、明）＝揣栱（宮）
摶若	段鑾反。《考聲》：「摶，握也。」杜注《左傳》云：「手摶也。」《古今正字》：「從手專聲也。」律文從耑作揣，非也。61	《根本說一切有部毗奈耶律》42	唐・義淨譯	假令汝腹寬如大海，噉一一口摶若妙高。
不摶飯	音團。《聲類》：「摶，握也。」《禮記》亦謂「無摶飯也。」《說文》：「從手專聲。」經從耑作揣（音初累反），非經義也。64	《五分尼戒本》（全稱《五分比丘尼戒本》）	梁・釋明徽集	不揣飯遙擲口中，應當學。

　　從上表我們可以清楚地看出，魏晉到唐的佛經中，「團、摶」都寫成「揣」，然「團、摶」與「揣」音義皆殊，因此慧琳多有「非也，論文作揣，初委、都果二反，量也，度也。揣非義音」之類的表述。我們認爲造成這種現象的原因，蓋以「揣」之聲符「耑」誤讀所致。

　　1.3 對儒、釋經典的尊崇強化了「摶（團）」之「揣」義的認可。

　　本來「團、摶」與「揣」音義皆殊，僅僅因爲「用耑爲專」的過渡類推導致中土文獻和佛經文獻中「團、摶」與「揣」普遍相混的現象，加之傳統思想中對儒、釋經典的尊崇，這種現象幾乎達到「積非成是」的地步。也正是在這種外力的作用下，「團」感染了「揣」義。在唐代口語性較強的文獻中開始出現用「團」表「揣」的用法。如唐杜希遁《大還丹金虎白龍論》：「斟酌藥名，團量火候。」晁元禮《少年遊》：「眼來眼去又無言，教我怎生團？」

《敦煌變文》中寫成「搏」或「剸」，多以「剸裁」的形式出現。潘重規《敦煌變文集新書》卷二《維摩詰經講經文》二，「休愛羨，莫猜疑，卻要分明自搏才。」校記65規案：「搏」疑與「剸」通，《龍龕手鑒》：「剸，細割也。」「才」與「裁」通，「猶言斷裁，裁斷。」〔註38〕《唐五代語言詞典》「團（二）」條：「『剸』的借字。『剸』義為裁，引申為斟酌、估量。」同頁「剸裁」條：「判斷，裁決。又作『搏才』。」書證為《變文集》卷五《維摩詰經講經文》：「總是經中說，殊非謬剸裁。」又：「休愛羨，莫猜疑，卻要分明自搏才。」〔註39〕《敦煌文獻語言詞典》釋義為「裁決，安排。」書證為《敦煌變文集》維摩詰經講經文（斯4571）：「總是經中說，殊非謬剸裁，『我』羅漢唱，『如是』佛親開。」又伯2292：「四心清淨道場排，總在心王為剸裁。心裏崎嶇招損汙，平（胸）中平穩免輪迴。」〔註40〕以上釋義均從「剸」的「切割」義出發，而我們認為「團、剸」均為「揣」之借字，表「揣」義，《慧林音義》表一「剸拱」云：「旨奕反。《通俗文》：『截斷曰剸。』律文作楇，丁果、而兗二反。搖也，度也。」今本經文作：「失鑿若木頭榑拱屋棟種種材木墮亦如是。注：榑拱＝剸栱（宋、元、明）＝揣栱（宮）」從注文可知，「榑、剸、揣」實為一詞之異寫。又《廣雅·釋詁一》：「揣，動也。」王念孫《廣雅疏證》：「《廣韻》揣，又音丁果切，搖也。」正與《慧琳音義》中「剸」的釋義吻合。

宋儒語錄如《朱子語類》中出現的用例可參加前文共時描寫的部分。金元的詩詞曲語中仍有用例，金董解元《西廂記諸宮調》卷六：「我團著，這妮子做破大手腳。」（元）柳貫《送郭子昭經歷赴淮東》詩：「生平書檄手，妙在巧裁剸。」而明清文獻中，「團、搏、剸」表「揣」義已不多見，到現代漢語通語中，這個義項已經消失。

綜上所述，「團」之「揣」義與該詞的其他義項沒有語義上的引申關係，也不是傳統意義上音近義通的「假借」。該義項的產生是外力干擾詞義發展進程的結果。人們對「用嵩為專」的「過度類推」導致「搏（團）」寫成的「揣ˊ」與表「估量」義的「揣」混為一體，並在儒、釋經典中高頻出現，人們對儒、釋文獻的尊崇又強化了對「搏（團）」之「揣」義的認可，而忽視個別或少數群體

〔註38〕潘重規《敦煌變文集新書》〔M〕臺北：文津出版社，民國83年：302。

〔註39〕江藍生，曹廣順《唐五代語言詞典》〔M〕上海：上海教育出版社，1998，361。

〔註40〕蔣禮鴻《敦煌文獻語言詞典》〔M〕杭州：杭州大學出版社，1994：320，321。

如慧琳、可洪等人對這種現象的辨識與澄清。對此，我們的認識是：在充分研究詞義發展「內部規則」的前提下，遇到不合規則的例外時，適當關注詞義發展進程中的「外力干擾」是十分必要的。

2. 猜

本義爲「殘，殘忍」。《說文・犬部》：「猜，恨賊也。從犬，青聲。」朱駿聲《說文通訓定聲》：「字從犬如狡獪狂猛之類本以言犬移以言人。」王筠句讀：「許君爲恨不足盡猜之情，故申之以賊，爲其必有所賊害也。」由「懷疑、疑忌」義進而引申則有「估量推測」義。《篇海類編・鳥獸類・犬部》：「猜，測也。」和本概念場的其他成員比較，「猜」表「揣測；猜想」義帶有明顯的口語色彩，該義項從宋代沿用至現代漢語中。

〔1〕（宋）王安石《兩馬齒俱壯》詩：「兩馬不同調，各爲世所猜。問之不能言，使我心悠哉！」

〔2〕巴金《春》六：「她心裏有點緊張，猜不到母親要談什麼事情。」

3. 揣

《說文・手部》：「揣，量也。度高曰揣。」「揣摩、揣摸」一對異形詞，均表「估量；推測」。從文獻用例來看，「揣摩」最早出現在先秦文獻中，表示「揣度對方，以相比合」之義。多用於戰國時之遊說術，揣度國君心思，使遊說投合其本旨。《戰國策・秦策一》：「〔蘇秦〕乃夜發書，陳篋數十，得太公《陰符》之謀，伏而誦之，簡練以爲揣摩。」又（漢）王充《論衡・答佞》：「儀秦，排難之人也，處擾攘之世，行揣摩之術。」大約在唐代，「揣摩」出現嚴格意義上的「忖度，估量」義，〔註41〕沿用至現代漢語書面語中。

〔1〕（唐）高適《封丘作》詩：「揣摩慙黠吏，棲隱謝愚公。」

〔2〕楊沫《青春之歌》第一部第四章：「請問－－不揣冒昧，林先生結婚了嗎？」

4. 度

本義指「法制、法度」。《說文》：「度，法制也。從又，庶省聲。」段玉

〔註41〕「揣摸」作爲「揣摩」的異形詞，亦首見於唐代文獻。唐徐堅《初學記》卷二十三・道釋部：「【後魏孝文帝《立僧尼制詔》】門下，凝覺澄沖，事超俗外，揣摸芜瀆，理寄忘言。然非言何以釋教？」

裁注：「寸、尺、咫、尋、常、仞皆以人之體爲法。寸法人手寸口……仞法伸臂一尋，皆從手取法，故從又。」亦指具體的計算長短的標準和器具。《玉篇・又部》：「度，尺曰度。」用作動詞表示「測量；計算。」（唐）玄應《一切經音義》卷二十六：「度，測量也。」《廣韻・鐸韻》：「度，度量也。」《字彙・廣部》：「度，計也。」如果測量，度量的物件爲抽象的物事，「度」的詞義則抽象爲「推測；估計」。《爾雅・釋詁上》：「度，謀也。」《玉篇・又部》：「度，揆也。」《字彙・廣部》：「度，算謀也。料，忖也。」該義項從先秦沿用至清。

〔1〕《書・泰誓上》：「同心度德，同德度義。」孔傳：「揆度優劣，勝負可見。」

〔2〕《紅樓夢》第三十回：「紫鵑度其意，乃勸道：『若論前日之事，意是姑娘太浮躁了些，別人不知寶玉那脾氣，難道咱們也不知道的。』」

5. 料

本義爲「量，稱量」。《說文・斗部》：「料，量也。從斗，米在其中。」段玉裁注：「量者，稱輕重也。稱其輕重曰量，稱其多少曰料，其義一也。」稱量的對象抽象化，引申指「估量；忖度。」從先秦沿用至現代漢語中。

〔1〕（戰國楚）宋玉《對楚王問》：「夫蕃籬之鷃，豈能與之料天地之高哉？」

〔2〕夏衍《秋瑾傳》第一幕：「跟您打個賭好不好？看誰料得對。」

6. 測

本義爲「測量」。《說文・水部》：「測，深所至也。」王筠句讀：「深，動字，謂測之也……《玉篇》：『測，度也。』廣深曰測。」案：當作『度深曰測』。……深所至也，謂深其深之幾何也。」對象虛化，由「量度；測量」義演變成「猜度」義，從先秦沿用到現代漢語。

〔1〕《易・繫辭上》：「陰陽不測之謂神。」

〔2〕周而復《上海的早晨》第四部四三：「他測出潘信誠的心事。」

7. 忖

本義即爲「思量；揣度」。《說文新附・心部》：「度也。」《玉篇・心部》：「忖，思也。」該義項從先秦沿用到現代漢語。

〔1〕《詩・小雅・巧言》:「他人有心,予忖度之。

〔2〕草明《乘風破浪》十八:「他一面和陳家駿說著話,一面暗忖道:
『他真抓得緊!』」

8. (捕)風(捉)影

該詞多喻虛幻無實或無根據地臆測。本作「繫風捕景」,朱熹用以喻指言論
行動以似是而非的跡象爲依據,虛渺隨意,後引申有「憑空想像、無中生有」
義,亦作「握風而捕影、捕影繫風、捉風躡影、搏空捕影」。

〔1〕《漢書・郊祀志下》:「聽其言,洋洋滿耳,若將可遇,求之,盪
盪如繫風捕景,終不可得」。

〔2〕(漢)牟融《理惑論》卷一:「神仙之書,聽之則洋洋盈耳,求其
效,猶握風而捕影,是以大道之所不取。」

〔3〕《梁書・劉孝綽傳》:「但雕朽汙糞,徒成延獎;捕影繫風,終無
効答。」

〔4〕(宋)孫應時《燭湖集》卷六《與黃獻之書》:「論古說今雖佈置
開廣,然不根著如捉風躡影。」

〔5〕《大慧普覺禪師年譜》:「正如癡兒搏空捕影,只堪一笑耳。」

該詞還寫成「尋風捉影、望空捉影、捉風捕影、望風捕影」等,可以省作
「捕風、搏影」等,後多作「捕風捉影」,該詞變體甚多,從兩漢沿用至現代漢
語中。

〔6〕(明)李詡《戒庵老人漫筆・女辯繼母誣陷疏》:「又不曾經獲某
人,乃以數句之詩,尋風捉影,陷臣死罪。」

〔7〕《醒世恒言・李玉英獄中訟冤》:「祗憑數句之話,望空捉影,以
陷臣罪。」

〔8〕(清)紀昀《閱微草堂筆記》卷十:「是事如捉風捕影,杳無實證,
又不可刑求。斷離斷合,皆難保不誤。」

〔9〕《三俠五義》第一一〇回:「怎麼能夠身臨其境,將水寨內探訪明
白,方好行事;似這等望風捕影,實在難以預料。」

〔10〕(明)唐順之《贈蔡年兄道卿序》:「及其力刓於無所不搜,氣竭
於無所不恢,於是向之可喜可慕者或如搏影而不可得。」

〔11〕（清）黃六鴻《福惠全書‧刑名‧問疑》：「打死之事，茫然捕風。」

〔12〕魯迅《南腔北調集‧經驗》：「自然，捕風捉影的記載，也是在所不免的。」

從「搏空捕影」可知，「風」與「空」相對。而「景（影）」同樣有空的意思。風，本義指空氣流動的現象。《說文‧風部》：「風，八風也。東方曰明庶風……東北曰融風。」《六書故‧動物四》：「天地八方之氣吹噓鼓動者命之曰風。」從自然科學的角度看，風是地球表面大氣運動形成的一種自然現象，古人對「風」雖然達不到科學的理性認識，但是感性認識是古今相同，即風是「流動」，具有使其他物體呈現「流動」傾向的動力，如「風行草靡」、「風起雲湧」等，而「風」的「流動」和「言語、消息」的傳播具有一定的相似性，因而「風」用於抽象語境可指「流傳的，沒有確實根據的」。風聞，經傳聞而得知。風言風語，指沒有根據或惡意中傷的話。

〔13〕《漢書‧南粵傳》：「又風聞老夫父母墳墓已壞削，兄弟宗族已誅論。」顏師古注：「風聞，聞風聲。」

〔14〕《紅樓夢》第八十三回：「方才風聞宮裏頭傳了一個太醫院御醫、兩個吏目去看病。」

8.4 景，「影」的古字，後多作「影」，人或物體因遮住光線而投下的暗像或陰影。「風」和「景（影）」都是觸摸不著的東西，所以，風言影語，指沒有根據的話語。「風言影語」的核心語素脫落後，「風」和「景（影）」在意義上虛化指「虛幻無實或無根據的」。

〔15〕（清）梁紹壬《兩般秋雨盦隨筆‧致趙秋舲書》：「狠以春來王粲之不歸，訛傳海外東坡之已死，風言影語，莫識來因，一介鯫生，何忌何惜！」

根據以上材料分析，我們得出《朱子語類》揣度概念場詞彙系統成員歷時層次分析圖。

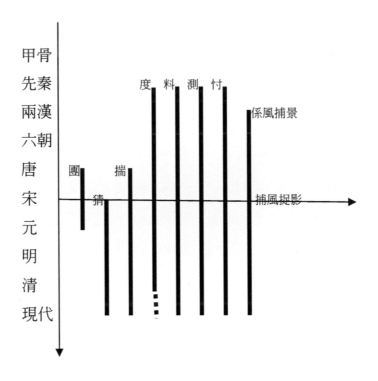

結合上圖，我們可以得出如下結論：

①揣度概念場在先秦兩漢時期的成員主要有「度、料、測、忖、係風捕景」；唐代新增的成員有「團、揣」，其中「團」在元代以后罕見使用。

②宋代新增的成員有「猜」，除「度」之外的成員大多沿用至現代漢語，其中「猜」成爲現代漢語中表達揣度概念的常用詞，多用與口語，而其他成員則多見於書面語中。

③「係風捕景」在宋代繽變成「捕風捉影」，成爲帶有貶義性質的表示揣度概念的習慣用語。

八、知曉概念場詞彙系統及其演變研究

知曉，指人們運用已有的知識經驗來理解、領會未知事物行爲。《朱子語類》中有「曉、解、悟、識、知、會、了、黨、見、睹、轉」爲核心語素的十一類詞指稱知曉概念場。

（一）共時材料描寫

1. 曉

《朱子語類》中「曉」共出現了 1452 例，表示「天亮」義的只有 3 例

〔註42〕；單獨表示曉悟概念的「曉」共有 791 例，以「曉」爲核心語素組合表示曉悟概念的有 12 個複合詞共 306 例，統計可知，《朱子語類》中「曉」表示「知曉」義的用例共出現 1097 例，占了總出現次數的 76%，即在《朱子語類》中「曉」主要承載的是其「知曉」義。

1.1 單用。

1.1.1「曉」有程度上的區分：曉些、略曉；盡曉、盡曉得、曉盡；深曉、大曉；易曉、難曉、全然不曉；曉得通透、曉得透熟。

〔1〕先生曰：「如人曉些文義，吝惜不肯與人說，便是要去驕人。非驕，無所用其吝；非吝，則無以爲驕。」（3，35，939）

〔2〕若讀之數過，略曉其義即厭之，欲別求書看，則是於此一卷書猶未得趣也。（7，104，2612）

〔3〕其中言語亦煞有不可曉者，然亦無用盡曉。（5，67，1659）

〔4〕或人請諸經之疑，先生既答之，復曰：「今雖盡與公說，公盡曉得，不於自家心地上做工夫，亦不濟事。」（8，121，2930）

〔5〕他當初做時，卻只是爲卜筮畫在那裏，不是曉盡許多道理後方始畫。（4，66，1624）

〔6〕龜山疑其兼愛，想亦未深曉《西銘》之意。（7，98，2524）

〔7〕曰：「見君舉說，其人大曉音律。」（6，92，2343）

〔8〕至孔子，又恐人不知其所以然，故又復逐爻解之，謂此爻所以吉者，謂以中正也；此爻所以凶者，謂不當位也，明明言之，使人易曉耳。（5，70，1768）

〔9〕十三卦是大概說，則這箇幾卦也是難曉。（5，76，1944）

〔10〕當時曾無玷陳君舉之徒全然不曉，但謝子肅章茂獻卻頗主某說。（7，107，2662）

〔11〕天下事，須是人主曉得通透了，自要去做，方得。（7，108，2679）

〔註42〕地有絕處。唐太宗收至骨利干，置堅昆都督府。其地夜易曉，夜亦不甚暗，蓋當地絕處，日影所射也。其人髮皆赤。（1，1，7）通鑒說，有人適外國，夜熟一羊脾而天明。此是地之角尖處。日入地下，而此處無所遮蔽，故常光明；及從東出而爲曉，其所經遮蔽處亦不多耳。（1，1，7）歐公最喜一人送別詩兩句云：「曉日都門道，微敍草樹秋。」（8，140，3334）

〔12〕須盡記得諸家說，方有箇襯簟處，這義理根腳方牢，這心也有殺泊處。心路只在這上走，久久自然曉得透熟。（8，121，2920）

1.1.2 與「曉」相近的詞語有「明、識、解、知、見、得、理會」，與「曉「相對的詞語有「暝、瞞」。

〔13〕其實只是一理，「才明彼，即曉此」。（2，18，399）

〔14〕識得一箇，便曉得其餘箇。（1，6，122）

〔15〕讀書，且從易曉易解處去讀。如《大學》《中庸》《語》《孟》四書，道理粲然。（1，13，249）

〔16〕曰：「然。占與辭是一類者，曉得辭，方能知得占。若與人說話，曉得他言語，方見得他胷中底蘊。變是事之始，像是事之已形者，故亦是一類也。」（5，75，1919）

〔17〕胡氏之說，惟敬夫獨得之，其餘門人皆不曉，但云當守師之說。（7，103，2606）

〔18〕四方蠻夷都不曉人事，那裏人卻理會得般道理恁地！（8，138，3283）

〔19〕五十遍暝然不曉，便是氣質不好。今人未嘗讀得十遍，便道不可曉。（1，10，168）

〔20〕而今只理會三句，籩豆之事都不理會，萬一被有司喚籩做豆，若不曾曉得，便被他瞞。（7，118，2850）

1.1.3「曉」的否定形式。《朱子語類》中「曉」的否定結構包括否定「曉」和否定「曉得」兩類。

1.1.3.1 否定「曉」：不曉 6〉未曉 5〉莫曉 1〔註43〕

〔21〕恐人不曉，又筆之於書。（1，11，187）

〔22〕別人不曉禪，便被他謾；某卻曉得禪，所以被某看破了。（3，41，1057）

〔23〕大凡文字有未曉處，須下死工夫，直要見得道理是自家底，方住。（1，10，164）

〔24〕蓋學者方看此，有未曉處，又引他處，只見難曉。（1，14，258）

〔註43〕腳注上的數字表示該詞在《朱子語類》中出現的次數，「〉」表示使用頻率從高到底。

〔25〕某問周：『何謂執綏官？』渠亦莫曉。（8，128，3067）

「不曉」的擴展形式：不可曉₄〉不能曉₂

〔26〕凡觀書，且先求其意，有不可曉，然後以注通之。（1，14，256）

〔27〕《楚詞》平易。後人學做者反艱深了，都不可曉。（8，139，3299）

〔28〕不能曉其所以生，則又焉能曉其所以死乎！（3，39，1012）

1.1.3.2 否定「曉得」：曉不得、不曉得；未曉得、曉未得。

1.1.3.2.1 曉不得₃〉不曉得₂（其擴展形式為「曉～不得₆〉不～曉得₁」）

〔29〕上古民淳，未有如今士人識理義嶢崎；蠢然而已，事事都曉不
得。（4，66，1620）

〔30〕曰：「前輩多如此說，不但欽夫，自五峰發此論，某自是曉不
得。」（6，95，2415）

〔31〕曰：「字義從來曉不得，但以意看可見。如『突梯滑稽』，只是
軟熟迎逢，隨人倒，隨人起底意思。」（8，139，3297）

〔32〕且如儀禮一節，自家立朝不曉得禮，臨事有多少利害！（1，
15，300）

〔33〕你不曉得底，我說在這裏，教你曉得；你不會做底，我做下樣
子在此，與你做。（1，13，230）

以上格式有擴展形式：曉～不得₆〉不～曉得₁（曉～不得：「曉不甚得、
曉他意不得、曉那一貫不得、曉他不得、曉『忠者天道，恕者人道』不得、曉
他老先生說話不得」，不～曉得：「不甚曉得」）。

〔34〕如冉、閔非無德行，然終是曉不甚得，擔荷聖人之道不去。（2，
28，720）

〔35〕「其初難知」，至「非其中爻不備」，若解，也硬解了，但都曉他
意不得。這下面卻說一個「噫」字，都不成文章，不知是如何。
後面說「二與四同功」，「三與五同功」，卻說得好。但「不利遠
者」，也曉不得。（5，76，1957）

〔36〕只是曾子怕人曉那一貫不得，後將這言語來形容，不是說聖人
是忠恕。（2，27，689）

〔37〕竊意當時風俗恁地說話，人便都曉得。如這物事喚做這物事，
今風俗不喚做這物事，便曉他不得。（5，79，2057）

〔38〕子善云：「初曉『忠者天道，恕者人道』不得。後略曉得，因以二句解之云：『天道是自然之理具，人道是自然之理行。』」（2，27，698）

〔39〕而程子卻作兩樣說，便是某有時曉他老先生說話不得。（3，36，969）

〔40〕善人雖是資質好，雖是無惡，然『不踐跡，亦不入於室』。緣不甚曉得道理，不可以到聖人，只是恁地便住了。（3，34，896）

1.1.3.2.2 曉未得 4〉未曉得 2

〔41〕如深衣十五升布，似如今極細絹一般，這處升數又曉未得。（4，47，1190）

〔42〕讀書，須立下硬寨，定要通得這一書，方看第二書。若此書既曉未得，我寧死也不看那箇！如此立志，方成工夫。（7，116，2805）

〔43〕然孔子說了，子貢又無以承之，畢竟也未曉得。（3，44，1139）

以上所引材料可知，《朱子語類》中，「曉」的否定式中「不曉」是占優勢的否定形式；「曉得」的否定式中否定詞置於中間的「曉 X 得」是占優勢的否定形式，「X=不／未」，就《朱子語類》語料而言，「曉不得」體現爲優勢形式。綜上所述，「曉」的否定的代表形式分別爲「不曉」和「曉不得」。

1.2 場內組合（包括「曉」和「曉得」與場內成員的組合兩種模式。）

1.2.1 曉會、曉了、曉悟、通曉、曉認、覺曉、知曉、曉知。

〔44〕小人之心，只曉會得那利害；君子之心，只曉會得那義理。（2，27，701）

〔45〕要知左氏是箇曉了識利害底人，趨炎附勢。（8，122，2952）

〔46〕這工夫須用行思坐想，或將已曉得者再三思省，卻自有一箇曉悟處出，不容安排也。（1，10，167）

〔47〕仲弓也是和粹，但精神有所不及。顏子是大故通曉。（3，42，1078）

〔48〕若只誦其文，而自不實曉認得其意，亦不可。（3，42，1078）

〔49〕又曰：「看《尚書》，漸漸覺曉不得，便是有長進。若從頭至尾解得，便是亂道。《高宗肜日》是最不可曉者，《西伯戡黎》是

稍稍不可曉者。」（5，79，2041）

〔50〕各人稟職事了，相與久坐說話議論，又各隨其人問難教戒，所以鞭策者甚至，故有人爲其屬者無不有所知曉事。（8，130，3131）

〔51〕此記衰弱之甚，皆寓古人詩文中不可曉知底於其中，似暗影出。（8，138，3278）

1.2.2 曉得〔註44〕、曉會得、認曉得、曉認得、曉覺得。

〔52〕曰：「不必須用一字訓，但要曉得大意通透。」（1，6，118）

〔53〕此亦只是說心中自曉會得後，又信得及耳。（2，28，715）

〔54〕若只誦其文，而自不實曉認得其意，亦不可。（3，41，1062）

〔55〕東坡聰明，豈不曉覺得？（8，130，3116）

由上可知，此組成員大多出現了「V 得」的形式，V 多爲知覺動詞，其中的「得」應該是個詞內語素，其前身當爲動詞補語，後來「V 得」詞彙化爲一個雙音動詞，這種演變晚唐已顯端倪，唐劉禹錫《秋日題竇員外崇德里新居》詩：「莫言堆案無餘地，認得詩人在此間。」元稹《過東都別樂天二首》：「戀君不去君須會，知得後回相見無。」宋代頗爲常見，如：「知得、認得、曉得、見得、識得」，《朱子語類》中均有大量用例。

1.3 場外組合

1.3.1 與表示「分明；清楚」的語素組合：分曉、分分曉曉、著曉。

〔56〕而今看注解，覺大段分曉了，只在子細去看。（1，14，256）

〔57〕聖賢之言，分分曉曉，八字打開，無些子回互隱伏說話。（8，124，2980）

〔58〕如籩豆之類，若不曉，如何解任那有司！若籩裏盛有汁底物事，豆裏盛乾底物事，自是不得，也須著曉始得，但所重者是上面三事耳。（3，35，918）

1.3.2 與表示「知曉主體」的語素組合：心曉、意曉。

〔59〕今人口略依稀說過，不曾心曉。（1，8，142）

〔註44〕「曉得」在《朱子語類》中共出現 285 次，是本概念場內僅次於單音詞「曉」的成員。

〔60〕曰：「這樣處也難說，可以意曉。但是見得聖人事事透徹，事事做到那極致處。」（3，34，890）

1.3.3 與表示「知曉」程度的語素組合：通曉、洞曉、諳曉、曉徹、家至戶曉。

〔61〕也自有一般人敏捷，都要看過，都會通曉。（7，114，2760）

〔62〕又祭明道女兄云：「見伯淳言，汝讀《孟子》有所見，死生鬼神之蘊，無不洞曉。今人爲卿相大臣者，尚不能知。」（6，93，2357）

〔63〕辛棄疾頗諳曉兵事。（7，110，2705）

〔64〕因誨郭兄云：「讀書者當將此身葬在此書中，行住坐臥，念念在此，誓以必曉徹爲期。」（7，116，2805）

〔65〕古人上下習熟，不待家至戶曉〔註45〕，皆如飢食而渴飲，略不見其爲難。（6，84，2178）

1.3.4 其他組合：曉然、曉諭、曉示。

〔66〕曰：「程子說得卻不活絡。如漢儒之說權，卻自曉然。曉得程子說底，得知權也是常理；曉不得他說底，經權卻鶻突了。」（3，37，993）

〔68〕如《周誥》等篇，恐只似如今榜文曉諭俗人者，方言俚語，隨地隨時各自不同。（5，78，1981）

〔68〕後來朝廷行下文字來，方始敢出榜曉示。（8，127，3061）

2. 解

2.1 單用時與「奧澀」相對，與「曉」相類。

〔1〕先生因言，《論語》中有子說數章，文勢皆奧澀，難爲人解。（2，22，525）

〔2〕讀書，且從易曉易解處去讀。（1，13，249）

2.2 場內組合：解曉、解悟、曉解。

〔3〕若不曉，又且放下。只管恁地，久後自解曉得。（3，44，1140）

〔註45〕家至戶曉，讓每家每人都知道。語本漢劉向《列女傳・節義》：「梁國豈可戶告人曉也？被不義之名，何面目以見兄弟國人哉？」後作「家喻戶曉」。

〔4〕特其才高，凡接於見聞者莫不解悟，比之屢空者爲有間矣。（3，
　　39，1020）

〔5〕會看文字，曉解明快者，卻是吳伯豐。（7，117，2812）

2.3 場外組合：無。

3. 悟

3.1 單用時與「熟讀」相對應。

〔1〕今難卒說，且須熟讀正文，久當自悟。（5，67，1654）

3.2 場內組合：無。

3.3 場外組合，與表示「悟」的方式的語素組合：頓悟、開悟。前者謂不假
時間和階次，直接悟入真理，後者需經一定的方式使之達到「悟」的結果。

〔2〕許行父謂：「陸子靜只要頓悟，更無工夫。」（8，124，2983）

〔3〕必大曰：「致堂文字決烈明白，卻可開悟人主。」（5，67，1676）

4. 識

4.1 單用時與「曉、見」義近。

〔1〕識得一箇，便曉得其餘箇。（1，6，122）

〔2〕蔡云：「這是箇道理。譬如一箇十分雄壯底人，與一箇四五分底
　　人廝打。雄壯底只有力，四五分底卻識相打法，對副雄壯底便
　　不費力，只指點將去。這見得八陣之法，有以寡敵眾之理。」（8，
　　136，3240）

4.2 場內組合：識認。

〔3〕這便是渾然天理，這便是仁，須識認得這意思。（3，41，1063）

4.3 場外組合：不識痛癢。

〔4〕曰：「仁者常存此心，所以難其出。不仁者已不識痛癢，得說便
　　說，如人夢寐中讝語，豈復知是非善惡！」（3，42，1080）

5. 知

5.1 單用時多與「看、曉」共現，其中「看」是「知」的前提，「知」是「曉」
的結果，三者的關係可以表示為：看前提→曉過程→知結果。

〔1〕且如今有人把一篇文字來看，也未解盡知得他意，況於義理。
　　（1，10，173）

〔2〕但此等語話，只可就此一路看去；纔轉入別處，便不分明，也不可不知。（5，71，1795）

〔3〕蓋人心至靈，有什麼事不知，有什麼事不曉，有什麼道理不具在這裏。（1，14，264）

〔4〕他若未曉，聖人豈肯說與，但他只知得箇頭耳。（3，44，1139）

〔5〕今有一樣人，其不畏者，又言過於直；其畏謹者，又縮做一團，更不敢說一句話，此便是不曉得那幾。若知幾，則自中節，無此病矣。（5，76，1948）

5.2 場內組合：知識、知得、得知、知道。

〔6〕蓋上古之時，民淳俗樸，風氣未開，於天下事全未知識。（4，66，1621）

〔7〕占與辭是一類者，曉得辭，方能知得占。（5，75，1919）

〔8〕曉得程子說底，得知權也是常理；曉不得他說底，經權卻鶻突了。（3，37，993）

〔9〕若只描摸箇大綱，縱使知道此人是賊，卻不知何處做賊。（164）

5.3 場外組合：知委、知悉。

〔10〕只以一幅紙截作三片，作小榜遍貼云，本廳取幾日點追甚鄉分稅，仰人戶鄉司主人頭知委。（7，105，2639）

〔11〕即論以不要如此，只用一幅紙寫數榜，但云縣學某月某日補試，各請知悉。（7，105，2639）

6. 會

6.1 單用時與「見到、會……意」同現。

〔1〕凡人若讀十遍不會，則讀二十遍；又不會，則讀三十遍至五十遍，必有見到處。（1，10，168）

〔2〕後人不會其意，遂以爲孔子只是一貫，元不用多學。（3，45，1148）

6.2 場內組合：無。

6.3 場外組合：理會、默會、會得。

〔3〕學者理會文義，只是要先理會難底，遂至於易者亦不能曉。（1，11，183）

〔4〕夫所謂體認者，若曰體之於心而識之，猶所謂默會也。（7，115，2773）

〔5〕下學、上達雖是兩件理，會得透徹廝合，只一件。（3，44，1141）

7. 了（瞭）

7.1 單用無。

7.2 場內組合：了了、了得、曉了。

〔1〕顏子聰明，事事了了。子貢聰明，工夫粗，故有闕處。（2，27，678）

〔2〕若閑時不曾知得，臨事如何了得。（1，15，309）

〔3〕要知左氏是箇曉了識利害底人，趨炎附勢。（8，122，2952）

7.3 場外組合：了然了然明白、了然如在目中、了然於中、了然在目、了然照見、瞭然、明瞭。

〔4〕惟其胸中了然，知得路逕如此，知善之當好，惡之當惡，然後自然意不得不誠，心不得不正。（1，15，302）

〔5〕須於日用間，令所謂義了然明白。（1，13，227）

〔6〕識得道理一一分曉，了然如在目中，則自然浹洽融會，形之言語自別。（2，20，469）

〔7〕不惑，謂識得這箇道理，合東便東，合西便西，了然於中。（2，23，557）

〔8〕不過如今之史書直書其事，善者惡者了然在目，觀之者知所懲勸，故亂臣賊子有所畏懼而不犯耳。（4，55，1318）

〔9〕「匪靈弗瑩」，言彰與微，須靈乃能了然照見，無滯礙也。（6，94，2408）

〔10〕這不是分別得分明，如何得胸次恁地瞭然！（3，30，769）

〔11〕明底人便明瞭，其他須是養。（1，12，204）

8. 黨

8.1 單用時為承古用法。

〔1〕伯恭黨得《小序》不好，使人看著轉可惡。（6，80，2079）

8.2 場內組合：無。

8.3 場外組合：無。

9. 睹

9.1 單用無。

9.2 場內組合：無。

9.3 場外組合：睹當、賭當、不睹是。

〔1〕自家今且剖判一箇義利。試自睹當自家，今是要求人知？要自爲己？（7，119，2873）

〔2〕若此心上工夫，則不待商量賭當，即今見得如此，則更無閑時。（1，12，20，2）

〔3〕曰：「聖人也不說道可，也不說道不可，但看義如何耳。佛老皆不睹是，我要道可便是可，我要道不可便是不可，只由在我說得。」（2，26，664）

10. 見

10.1 單用時表示動作「看」的結果。

〔1〕又云：「看北斗，可以見天之行。」（1，1，11）

10.2 場內組合：無。

10.3 場外組合：見到、見得。

〔2〕凡人若讀十遍不會，則讀二十遍；又不會，則讀三十遍至五十遍，必有見到處。（1，10，168）

〔3〕又云：「今人讀書麤心大膽，如何看得古人意思。如說『八庶徵』，這若不細心體識，如何會見得。」（5，79，2048）

11. 委

11.1 單用時常以否定的形式出現：未委。

如某在紹興，有納助米人從縣保明到州，州保明到監司，監司方與申部，忽然部中又行下一文字來，再令保明！某遂與逐一詳細申去云：「已從下一一保明訖，未委今來因何再作行移？」如此申去，休了。後來忽又行下來云：「助米人稱進士，未委是何處幾時請到文解？還是鄉貢？如何，仰一一牒問上來。」這是回耐不回耐！（7，106，2650）

11.1 場內組合：知委。

曰：「昔在同安作簿時，每點追稅，必先期曉示。只以一幅紙截作三片，

作小榜遍貼云，本廳取幾日點追甚鄉分稅，仰人戶鄉司主人頭知委。」（7，105，2639）

　　11.2 場外組合：無。

　　12. 轉

　　12.1 單用時與「理會、曉」同現。

　　　　〔1〕若理會得入頭，意思一齊都轉；若不理會得入頭，少間百事皆差錯。（8、141，142）

　　　　〔2〕南軒卻易曉，說與他便轉。（6，81，2135）

　　12.2 場內組合：無。

　　12.3 場外組合：一撥便轉；撥著便轉；撥著便轉，挑著便省（xǐng）。

　　　　〔3〕又舉小南和尚偶靠倚而坐，其師見之，厲聲叱之曰：「恁地無脊樑骨！」小南聞之聳然，自此終身不靠倚坐。「這樣人，都是資質美，所以一撥便轉，終身不為。」（3，35，916）

　　　　〔4〕先生曰：「他一時間都是英才，故撥著便轉，便只須恁地說。」（7，104，2625）

　　　　〔5〕睿有思，有不通；聖無思，無不通。又曰：「聖人時思便通，非是塊然無思，撥著便轉。恁地時，聖人只是箇瓠子！」（6，94，2400）

　　　　〔6〕但叔權也昏鈍，不是箇撥著便轉，挑著便省底。（7，119，2877）

　　以上四個例句中，「轉」出現的語境可以分為兩類：前二句句為一類，其中「資質美」「英才」均指人的稟賦、悟性很高，一點就透。所以這兩句中「轉」的「知曉」語境義是通過的「轉」的「靈活」義投射到人的思維領域指稟賦好、悟性高的人「頭腦」靈活，「曉悟」能力強，即「一點就通」之義。後兩句句為一類，其中「塊然無思」指「木然無思貌」，句義為「聖人要時常思考便曉悟，不是木然無思時也會一點就通，如果是那樣的話，聖人只是個瓠瓜而已。」下句中「不是箇撥著便轉，挑著便省」與「昏鈍」前後對比可知，「撥著便轉，挑著便省」表示的是與「昏鈍」相對的意思，即「聰穎，領悟力高」的意思。即以上所引材料中的「轉」含有「稟賦好、悟性高；不木然、不昏鈍」的語義傾向。

根據以上材料分析，我們得出知曉概念場詞彙系統成員共時層次語義屬性分析表：

分析 / 成員	單　　用	場內組合	場外組合	語義屬性
曉	「曉」有程度上的區分：曉些、略曉；盡曉、盡曉得、曉盡；深曉、大曉；易曉、難曉、全然不曉；曉得通透、曉得透熟	曉會、曉了、曉悟、通曉、覺曉、知曉、曉知	與表示「分明；清楚」的語素組合：分曉、分分曉曉、著曉	分明；清楚「曉」的
	與「曉」相近的詞語有「明、識、解、知、見、得、理會」，與「曉「相對的詞語有「暝、瞞」		與表示「知曉主體」的語素組合：心曉、意曉	否定的代表形式分別為「不曉」和「曉不得」。
	否定結構包括否定「曉」和否定「曉得」兩類：否定「曉」：不曉6〉未曉5〉莫曉1；否定「曉得」：曉不得、不曉得；未曉得、曉未得	曉得〔註46〕、曉會得、認曉得、曉認得、曉覺得	與表示「知曉」程度的語素組合：通曉、洞曉、諳曉、曉徹、家至戶曉	
			其他組合：曉然、曉諭、曉示	
解	與「奧澀」相對，與「曉」相類	解曉、解悟、曉解	無	沒有障礙
悟	與「熟讀」相對應	無	與表示「悟」的方式的語素組合：頓悟、開悟。	與「寤」有音義關係
識	與「曉、見」義近	識認	不識痛癢	知道；瞭解
知	多與「看、曉」共現，其中「看」是「知」的前提，「知」是「曉」的結果，三者的關係可表示為：看前提→曉過程→知結果	知識、知得、得知、知道	知委、知悉	知理
會	與「見到、會……意」同現	無	理會、默會、會得	尋求主客體一致性的行為
了（瞭）	無	了了、了得、曉了	了然、明瞭、了然	聰慧
黨	承古用法	無	無	懂
睹	無	無	睹當、睹當、不睹是	看見
見	表示動作「看」的結果	無	見到、見得	看見

〔註46〕 「曉得」在《朱子語類》中共出現 285 次，是本概念場內僅次於單音詞「曉」的成員。

| 委 | 常以否定的形式出現：未委 | 知委 | 無 | 「委」是唐代俗語，意思是「知」，變文中常用。〔註47〕 |
| 轉 | 與「理會、曉」同現 | 無 | 一撥便轉；撥著便轉；撥著便轉，挑著便省；轉語 | 靈活 |

（二）歷時考察

1. 曉

本義指「明亮，特指天亮」。《說文・日部》：「曉，明也。」段玉裁注：「俗云天曉是也。」那麼表示「明亮、天亮」概念的「曉」如何產生出「曉悟」義呢？「明亮、天亮」是個具體的概念，我們可以憑藉自己的感官感覺得到，而「曉悟」是個抽象概念，人們無法通過身體器官直接感受到，那麼人們就在自己的經驗中尋找一個相似的具體概念來表示這個抽象的概念，這一過程認知語言學稱爲「隱喻」。從自然物理的角度來說，與「曉天亮」相關聯的一個場景應該是「昏」，在無限循環的晝夜鏈條上經過一個夜晚後到達「曉」，人們感官能感覺到的最明顯的表徵就是「天黑→天亮」。從心理認知的角度來說，與「曉曉悟」相關聯的一個場景應該是人們對感覺「昏」的事物經過人腦的資訊加工最終「曉」，如果一直處於「昏暝」狀態，便是「不曉」，心裏便黑暗不明。曉表示「明白，瞭解。」「曉：知道、明白。古南方方音。」〔註48〕該義項從先秦一直沿用到現代漢語中。

〔1〕《列子・仲尼》：「公子牟曰：『智者之言，固非愚者之所曉。』」

〔2〕趙樹理《小二黑結婚》一：「劉家峧有兩個神仙，鄰近各村，無人不曉。

「曉」的把否定詞「不」放在中間的否定形式，在後來的方言中仍由遺留，如在中原官話（山西洪洞），「悉下」是知道的意思。其否定形式就是「悉不下」，另有「知不道」的方言。

〔3〕（清）道光七年《趙城縣城志》：「知曰悉下，不知曰悉不下。」

〔註47〕蔣禮鴻《敦煌變文字義通釋》〔M〕上海：上海古籍出版社，1997：223。

〔註48〕許寶華、宮田一郎《漢語方言大詞典》〔M〕北京：中華書局 1999：1535。

〔4〕《醒世因緣傳》四五回：「狄員外說『家裏嬌養慣的孩子，知不道好歹，隨他罷。』」

2. 解

本義指「用刀剖開動物或人的肢體」。《說文・角部》：「解，判也。」動作「解」的結果是使「整體散開」，甚至「消解」。《齊民要術・水稻》：「二月冰解。」這一過程和開通堵塞很相似。《孟子・盡心下》：「山徑之蹊間，介然用之而成路；爲閒不用，則茅塞之矣。今茅塞子之心矣！」塞茅散開了就沒有障礙了，路也就通了。這一過程投射到人腦理解過程，解就有了「明白，理解」的意思。《廣韻・蟹韻》：「解，曉也。」先秦時該義項從先秦一直沿用到現代漢語書面語中。

〔1〕《莊子・天地》：「大惑者，終身不解。」成玄英疏：「解，悟也。」

〔2〕魯迅《三閑集・無聲的中國》：「殊不知這只要教育普及和交通發達就好，那時就人人都能懂較爲易解的白話文。」

3. 悟

理解；領會。《說文・心部》：「悟，覺也。」段玉裁注：「古書多用寤爲之。」《玉篇・心部》：「悟，心解也。」《廣韻・暮韻》：「悟，心了。」由段注可知，「悟」原寫成「寤」，段玉裁《說文解字注・寢部》：「寤，古書多假借寤爲悟。」《後漢書・班彪傳附班固》：「仰寤東井之精。」李賢注：「寤，猶曉也。」大約在漢代，「寤」表示「理解；領會」義時逐漸被「悟」取代，沿用到現代漢語。

〔1〕（漢）班彪《王命論》：「悟戍卒之言，斷懷土之情。」

〔2〕艾蕪《人生哲學的一課》：「夥計的聲音已放低，似乎業已悟出我是遠方的人。」

4. 識

本義爲「知道；瞭解」。《說文・言部》：「識，知也。」該義項從先秦沿用至現代漢語書面語中。

〔1〕《詩・大雅・皇矣》：「不識不知，順帝之則。」

〔2〕毛澤東《沁園春・雪》詞：「一代天驕，成吉思汗，只識彎弓射大雕。」

5. 知

本義爲「知識」。《說文・矢部》：「知，詞也。從口，從矢。」徐鍇《繫傳》：「凡知理之速，如矢之疾也，會意。」段玉裁注：「『詞也』之上黨有『識字。』」以上「知識」爲名詞，延伸出動詞的用法指獲得「知識」的途徑爲「曉得，瞭解」。《玉篇・矢部》：「知，識也。」該義項從先秦沿用到現代漢語書面語中。

〔1〕《易・乾》：「知進退存亡而不失其正者，其唯聖人乎！」
〔2〕魯迅《華蓋集・碎話》：「〔學者文人〕在圓心裏轉，你卻必得在圓周上轉，汗流浹背而終於不知所以。」

6. 會

本義爲「相合」。《說文》：「會，合也。」段玉裁注：「《禮經》：器之蓋曰會，爲其上下相合也。」「領悟；理解」的過程是尋求主客體一致性的行爲，所謂「不謀而合」是理解的至高境界。與器物的蓋子和軀體相合的情緒相似，因而表示相合的「會」延伸出「領悟；理解」義。從戰國時期沿用到現代漢語書面語中。

〔1〕《韓非子・解老》：「其智深則其會遠。」
〔2〕洪深《申屠氏》第一本：「方蛟會得他主人意，湊到主人耳朵邊，口裏不住說。」

7. 了

本義爲「束嬰兒兩臂」。《說文》：「了，尥也。從子無臂象形。」假借爲「憭」《說文・心部》：「憭，慧也。」聰慧之人自然有很高的領悟力，因爲「憭」在「聰慧；精明」之義的基礎上延伸出「明白；明瞭」義。而典籍則多假「了」爲「憭」；另有「瞭」，三者當爲一詞之異寫，從兩漢沿用至現代漢語。

〔1〕《爾雅・釋丘》注：「嫌人不了。」
〔2〕（漢）王充《論衡・自紀》：「文必麗以好，言必辯以巧。言瞭於耳，則事味於心。」
〔3〕（三國）韋昭《〈國語解〉敍》：「侍中賈君敷而衍之，其所發明，大義略舉，爲已憭矣。」
〔4〕巴金《關於長生塔》：「朋友來信說，他讀這本書，不很了了，拿給孩子讀，孩子也說不懂。」

〔5〕魯迅《書信集・致曹聚仁》:「此種微辭,已為今之青年所不憭。」

〔6〕北京大學中文系《中國小說史稿》第四篇第六章:「他（諸葛亮）隱居隆中,但對天下大勢卻瞭若指掌,所以和劉備初次會面時就能為後來的蜀漢訂下了一套正確的據蜀、聯吳、圖魏的方略。」

8. 黨（懂）

《方言》卷一:「黨,知也。楚謂之黨。」郭璞注:「黨朗,解寤兒。」章炳麟《新方言・釋言》:「『黨,知也。』今謂瞭解為黨,音如董。錢繹《箋疏》云:「今人謂知為懂,其黨聲之轉歟?」黨:端紐宕攝,古音在陽部;懂:端紐通攝,古音在東部。顯然,他們是有同源關係的,雙聲,東陽對轉。「黨」表示「知曉,曉悟」義最早見於先秦文獻,但用例不多;「黨」的該義項後用「懂」表示,最早出現在明代文獻中,沿用到現代漢語中成為表示「知曉」義的常用詞。

〔1〕《荀子・非相》:「法先王,順禮義,黨學者,然而不好言,不樂言,則必非誠士也。」王先謙《集解》引郝懿行曰:「黨則曉了之意。法先王,順禮義,出言可以曉悟學者,非朋黨親比之義也。」

〔2〕《張天師》一折:「原來是一半兒粧呆一半兒懂」。

〔3〕曹禺《雷雨》第一幕:「周沖:『不,她是個聰明有感情的人,並且她懂得我。』」

9. 睹

本義為「看見」。《說文・見部》:「睹,見也。」引申出「了解」義,亦作「覩、睹」。「睹」表「了解」義當與「黨、懂」有音義上的聯繫,姜亮夫《昭通方言疏證》有相關論述,茲錄如下:黨_{音如董}懂睹:「黨,師曰:『《方言》（按卷一）黨,知也。』今謂瞭解為黨,音如董。俗作「懂」,非也。《廣韻》懂訓心亂,猶今言懵懂之語,其義絕異。元人以不黨為不睹,不懂事為不睹事。」〔註49〕該義項從兩漢沿用至元代。

〔1〕《淮南子・人間》:「見本而知末,觀指而睹歸。」

〔註49〕姜亮夫著,姜昆武校《昭通方言疏證》（266條）〔M〕上海:上海古籍出版社,1988。

〔2〕《論衡・自紀》：「口論務解分而可聽，不務深迂而難賭。」

〔3〕（元）王實甫《西廂記》第五本第三折：「硬打捱強爲眷姻，不覷事強諧秦晉。」

10. 見

本義爲「看見，看到」。《說文・見部》：「見，視也。」投射到人腦的思維體系，見延伸出「知道；覺得」義，對象爲抽象的物事。該義項從先秦沿用至現代漢語。

〔1〕《左傳・襄公二十五年》：「他日吾見蔑之面而已，今吾見其心矣。」

〔2〕魯迅《集外集・〈奔流〉編校後記（四）》：「以爲中世紀在文化上，不能算黑暗和停滯，以爲羅丹的出現，是再興戈諦克的精神：都可以見作者的史識。」

11. 委

本義爲「順從，聽任」。《說文・女部》：「委，隨也。」段玉裁注：「隨其所如曰委。」

〔1〕（晉）王羲之《雜帖》五：「白屋之人，復得遷轉，極佳。未委幾人？」

〔2〕（明）湯顯祖《邯鄲記・招賢》：「不道狀元難事，但一緣二命，未委何如？」

12. 轉

本義爲「用車運輸（音 zhuǎn）」。《說文・車部》：「轉，運也。」《史記・平準書》：「轉漕甚遼遠。」司馬貞索引：「車運曰轉，水運曰漕也。」「車運」依靠車輪的「旋轉」運行。轉喻引申出「旋轉」義，音 zhuàn。《樂府詩集・雜曲歌辭二・悲歌行》：「心思不能言，腸中車輪轉。」根據以上分析，從「轉」本身的詞義系統演變來看，是無法引申出「知曉」義項的，而「轉」在上文的共時材料部分用例中出現了表示「知曉」的語境義，我們認爲是和特定的語境和習慣的語言搭配相聯繫的，「一撥便轉；撥著便轉；撥著便轉，挑著便省」這些習慣表達均源自有一個共同的結構隱喻的背景圖式，即佛教禪宗「水上葫蘆子」的背後場景：（宋）宗杲《正法眼藏》卷第一之上：「遮個如水上

葫蘆子，有人按得麼，常露現前，滔滔地自由自在，未會有一法解蓋得伊，未曾有一法解等得伊。撥著便露，觸著便轉，轆轆地蓋聲蓋色，展即周流無滯，常露目前。」從以上例句中，我們可以清楚的理解「撥」和「轉」都是針對「水上葫蘆子」的意象來描述的，這一場景以意象的形式整體投射到思維領域，把經常處於思考當中又「聰明、曉悟」的人比喻謂「水上葫蘆子」，智者「一撥」就能很快「轉動腦筋」領悟到禪義佛理。禪錄中多有此類說法，用以喻指不爲外物拘執，灑脫豁達的境界。

〔1〕《祖堂集》卷四：「師尋上鄧州丹霞山，格調孤峻，少有攀者。爰有禪德遠來問津，山下遇見師，遂輒申問：『丹霞山在什摩處？』師指山曰：『青青黮黮底是。』禪德曰：『莫只這個便是不？』師曰：『眞師子兒，一撥便轉。』」

〔2〕《雪岩和尙語錄》卷二：「只貴利根上智，撥著便轉，撩著便行。」

〔3〕《續刊古尊宿語要》第五集《柏堂雅和尙語》：「明眼漢沒窠臼，應時如風，應機如電，點著便行，撥著便轉。」

「撥著便轉，挑著便省」則是人們在此基礎上添加了一個「轉語〔註50〕」，即「撥著便轉」就是「挑著便省」「省」爲「明白清楚」之義，似與挑燈芯使燈明亮有關。「轉」的「知曉」義可能是當時方言口語，多見於五代和宋代的禪宗語錄中，這種用法至今保留在現代漢語方言中，今西南官話也如四川重慶方言中，「轉」有「開竅」義。

〔4〕曾憲國《在逢場的茶館裏》：「先還爲三分錢出言語的老漢，此刻坐在磨子上想轉了。」

根據以上材料分析，我們得出《朱子語類》知曉概念場詞彙系統成員歷時層次分析圖。

〔註50〕「轉語」指禪宗謂撥轉心機，使之恍然大悟的機鋒話語，引申爲解釋的話。

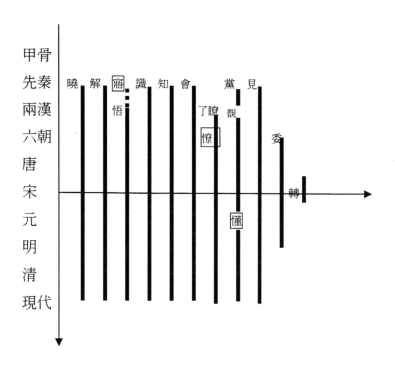

結合上圖，我們可以得出如下結論：

①知曉概念場在先秦兩漢時期已基本定型，主體成員有「曉、解、寤、識、知、會、黨、見」，其中「曉、解、識、知、會、見」均沿用至現代漢語書面語中，「寤、黨」則續變爲新的詞形「悟、懂」。

②六朝新增的成員有「委」，沿用至元明時期；唐宋時期文獻中偶見邊緣成員「轉」。

③在知曉概念場的主體成員中，先秦時期的「寤」后作「悟」兩漢六朝時期的「了、瞭、憭」後多通用爲「了」，先秦時期的「黨」在後世文獻中常作「覩、睹」，從元代開始作「懂」，沿用至現代漢語，成爲現代漢語中表示知曉概念的常用詞。

本章小結

本章討論的八個概念場詞彙系統中，「放置、丟棄、隱藏、遮蓋、誅殺」這五個概念場屬於身體動作概念場，「招惹」則兼屬於身體動作和言語動作的混合動作概念場，「揣度、知曉」屬於思維動作概念場。他們在形成和演變的過程中會表現出獨具特色的個性，但同時他們也在一定程度上表現出共性。從概念和語言關係的角度，我們可以說，概念場內的所有成員都是從不同的角度來補充完善人類對這個概念的解讀，這種解讀的過程在不同的歷史時期

逐漸形成不同的層級，當這種解讀發展到基本完善的階段，在一定的共時平面上，發展到一定規模的概念場詞彙會進行階段性調整，淘汰語義表達上重複、已經脫離人類表達的低頻成員，對各成員在語義表達上的分工進行重新分配，以更好地適應人類語言對現實概念的解讀。

我們以放置概念場詞彙系統爲例來看動作概念場詞彙系統成員在歷時演變中語義傾向的變化和重新分配，先看下表：

比較項 成員	本義表現出的語義傾向		《朱子語類》中表現出的語義傾向
安	結果是處於一種安靜的狀態。		穩定地放置
放	有一個運動的過程	處置性	任何形式的放置
置、寘			處置性地放置
頓		向下的趨力	用力地放置
措（厝）	手部動作（突顯出人的因素）		恰當地放置
窠坐	發生在一定的處所（窠）		對人的安排、安頓

我們把場內成員進行本義表現出的語義傾向和《朱子語類》（特定的歷時層面）中表現出的語義特徵進行對比可以得出如下結論：

1、「運動的過程」是本義表現出的主要語義傾向，這在一定程度上爲「放」成爲「放置」概念場的核心成員埋下了伏筆。

2、在本義的語義傾向裏面具有標誌性的傾向會在後來演變的過程中發展成爲相對應的語義傾向，如「安」本義中「安靜的狀態」在《朱子語類》中體現爲「穩定地放置」；「置、寘」本義中「處置性」在《朱子語類》中體現爲「處置性的放置」；「頓」本義中「向下的趨力」在《朱子語類》中體現爲「用力地放置」；「措」本體義中的「手部動作（突顯出人的因素）」在《朱子語類》中體現爲「恰當地放置」；而「放」在本義中具有和「置」相類似的語義傾向，在發展過程中被重新分配，因爲其本義中的標誌性語義已經被「置」所承載，「放」在《朱子語類》中體現爲「任何形式的放置」，成爲放置概念場沿用至今的核心成員。

3、在概念場詞彙系統中還會出現如「窠坐」類的臨時成員，他們一般只出現在特定的時代、區域中，成爲當時當地的特定用詞，在後來的反正演變中大多會逐漸邊緣化，甚至退出本概念場。

第二章　狀態概念場詞彙系統及其演變研究

狀態是與動作相對待而言的，指物質系統（人或事物）所處的狀況。狀態可以是動作的原因、結果，也可以和動作至始至終的相伴隨。大致可以分爲心理狀態和自然狀態。本章選取《朱子語類》中「恐懼、放逸、萎靡、虛空、疾速」共五個狀態概念場詞彙系統爲研究對象，試圖勾勒出以《朱子語類》爲中心的狀態概念場詞彙系統的共時面貌和歷時演變過程，爲漢語狀態概念場詞彙系統的研究提供斷代層面的參考信息。

一、恐懼概念場詞彙系統及其演變研究

恐懼，指生物體因爲周圍有不可預料、不可確定的因素而導致的無所適從的一種心理狀態；是有機體企圖擺脫、逃避某種情景而又無能爲力的情緒體驗。《朱子語類》有「怵、惕、悚（竦）、怖、懼、怯、儸、恐、憚、怕、畏、惴、慄、惶（皇）、戰」爲核心語素的十五類詞及「觳觫」共同指稱恐懼概念場。

（一）共時材料描寫

1. 怵

1.1 單用無。

1.2 場內組合：怵惕。

1.2 場外組合：怵然。

〔1〕莊子庖丁解牛神妙，然每到族，心必怵然爲之一動，然後解去。心動，便是懼處，豈是似醉人恣意胡亂做去！（3，34，875）

〔2〕故莊子又說：「雖然，每至於族；吾見其難爲，怵然爲戒，視爲止，行爲遲。」（5，67，1654）

2. 惕

2.1 單用：因時而惕。

〔3〕問：「乾九三，伊川云：『雖言聖人事，苟不設戒，何以爲教？』」淵錄云：「發得此意極好」。僩錄云：「竊意因時而惕，雖聖人亦常有此心。」（5，68，1694）

2.2 場內組合：怵惕，見「怵」。

2.3 場外組合

2.3.1 帶上詞尾「然、若」：怵然、惕然、惕若。

〔1〕又曰：「讀此一篇，使人心惕然而常存也！」（4，57，1349）

〔2〕《乾》之九三，以過剛不中而處危地，當「終日乾乾，夕惕若」，則「雖危無咎矣」。（5，69，1731）

〔3〕道夫問：「先生嘗說『仁』字就初處看，只是乍見孺子入井，而怵惕惻隱之心蓋有不期然而然，便是初處否？」（1，6，110）

2.3.1 表示「恐懼」時的伴隨動作組合：惕息、惕號，兢惕。

〔4〕到九三，居下卦之上，位已高了，那時節無可做，只得恐懼、進德、修業，乾乾、惕息、恐懼，此便是伊周地位。（5，69，1712）

〔5〕《王子獻》卜，遇《夬》之九二，曰「惕號，莫夜有戎，勿恤」，吉。卜者告之曰：「必夜有驚恐，後有兵權。」未幾果夜遇寇，旋得洪帥。（5，72，1836）

以上所引材料顯示，「惕」的動作性不強，與之組合的複合詞語義上有描寫傾向，在具體語境中多表示「恐懼」的場景而非動作。

3. 悚、聳

3.1「聳」單用：邊境不聳。

〔1〕只今天下無虞，邊境不聳，故無害。萬一略有警，便難承當。（7，
107，2659）

3.2 場內組合：聳畏。

〔2〕爲相正要以進退人才爲先，使四夷聞知，知所聳畏。（8，129，
3088）

3.3 場外組合：悚然、聳然。「悚、聳」語義上傾向於表示狀態。

〔3〕後舉似李先生，先生曰：「尹說固好。然須是看得六十四卦、三
百八十四爻都有下落，方始說得此話。若學者未曾子細理會，
便與他如此說，豈不誤他！」某聞之悚然！（192

〔4〕戒愼恐懼是未發，然只做未發也不得，便是所以養其未發。只是
聳然提起在這裏，這箇未發底便常在，何曾發？（1，11，1499）

4. 怖

《朱子語類》中沒有出現「怖」單用的情況，僅出現 2 例「震怖」。「怖」
語義上傾向表達「恐懼」的伴隨狀態是「震驚」。

〔1〕又如言不畏三軍者，出門聞金鼓之聲，乃震怖而死。（1267）

〔2〕忽報兀朮大舉深入，朝廷震怖。3144

5. 懼

5.1 單用時「懼」有「恐懼」義，但有有虛化的傾向，表示「擔心」，同
「怕」。

〔1〕問：「前輩說治懼，室中率置尖物。」曰：「那箇本不能害人，心
下要恁地懼，且習教不如此妄怕。」（4，52，2472）

〔2〕曾子懼門人不知夫子之道，故舉學者之事以明之，是即此之淺近，
而明彼之高深也。（2，21，492）

〔3〕故鄭子產嘗爭貢賦之次，曰：「昔天子班貢，輕重以列。鄭伯，
男也，而使從公、侯之貢，懼弗給也，敢以爲請。」即其事也。
（2，25，614）

5.2 場內組合：恐懼、怯懼、畏懼。

〔4〕聖人所以「一日二日萬幾」，常常戒謹恐懼。（1，13，233）

〔5〕信州刊李復《潏水集》有一段說：「浩然之氣，只是要仰不愧，
俯不怍，便自然無怯懼。」（4，52，1248）

〔6〕當時講和本意，上不爲宗社，下不爲生靈，中不爲息兵待時，只是怯懼，爲苟歲月計！（8，127，3054）

〔7〕今士大夫顧惜畏懼，何望其如此！平居暇日琢磨淬厲，緩急之際，尚不免於退縮。況遊談聚議，習爲軟熟，卒然有警，何以得其仗節死義乎！（3，35，923）

5.3 場外組合

5.3.1 與表示「憂愁、憂慮、悲傷」的語素組合：憂懼、哀懼、危懼。

〔8〕喜怒憂懼，都是人合有底。只是喜所當喜，怒所當怒，便得其正。（2，16，347）

〔9〕曰：「哀懼是那箇發？看來也只是從惻隱發，蓋懼亦是怵惕之甚者。但七情不可分配四端，七情自於四端橫貫過了。」（6，87，2242）

〔10〕「其辭危」，是有危懼之意，故危懼者能使之安平，慢易者能使之傾覆。（5，76，1958）

〔11〕震，未便說到誠敬處，只是說臨大震懼而不失其常。（5，73，1849）

〔12〕秦老既死，中外望治。在上人不主張，卻用一等人物。當時理會秦氏諸公，又宣諭止了。當時如張子韶范仲達之流，人已畏之。但前輩亦多已死。卻是後來因逆亮起，方少驚懼，用人才。（8，131，3163）

〔13〕某在南康時，吏人欲申隆興。又，建康除了安撫，亦只是列郡，某都是使牒。吏初皇懼，某與之云：「有法，不妨只如此去。」（7，106，2641）

〔14〕問：「瑟者，武毅之貌；恂慄，戰懼之貌。不知人當戰懼之時，果有武毅之意否？」（1，16，321）

〔15〕曰：「人而懷戰懼之心，則必齋莊嚴肅，又烏可犯！」（1，16，321）

5.3.3 與表示「戒備、謹慎」的語素組合：戒懼、謹懼、警懼、懲懼、恂懼。

〔16〕心，言其統體；意，是就其中發處。正心，如戒懼不睹不聞；誠意，如愼獨。（1，15，304）

〔17〕今使人讀好底詩，固是知勸；若讀不好底詩，便悚然戒懼，知得此心本不欲如此者，是此心之失。（2，，2，547）

〔18〕嘗記少年時在同安，夜聞鐘鼓聲，聽其一聲未絕，而此心已自走作，因此警懼，乃知爲學須是專心致志。（7，104，2618）

〔19〕今非法以求其生，則人無所懲懼，陷於法者愈衆；雖曰仁之，適以害之。（5，78，2009）

〔20〕曰：「且如『恂』字，鄭氏讀爲『峻』。某始者言，此只是『恂恂如也』之『恂』，何必如此。及讀《莊子》，見所謂『木處則惴慄恂懼』，然後知鄭氏之音爲當。」（2，17，388）

以上引用材料可知，《朱子語類》中，「懼」的活性很強，語義蘊含中有「憂愁；震驚；戒備、謹愼」的元素。

6. 怯

6.1 單用時與「勇、壯」相對。

〔1〕看來兵之勝負，全在勇怯。（（8，132，3166）

〔2〕今之人傳得法時，便授與人，更不問他人肥與瘠，怯與壯。（8，125，3003）

6.2 場內組合：懾怯、怯懾、畏怯、怯懼。

〔3〕若無氣魄，便做人衰颯懾怯，於世間禍福利害易得恐動。（4，52，1243）

〔4〕曰：「公孔醜初問不動心，只道加以卿相重任，怕孟子心下怯懾了，故有動心之問。」（4，52，1232）

〔5〕若於氣上存養有所不足，遇事之際，便有十分道理，亦畏怯而不敢爲。（4，52，1255）

6.3 場外組合

6.3.與表示「衰退、懦弱」的語素組合：怯弱、衰怯、退怯、懶怯。

〔6〕問：「人氣力怯弱，於學有妨否？」（1，8，134）

〔7〕曰：「只是這個氣。若不曾養得，剛底便粗暴，弱底便衰怯。」（4，52，1243）

〔8〕樞府一面令退軍，而宣府令進軍淮上，然終退怯。（8，131，3148）

〔9〕遂據城與虜人戰，大敗虜人，兀朮由是畏怯。（8，131，3143）

〔10〕今人都是未到那做不得處，便先自懶怯了。（7，120，2890）

以上所引材料顯示，「怯」的活性較強，語義上含有「膽小，懦弱」的元素。

7. 懾

7.1 單用：無。

7.2 場內搭配：懾怯、怯懾，見上文「怯」。

7.3 場外搭配：屈懾。

〔1〕爲學自是要勇，方行得徹，不屈懾。若纔行不徹，便是半途而廢。（4，64，1561）

「懾」的活性較弱，語義上含有有「屈服」的元素。

8. 恐

8.1 單用時後面一般不帶賓語。

〔1〕且如「殷始咎周，周人乘黎。祖伊恐，奔告於受」（2，25，636）

〔2〕徽宗大恐，遂招引到張慤來，不奈何，斬其首與虜人。（8，127，3049）

〔3〕氣只是充乎體之氣，元與天地相流通。只是仰不愧，俯不怍，自然無恐無懼，塞乎天地。（4，52，1261）

8.2 場內組合：皇恐、恐懼、恐嚇。

〔4〕蓋人雖不知，而我已自知，自是甚可皇恐了，其與十目十手所視所指，何以異哉？（2，16，340）

〔5〕先生曰：「此和靖至論，極中張病。然正好發明，惜但此而止耳。張初不喜伊洛之學，故諫官有言。和靖適召至九江，見其文，辭之，張皇恐再薦。」（7，101，2576）

〔6〕湯武豈不能出師以恐嚇紂，且使其悔悟脩省。（5，71，1805）

8.2 場外組合。

8.2.1 與表示「驚動」的語素組合：震恐、驚恐、恐駭、恐動。

〔7〕先生云：「當時趙公且要持重，魏公卻要大舉。有劉麟者，舉兵掠邊。朝廷不探虛實，以爲虜復大入，趙公震恐。」（8，131，3146）

〔8〕卜者告之曰：「必夜有驚恐，後有兵權。」未幾果夜遇寇，旋得洪帥。（5，72，1836）

〔9〕自王介甫更新法，慮天下士大夫議論不合，欲一切彈擊罷黜，又恐駭物論，於是創爲宮觀祠祿，以待新法異議之人。（8，128，3076）

〔10〕某謂「益之，用凶事」者，言人臣之益君，是責難於君之時，必以危言鯁論恐動其君而益之，雖以中而行，然必用圭以通其信。若不用圭而通，又非忠以益於君也。（3，37，984）

《朱子語類》中「恐」已經有虛化的傾向，大多表示「擔心，恐怕」義。伊川說：「世間人說雹是蜥蜴做，初恐無是理。」（1，2，24）只是更就上面省察，如用兵禦寇，寇雖已盡翦除了，猶恐林穀草莽間有小小隱伏者，或能間出爲害，更當搜過始得。（2，16，332）以上句中「恐」的動作性不強，出現的語境大多有如下標記：

①「恐」前後有輔助標記：「猶恐、唯（惟）恐、第恐、竊恐、寓恐、正恐、蓋恐；恐是、恐非、恐或」之類的結構。

〔11〕其曰「惡不仁者，其爲仁矣，不使不仁加乎其身」者，惡不仁「如惡惡臭」，唯恐惡臭之及吾身，其眞箇惡他如此。（2，26，657）

〔12〕聞是近前一步做，惟恐人不知，故矜張誇大，一時若可喜，其實無足取者。（3，42，1090）

〔13〕郭叔雲問：「爲學之初，在乎格物。物物有理，第恐氣稟昏愚，不能格至其理。」（1，15，292）

〔14〕久之，曰：「只恐勞心落在無涯可測之處。」（7，117，2820）

〔15〕「管氏有三歸」，不是一娶三姓女。若此，卻是僭。此一段意，只舉管仲奢處，以形容他不儉。下段所說，乃形容他不知禮處，便是僭。竊恐不可做三娶說。（2，25，628）

〔16〕又云：「『又敬不違』者，上不違微諫之意，切恐唐突以觸父母之怒；下不違欲諫之心，務欲置父母於無過之地。（2，27，705）

〔17〕問：「『古人門內之治恩掩義，門外之治義斷恩』。寓恐閨門中主恩，怕亦有避嫌處？」（2，28，709）

〔18〕但所以罕言者，正恐人求之則害義矣。（3，36，948）

〔19〕他所以要和親者，蓋恐用兵時諸將執兵權，或得要己。（8，133，3196）

〔20〕因問：「此詩是何人作？」曰：「恐是宮中人作。蓋宮中人思得淑女以配君子，未得則哀，既得則樂。（2，25，626）

〔21〕今人卻別做一說，恐非聖人本意。（5，69，1727）

〔22〕曰：「此卻據諸曆書如此說，恐或有之。然亦未可必。」（4，58，1361）

②後面多爲獨立的小句或動詞結構。

〔23〕聖人恐曾子以爲許多般樣，故告之曰：「吾道一以貫之。」曾子眞積力久，工夫至到，遂能契之深而應之速。（686

〔24〕伯豐問：「《集注》云：『太王因有翦商之志。』恐《魯頌》之說，只是推本之辭，今遂據以爲說，可否？」（3，35，909）

〔25〕但恐己私未克時，此心亦有時解錯認了。（3，41，1043）

〔26〕然亦不離乎人倫日用之中，但恐人不能盡所謂學耳。（3，44，1142）

〔27〕魏云：「主上方與大金講和，以息兩國之民，恐邊將生事敗盟，故欲召公還，愼勿違上意！」韓再三歎息，以爲可惜。（8，131，3148）

〔28〕但恐己私未克時，此心亦有時解錯認了。（3，41，1043）

〔29〕「以約失之者鮮矣」。凡事要約，約底自是少失矣。或曰：「恐失之吝嗇，如何？」（2，27，707）

〔30〕前輩解說，恐後學難曉，故《集注》盡撮其要，已說盡了，不須更去注腳外又添一段說話。（2，19，438）

③表示擔心的「恐、怕」組合成複合副詞「恐怕」，表示估計、擔心或疑慮。

〔31〕但「據於德」，固是有得於心，是甚次第，然亦恐怕有走作時節。（3，34，869）

〔32〕「以我視，以我聽」，恐怕我也沒理會。1069

〔33〕若以正勝邪，則須是做得十分工夫，方勝得他，然猶自恐怕勝

他未盡在。1418

〔34〕如此用工夫，恐怕輕費了時月。（6，95，2424）

《朱子語類》中的「恐怕」共出現 5 例，無一例外的全部用作副詞，表示估計、擔心或疑慮。據筆者檢索，這一義項較早見於唐五代的變文和佛經文獻中，帶有鮮明的口語色彩。《敦煌變文·漢將王陵變》：「陵母見送書盧縮卻回到來，恐怕兒來：『兒若到來，兒又死，母亦死。』」《祖堂集》卷十四：「師行腳時，到善勸寺。欲得看經，寺主不許，云：『禪僧衣服不得淨潔，恐怕汙卻經典。』」

④「恐」的「擔心，恐怕」義在具體的語境中，可以進一步虛化，表示「假設」的語氣。

〔35〕王循友彥霖家子孫。知建康，辭秦而往。問有何委，秦曰：「亦無事。只有一親戚在彼，極不肖，恐到庭下，爲痛治。」（8，131，3161）

慊怕、恐怕，其中「恐怕」見「怕」

〔36〕今人說《易》，所以不將卜筮爲主者，只是慊怕小卻這道理，故憑虛失實，茫昧臆度而已。（5，75，1924）

9. 憚

9.1 單用時後可接謂詞或體詞。

〔1〕吳知先問「過則勿憚改」。（2，21，506）

〔2〕曰：「程子所謂『知其不善則速改以從善』，曲折專以『速改』字上著力。若今日不改，是壞了兩日事；明日不改，是壞了四日事。今人只是憚難，過了日子。」（2，21，506）

9.2 場內組合：畏憚，見「畏」。

9.3 場外組合

9.3.1 表示「疑忌、敬畏」的語素組合：忌憚、敬憚、疑憚。

〔8〕范一到，便爲驚世駭俗之論，取他人之不敢言者，無所忌憚而言之。（8，130，129）

〔9〕如漢武帝見汲黯之直，深所敬憚，至帳中可其奏，可謂從矣。（3，36，981）

〔10〕初間其氣由集義而生，後來道義卻須那氣相助，是以無所疑憚。
（4，52，1258）

10. 怕

10.1 單用。《朱子語類》中的「怕」一共出現 257 例，其中 240 例中「怕」已虛化，表示「擔心」，僅 17 例表示「害怕」之義，後面一般接讓人懼怕的物事。

〔1〕一日，眾蜥蜴入來，如手臂大，不怕人，人以手撫之。（1，3，35）

〔2〕論說物理，因問：「東坡說，人不怕虎者，虎不奈得其人何，是有此理。東坡說小兒不怕者是一證。（8，138，3286）

〔3〕雖是刀鋸在前，鼎鑊在後，也不怕！（2，18，423）

〔4〕如今說不怕鬼，本有懼心，強云不懼。（4，52，1267）

〔5〕諸生入問候，先生曰：「寒後卻劃地氣痞。西川人怕寒。嘗有人入裏面作守，召客後，令人打扇。坐客皆起白云，若使人打扇，少間有某疾。生冷果子亦不可吃，才吃便有某疾，便是西川之人大故怕寒。」（8，138，3282）

10.2 場內組合：無。

10.3 場外組合：無。

11.畏

11.1 單用時可帶賓語或補語。

〔1〕龜山說話，常有些畏罪禍底意思在。（2，22，510）

〔2〕若今人恁地畏首畏尾，瞻前顧後，粘手惹腳，如何做得事成！（2，29，750）

〔3〕若夫子畏於匡，微服過宋，料須不如此。（3，39，1017）

11.2 場內組合：畏憚、聳畏、畏怯、畏懼，分別見「畏、聳、怯、懼」條。

11.3 場外組合

11.3.1 與表示「敬畏」的語素組合：敬畏、畏敬、祗畏、寅畏。

〔4〕仍是朋友才不如我時，便無敬畏之意，而生狎侮之心。（2，21，505）

〔5〕曰：「如家人有嚴君焉，吾之所當畏敬者也。」（2，16，350）

〔6〕受命帝庭而敷佑四方，定爾子孫而使民祗畏，是則武王之所能。
（7，118，2863）

〔7〕又曰：「凡事，須是小心寅畏，若恁地粗心駕去，不得。」（7，
106，2642）

11.3.2 與表示「謹慎」的語素組合：謹畏、畏謹、疑畏、畏慎、畏防。

〔8〕有人外若謹畏，內實縱弛，這便是不誠於敬。（5，69，1740）

〔9〕只是有所畏謹，不敢放縱。如此則身心收斂，如有所畏。（1，12，
211）

〔10〕所謂浩然之氣，粗說是「仰不愧於天，俯不怍於人」，無所疑畏。
（4，52，1250）

〔11〕此人既為中王，則一歲家居寡出，恭謹畏慎，略不敢為非，以副
一村祈向之意。（6，90，2309）

〔12〕蓋卦爻雖不好，而占之者能敬慎畏防，則亦不至於敗。（4，66，
1630）

11.3.3 與表示「屈服」的語素組合：畏服、畏壓、畏懦。

〔13〕「大畏民志」者，大有以畏服斯民自欺之志。（2，16，323）

〔14〕擇帥須用嚴毅、素有威名、足以畏壓人心，則喜亂之徒不敢作
矣。（7，110，2711）

〔15〕本朝用刑至寬，而人多畏懦，到合說處，反畏似虎。（8，132，
3178）

11.3.4 與表示躲避的語素組合：畏縮、畏避。

〔16〕若平時不得養，此氣衰颯了，合當做底事，也畏縮不敢去做。
（4，52，1257）

〔17〕而今一樣人，畏避退縮，事事不敢做，只是氣小。（4，52，1254）

「畏」具有獨立表示「恐懼、害怕」的能力，與其組合的語素使其語義上
包含「敬畏；謹慎；屈服、退避」等相關的語義特徵。

12. 惴

12.1 單用時為承古用法。

〔1〕乃曰：「乾坤只是一箇健順之理，人之性無不具此。『雖千萬人，吾往矣』，便是健。『雖褐寬博，吾不惴焉』，便是順。」（5，74，1884）

12.2 場內組合：惴慄。

〔2〕曰：「且如『恂』字，鄭氏讀爲『峻』。某始者言，此只是『恂恂如也』之『恂』，何必如此。及讀莊子，見所謂『木處則惴慄恂懼』，然後知鄭氏之音爲當。」（2，17，388）

12.3 場外組合：無。

13. 慄

13.1 單用：無。

13.2 場內組合：惴慄，見「惴」。

13.3 場外組合

13.3.1 與表示「憂愁、謹愼」的場外成員組合：慘慄、兢慄、恂慄。

〔1〕曰：「只是這箇氣。所謂『昭明、焄蒿、悽愴』者，便只是這氣。昭明是光景，焄蒿是蒸蒸，悽愴是有一般感人，使人慘慄，如所謂『其風肅然』者。」（4，63，1547）

〔2〕凡讀《易》而能句句體驗，每存兢慄戒愼之意，則於己爲有益；不然，亦空言爾。（5，75，1924）

〔3〕道夫云：「如此注，則方與『瑟』字及下文恂慄之說相合。」（2，17，388）

以上所引材料顯示，「慄」的獨立性不強，語義上傾向狀態描寫。

14. 皇、惶 4

在「恐懼」義上，「惶、皇」是混用的，「皇」的用例更多。

14.1 單用。

14.1.1. 皇，單用無。

14.2 場內組合：皇恐、皇懼、皇皇。

〔1〕又曰：「而今只是據本子看，說行三軍是如此。試把數千人與公去行看，好皇恐！」（3，34，876）

〔2〕吏初皇懼，某與之云：「有法，不妨只如此去。」（7，106，2641）

〔3〕「學之爲王者事」，不與上文屬。只是言人君不可不學底道理，所以下文云：「堯舜禹湯文武汲汲，仲尼皇皇。以數聖人之盛德，猶且如此。」（8，137，3264）

14.3 場外組合：

14.3.1「皇」與表示「急切、不安」的語素組合：皇皇汲汲、汲汲皇皇、營營皇皇、慚皇、張皇。

〔4〕古人只是日夜皇皇汲汲，去理會這箇身心。到得做事業時，只隨自家分量以應之。（1，13，222）

〔5〕問：「看聖人汲汲皇皇，不肯沒身逃世，只是急於救世，不能廢君臣之義。至於可與不可，臨時依舊裁之以義。」（6，93，2351）

〔6〕不見事理底人，有一件事，如此區處不得，恁地區處又不得，這如何會有定！才不定，則心下便營營皇皇，心下才恁地，又安頓在那裏得！看在何處，只是不安。（2，17，380）

〔7〕上蔡汗流浹背，面發赤色，明道云：「此便見得惻隱之心。」公且道上蔡聞得過失，恁地慚皇，自是羞惡之心，如何卻說道「見得惻隱之心」？（4，53，1297）

〔8〕問：「何以辨？」曰：「若是眞實見得，必不恁地張皇。」（7，100，2552）

14.3.2「惶」與「疑惑不安」的語素組合：驚惶、慚惶、惶惑。

〔9〕曰：「公莫看得戒愼恐懼太重了，此只是略省一省，不是恁驚惶震懼，略是箇敬模樣如此。」（4，62，1503）

〔10〕「包羞」，是做得不好事，只得慚惶，更不堪對人說。（5，67，1671）

〔11〕某又問：「丞相秉軸，首召先生入經筵。命下，士子相慶，以爲太平可致。忽然一日報罷，莫不惶惑。」（8，132，3183）

14.3.3 帶詞尾：惶然。

〔12〕嘗見老蘇說他讀書：「《孟子》《論語》《韓子》及其他聖人之文，兀然端坐，終日以讀者七八年。方其始也，入其中而惶然，博觀於其外而駭然以驚。」（8，121，2918）

以上所引材料可以看出，與「皇、惶」組合的語素「驚、慚、惑」均帶有「疑惑不安」的語義傾向，傾向於「害怕、恐懼」的伴隨狀態。

15. 觳觫

通過描述恐懼時身體無法控制的無意識行爲來表達「恐懼」的的情緒體驗，語義上有描寫性傾向，在具體語境中多描述場景而非動作，該詞多出現於其原始語境中。

〔1〕且如齊宣王見牛之觳觫，便有不忍之心，欲以羊易之。（1，14，263）

16. 戰

16.1 單用：無。

16.2 場內組合：戰懼。

〔1〕問：「瑟者，武毅之貌；恂慄，戰懼之貌。不知人當戰懼之時，果有武毅之意否？」（2，16，321）

16.3 場外組合：

與表示「謹愼」的語速組合：戰戰兢兢、戰兢。

〔2〕故敬天當如敬親，戰戰兢兢，無所不至；愛天當如愛親，無所不順。（7，98，2526）

〔3〕問曾子戰兢。曰：「此只是戒愼恐懼，常恐失之。君子未死之前，此心常恐保不得，便見得人心至危。且說世間甚物事似人心危！且如一日之間，內而思慮，外而應接，千變萬化，劄眼中便走失了！」（3，35，912）

根據以上材料分析，我們得出《朱子語類》恐懼概念場詞彙系統成員共時層次語義屬性分析表。

分析 成員	單　用	場內 組合	場 外 組 合	語義屬性
怵	無	怵惕	帶詞尾：怵然	「怵」、「惕」的動作性都不強，與之組合的複合詞語義上有描寫傾向，在具體語境中多表示「恐懼」的動作場景
惕	因時而惕	怵惕	帶詞尾：惕然、惕若	
			與表示「恐懼」時的伴隨動作組合：惕息、惕號，兢惕	

悚（聳）	邊境不聳	聳畏	悚然、聳然	語義上傾向於狀態
怖	無	無	震怖	語義上含「震驚」的元素
懼	有「恐懼」義，但有有虛化的傾向，表示「擔心」，同「怕」	恐懼、怯懼、畏懼	與表示「憂愁、憂慮、悲傷」的語素組合：憂懼、哀懼、危懼	「懼」的活性很強，語義蘊含中有「憂愁；震驚；戒備、謹慎」的元素，有虛化的傾向，表示「擔心」，義同「怕」
			與表示「驚惶、震驚」的語素組合：震懼、驚懼、皇懼、戰懼	
			與表示「戒備、謹慎」的語素組合：戒懼、謹懼、警懼、懲懼、恂懼	
怯	與「勇、壯」相對	懦怯、怯懦、畏怯、怯懼	與表示「衰退、懦弱」的語素組合：怯弱、衰怯、退怯、懶怯	「語義上含有「膽小，懦弱」的元素
懦	無	懦怯、怯懦，	與表示「屈服」的語素組合：屈懦	「懦」的活性較弱，語義上含有「屈服」的元素
恐	後面一般不帶賓語	皇恐、恐懼、恐嚇	與表示「驚動」的語素組合：震恐、驚恐、恐駭、恐動	語義上含有「震驚」的元素，正在完成虛化的過程中，大多表示「擔心，恐怕」義
憚	後可接謂詞或體詞	畏憚	表示「疑忌、敬畏」的語素組合：忌憚、敬憚、疑憚	含有「疑忌、敬畏」之義
怕	語義已虛化，表示「擔心」，表示「害怕」義後面一般接讓人懼怕的物事。	無	無	語義上處於虛化的過程中，在語境中表猜測或疑慮的語氣
畏	可帶賓語或補語	畏憚、聳畏、畏怯、畏懼	與表示「敬畏」的語素組合：敬畏、畏敬、祗畏、寅畏	「畏」具有獨立表示「恐懼、害怕」的能力，與其組合的語素使其語義上包含「敬畏；謹慎；屈服、退避」等相關的語義特徵
			與表示「謹慎」的語素組合：謹畏、畏謹、疑畏、畏慎、畏防	
			與表示「屈服」的語素組合：畏服、畏壓、畏懦	
			與表示「躲避」的語素組合：畏縮、畏避	
惴	為承古用法	惴惴	無	因「憂心」而恐懼
慄	無	惴慄	與表示「憂愁、謹慎」的場外成員組合：慘慄、兢慄、恂慄	「慄」的獨立性不強，語義上傾向狀態描寫

惶（皇）	無	皇恐、皇懼、皇皇	與表示「不安」的語素組合：皇皇汲汲、汲汲皇皇、營營皇皇、慚皇、張皇	「皇、惶」包含「不安」的語義蘊含，傾向於「害怕、恐懼」的伴隨狀態
			「惶」與「疑惑不安」的語素組合：驚惶、慚惶、惶惑	
			帶詞尾：惶然	
觳觫	／	／	／	連綿詞，多出現在其原始語境中語義上有描寫性傾向，在具體語境中多描述場景而非動作
戰	無	戰懼	與表示「謹慎」的語速組合：戰戰兢兢、戰兢	語義上包含「謹慎」的元素，凸顯爲一種心理狀態

（二）歷時考察

1. 怵

本義爲「恐懼」。《說文・心部》：「恐也。」從先秦沿用至現代漢語中。

〔1〕《書・冏命》：「怵惕惟厲。」孔傳：「言常悚懼惟危。」

〔2〕蔣子龍《血往心裏流》：「大概是個由工人提拔上來的幹部，看上去很厲害，工人們都有點怵他。」

2. 惕

本義爲「恭敬」。《說文・心部》：「惕，敬也。」因「敬」而懼。產生「恐懼；戒懼」義。《玉篇・心部》：「惕，懼也。」該義項從先秦沿用至清。

〔1〕《書・盤庚上》：「惟汝含德，不惕予一人。」孔傳：「汝不從我命，所含惡德，但不畏懼我耳。」

〔2〕（清）鄒容《革命軍》第二章：「今日之張牙舞爪以蠶食瓜分於我者，亦將迸氣歛息以憚我之威權，惕我之勢力。」

由上可知，「怵」以其本義入場，「惕」以「引申義」入場，在詞義的發展過程中，「怵」保留了其獨立成詞的功能，沿用至現代漢語，「惕」則以語素的形式保留在複合詞「怵惕」中沿用至今。

3. 悚（愯）

悚，恐懼。《玉篇・心部》：「悚，懼也。」（唐）玄應《一切經音義》卷十三：「字林」：『悚，惶遽也。』《廣韻・腫韻》：「悚，怖也。」愯，指稱恐

懼概念場是作爲「悚」的同音借字來用的，表示「恐懼；驚動」。《方言》卷十三：「聳，悚也。」郭璞注：「聳，謂警聳也。」「悚（聳）」從先秦沿用至清。

〔1〕《孔子家語・弟子行》：「不懾不悚。」王肅注：「悚，懼。」

〔2〕《左傳・襄公四年》：「邊鄙不聳，民狎其野。」杜預注：「聳，懼也。」

〔3〕（清）魏源《聖武記》卷十四：「商君千金徙木以市信，田單神師走卒以悚眾。」

〔3〕（清）曾國藩《台洲墓表》：「或有所不快於他人，亦痛繩長子，竟日嗃嗃，詰數愆尤，間作激宕之辭，以爲豈少我邪，舉家聳懼。」

4. 怖

本字爲「怖」，惶懼。《說文・心部》：「怖，惶也。怖，或從布聲。」《正字通・心部》：「怖，怖本字。」《廣雅・釋詁二》：「怖，懼也。」《廣韻・暮韻》：「怖，惶懼也。」該義項從先秦沿用至清。

〔1〕《韓非子・喻老》：「昔者紂爲象箸而箕子怖。」

〔2〕（清）王韜《淞濱瑣話・煨芋夢》：「遙見巨狼跳舞而來，怖甚。

5. 懼

本義爲「恐懼」。《說文・心部》：「懼，恐也。」《廣韻・遇韻》：「懼，怖懼。」《正字通・心部》：「懼，恐怖也。」該義項從先秦沿用到現代漢語中。

〔1〕《易・繫辭下》：「其出入以度，外內使知懼。」孔穎達疏：「使知畏懼凶咎而不爲也。」

〔2〕郭小川《長江組歌・大風大浪》：「長江雖大，我們無所懼！

6. 怯

本義爲「膽小；畏縮」。《說文》：「㹤，多畏也。從犬，去聲。怯，杜林說，㹤從心。」段玉裁注：「本謂犬，假借謂人。」邵瑛群經正字：「今經典從杜林作怯。」「膽小」即容易「害怕」。「怯」可轉喻指「恐懼，害怕」。《玉篇・心部》：「怯，懼也。」該義項從先秦沿用至現代漢語中。

〔1〕《左傳・襄公二十四年》：「曩者志入而已，今則怯也。」

〔2〕葉聖陶《倪煥之》二一：「樂山又這樣進逼一步，使煥之像一個怯敵的鬥士，只是圖躲閃。」

7. 懾

本義爲「喪氣；害怕」。《說文·心部》：「懾，失氣也。」段注：「失氣言則曰聾。」失氣，即失去勇氣。轉喻指稱「恐懼、害怕。」該義項從先秦沿用到現代漢語中。

〔1〕《墨子·七患》：「君脩法討臣，臣懾而不敢拂。」

〔2〕韓北屏《非洲夜會·奴隸和奴隸海岸》：「侵略者懾於人民的威勢，既不敢殺掉他，又害怕他在群眾中的影響，終於把他放逐到塞舌耳群島去了。

8. 恐

本義爲「畏懼；害怕」。《說文》：「恐，懼也。」該義項從先秦沿用至清。

〔1〕《素問·藏氣法時論》：「善恐，如人將捕之。」王冰注：「恐，謂恐懼，魂不安也。」

〔2〕（清）劉師培《哀貧民》：「佃民見於田主，戰栗惟恐。」

在詞義的發展演變過程中，「恐」的詞義演變呈現出兩種趨勢，一方面「恐」趨向語素化，到現代漢語中，表示「恐懼、害怕」的「恐」僅保留在「恐懼、恐怖」這類的複合詞中。另一方面，「恐」在語義上趨向虛化，表示「擔心，恐怕。」這種用法從先秦一直持續到現代漢語中。結合《朱子語類》中共時材料的描寫，我們認爲「恐懼、害怕」和「擔心，恐怕」是「恐」的「恐懼」義在不同語境中的凸顯，從句法功能上說，表示「恐懼、害怕」的「恐」是作爲句中主要動詞用的，且爲不及物動詞，是不能帶賓語的，語義上表示的是主體對周圍環境的一種機體感知。如果帶上賓語，或出現在「爲……所恐」的格式中，則爲使用用法，表示「恫嚇，使之害怕。」《墨子·迎敵祠》：「其出入爲流言，驚駭恐吏民。」《舊五代史·晉書·吳巒傳》：「其子殺人，以重賂償之，其事方解，尋爲州吏所恐，又悉財以彌其口。」

如果「恐」後帶上的賓語部分是事件，則凸顯的是「擔心，恐怕」義。這種用法一直沿用到現代漢語中。《書·盤庚中》：「恐人倚乃身，迂乃心。」孫犁《秀露集·讀〈蒲柳人家〉》：「恐不符合實際之處甚多。」「恐」的這種用法，

在現代漢語中更多的是用「恐怕」或「怕」來表達，因爲「怕」的語義發展經歷了與「恐」類似的演變過程。

9. 憚

本義爲「畏難」。《說文‧心部》：「憚，忌難也。」段玉裁注：「凡畏難曰憚，以難相恐嚇亦曰憚。」《廣雅‧釋詁三》：「憚，難也。」「憚」之恐懼義表現爲主體因有所「忌諱、顧忌」而害怕，該義項從先秦沿用至現代漢語中。

〔1〕《詩‧小雅‧緜蠻》：「豈敢憚行，畏不能趨。」鄭玄箋：「憚，難也。」

〔2〕魯迅《書信集‧致許壽裳》：「我雖不憚荒涼，但若購買食物，須奔波數里，則亦居大不易耳。」

10. 怕

本義爲「恬靜；淡泊」。《說文》：「怕，無爲也。」《說文》中「怕」本讀「bó」。段注：「《子虛賦》曰：怕乎無爲。憺怕俗用澹泊爲之，叚借也。澹作淡，尤俗。從心白聲。李善蒲各切。五部。徐鉉曰匹白切，又葩亞切。按匹白者，今音之轉。葩亞者，用雅字爲俗字之俗音也。今人所云怕懼者，乃迫之語轉。」根據段注，「怕」當讀「pà」乃「俗音」也，「怕」的前身是「怖」，《玄應音義》卷十九釋《佛本行集經》第十六卷「茫怖」之「怖」云：「又作悑，同。普故反。惶，怖也。經文作怕，匹白反。憺怕也。此俗音普嫁反。」據玄應所釋，『怖』又作悑，經文作怕，怕隱匹白反爲憺怕之義。讀俗音普嫁反，則義爲『怖』。「怕」在表示「恐怖、害怕」義最早出現在六朝文獻中，几乎同時出現了「害怕」的用法，沿用至現代漢語中。

〔1〕（西晉）安法欽譯《阿育王傳》卷七：「爾時耶奢怕不敢答。」

〔2〕《晉詩》卷十九《長干曲》：「逆浪故相邀，菱角不怕搖。」

〔3〕（東晉）難提晉言法喜譯《請觀世音菩薩消伏毒害陀羅尼咒經》：「闍婆膩使人害怕不敢答。」

〔4〕毛澤東《別了，司徒雷登》：「中國人死都不怕，還怕困難嗎？」

複合詞「害怕」屬於同義連用，出現的時代很晚，《朱子語類》中沒有「害」表示「恐懼、害怕」的用例，也沒有出現複合詞「害怕」，據筆者檢索，較早出現在元代文獻中，一直沿用至今。

〔1〕（金）董解元《西廂記諸宮調》卷二：「一個走不迭和尚，被小校活拿，唬得臉兒來渾如蠟滓，幾般來害怕。」

〔2〕老舍《月牙兒》：「我越掙扎，心中越害怕。」

到近代漢語中，指稱恐懼概念場「怕」語義有虛化的傾向，在宋代開始衍生爲表語氣的虛詞，主要表達「猜測、疑慮、反詰、假設」等語氣。

〔3〕（宋）張炎《解連環·孤雁》詞：「暮雨相呼，怕驀地玉關重見，未羞他雙燕歸來，畫簾半卷。」

〔4〕《京本通俗小說·碾玉觀音》：「我是碾玉作，信州有幾個相識，怕那裏安得身。」

〔5〕《儒林外史》第二二回：「只怕弟一出來，船就要開，不得奉候。」

〔6〕（金）董解元《西廂記諸宮調》卷四：「自心思忖，怕咱做夫妻後不好？奴正青春，你又方年少。怕你不聰明？怕你不稔色？怕你沒才調？」

「怕」發展到現代漢語中，其語義取向爲，一方面成爲表達恐懼概念場的核心詞，可以單獨表示「恐懼，害怕」的含義，也可以語素的形式和場內成員連用成複合詞表示「恐懼，害怕」，如「懼怕、害怕」等。這類詞一般單用，或接體詞性賓語。另一方面，作爲虛詞，「怕」可單用，也可以和場內具有形似虛化路徑的「恐」連用成複合詞「恐怕」，表示特定的語氣。

11. 畏

「畏」字在甲骨文中已經出現，李孝定《甲骨文字集釋》按：「契文象鬼執仗之行，可畏之象也。」《說文》：「畏，惡也。」從由，虎省。鬼頭而虎爪，可畏也。畏，古文省。」因「惡」引申爲害怕；恐懼。該義項從先秦沿用到現代漢語中。

〔1〕《易·震》「雖凶無咎，畏鄰戒也。」

〔2〕浩然《豔陽天》第六三章：「你的思想根子，就是畏難情緒，怕鬥爭！」

「畏」詞義虛化後表示「憂慮；擔心」義。張相《詩詞曲語辭匯釋》卷五：「畏，防慮之辭。」「恐懼、害怕」是一種「親歷生理體驗」，具有直接感知性，而「憂慮；擔心」則可以是「非親歷的生理體驗」，具有間接感知性，

這類「畏」在句法搭配上後面一般為事件，即後面一定會出現動詞結構。《史記・項羽本紀》：「今卒少惰矣，秦兵日益，臣為君畏之。」（唐）杜甫《羌村》詩之二：「嬌兒不離膝，畏我復卻去。」

12. 惴

本義為「憂懼；恐懼」。《說文・心部》：「惴，憂懼也。」《廣韻・賓韻》：「惴，憂心也。」該義項從先秦沿用到現代漢語中。

〔1〕《孟子・公孫丑上》：「自返而不縮，雖褐寬博，吾不惴焉。」

〔2〕魯迅《彷徨・祝福》：「〔祥林嫂〕即使看見人，雖是自己的主人，也總惴惴的，有如在白天出穴遊行的小鼠。」

13. 慄

本作「栗」，指哆嗦，發抖。《說文》「惴」條：「《詩》曰：『惴惴其慄。』」段注：『詩者，秦風黃鳥文。慄當作栗，轉寫之誤也。古戰栗、堅栗皆作栗，戰栗及禮經栗階皆取栗駭之意。』」人在寒冷的時候「哆嗦，發抖」，「恐懼」的時候亦有類似的體徵，因而「栗」可隱喻指「恐懼」，字形上用分化字「慄」表示，《爾雅・釋詁下》：「慄，懼也。」該義項从先秦沿用至現代漢語中。

〔1〕《書・湯誥》：「慄慄危懼，若將隕於深淵。」

〔2〕魯迅《墳・科學史教篇》：「故震他國之強大，慄然自危。

「慄」本指「戰慄」，用「恐懼」時的「戰慄」狀態轉喻「恐懼」本身。到現代漢語中「慄」已經退出恐懼概念場，回到原點，繼續指稱「戰慄」概念。

14. 惶（皇）

「皇」本義為大。《說文・王部》：「皇，大也。」表「恐懼、害怕」義時，當為為「惶」記音字。《說文・心部》：「惶，恐也。」《廣雅・釋詁二》：「惶，懼也。」單音節「惶」使用的頻率不高，多與場內的其他成員組合：惶懼、惶遽、惶慄、惶怖、惶恐。該義項從漢代沿用到現代漢語。

〔1〕《戰國策・燕策三》：「秦王方還柱走，卒惶急不知所為。」

〔2〕沙汀《凶手》：「當那青年走近他時，一種惶恐的顫慄，便又立刻通過他全身了。」

15. 觳觫

「觳觫」為聯綿詞，指「恐懼戰慄貌」。《辭通》卷15「抖擻猶言瑟縮，今

人於恐懼最甚之時，四肢戰動，即此所云『抖擻』、觳觫』即《孟子》之『觳觫』也。」俗書或作「抖搜」、「抖擻」皆記其同音字耳。《正字通》：「殈，殈殔，臨死畏怯貌。」《辭通》卷21：「殈殔即觳觫，臨死畏怯之貌。《廣雅》未澈。」「觳觫」從先秦一直沿用至現代漢語書面語中。

〔1〕觳觫，出自《孟子·梁惠王上》：「王曰：『舍之。吾不忍其（指牛）觳觫，若無罪而就死地。』」趙岐注：「觳觫，牛當到死地處恐貌。」

〔2〕郭沫若《洪波曲》第十章一：「俘虜是一位青年人，三十歲左右，一眼看去，倒也並不怎麼猛惡，反而有點觳觫的神氣。」

16. 戰

本義指「戰鬥；作戰」。《說文·戈部》：「戰，鬥也。」《正字通·戈部》：「戰，兵鬥也。」引申有「害怕」義。《爾雅·釋詁下》：「戰，懼也。」《廣雅·釋言》：「戰，憚也。」該義項屬於「戰」的邊緣義項，因而「戰」表「恐懼；害怕」義時，單獨使用的文獻用例不多，大多都要和場內成員組合成複合詞使用：戰怖、戰惶、戰恐、戰惕、戰驚。該義項從先秦沿用至清。

〔1〕《國語·晉語五》：「是故伐備鐘鼓，聲其罪也；戰以錞于、丁寧，儆其民也。」王引之述聞：「戰讀爲憚，憚懼也。」

〔2〕《聊齋誌異·元少先生》：「僮變色曰：『我爲先生，禍及身矣！』戰惕奔入。」

根據以上材料分析，我們得出《朱子語類》恐懼概念場詞彙系統成員歷時層次分析圖。

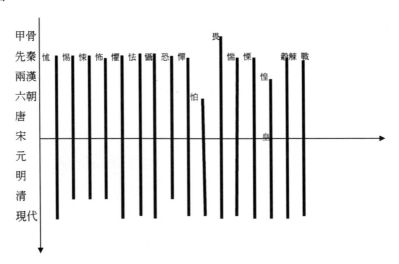

結合上圖，我們可以得出如下結論：

①恐懼概念場在甲骨文時期出現了首個成員「畏」，而主體成員在先秦時期已基本定型，主體成員有「怵、惕、悚、怖、懼、怯、懾、恐、憚、惴、慄、毅觫、戰」，其中「惕、悚、怖、恐」沿用至清，而其他成員則一直沿用至現代漢語書面語中。

②兩漢時期新增的成員有「惶」，在口語文獻如《朱子語類》中亦作記音詞「皇」。

③六朝時期恐懼概念場新增的成員有「怕」，該詞沿用至現代漢語并成為現代漢語中表達恐懼概念的常用詞。

二、放逸概念場詞彙系統及其演變研究

放逸，指人或事物離開應有的狀態或心思不受約束，《朱子語類》中有「走、放、馳、鶩（務）」為核心語素的四類詞及「心不在焉」共同指稱放逸概念場。

（一）共時材料描寫

1. 走

1.1 單用時出現的語境格式可以是「走了心」或「心走了」。

〔1〕前輩云：「讀書不可不敬。」敬便精專，不走了這心。（1，10，168）

〔2〕心廣大如天地，虛明如日月。要閑，心卻不閑，隨物走了；不要閑，心卻閑，有所主。（1，12，205）

〔3〕問：「莫是功夫間斷，心便外馳否？」曰：「只此心纔向外，便走了。」（1，12，200）

〔4〕是自家心只在門外走，與人相抵拒在這裏，不曾入得門中，不知屋裏是甚模樣。（7，120，2884）

1.2 場內組合：無。

1.3 場外組合

1.3.1 與表示趨向的語素組合：走在、走去、走出、走出來、走從、走入。

〔5〕又云：「放心不必是走在別處去，但一劄眼間便不見。才覺得，又便在面前，不是難收拾。自去提撕，便見得是如此。」（7，104，2617）

〔6〕曰：「公且去看。荀子曰：『心臥則夢，偷則自行，使之則謀。』某自十六七讀時，便曉得此意。蓋偷心是不知不覺自走去底，不由自家使底，倒要自家去捉它。『使之則謀』，這卻是好底心，由自家使底。」（2，16，337）

〔7〕敬之問：「『養心莫善於寡欲』，養心也只是中虛。」曰：「固是。若眼前事事要時，這心便一齊走出了。未是說無，只減少，便可漸存得此心。（4，61，1475）

〔8〕某前日病中閑坐無可看，偶中堂掛幾軸畫，才開眼，便要看他，心下便走出來在那上。（（4，61，1476）

〔9〕道心是知覺得道理底，人心是知覺得聲色臭味底，人心不全是不好，若人心是全不好底，不應只下箇「危」字。蓋爲人心易得走從惡處去，所以下箇「危」字。（5，78，2010）

〔10〕若使其心地不平，有矜伐之心，則雖十分知是職分之所當爲，少間自是走從那一邊去，遏捺不下。（3，32，808）

〔11〕今之不爲禪學者，只是未曾到那深處；才到那深處，定走入禪去也。譬如人在淮河上立，不知不覺走入番界去定也。（2，18，415）

1.3.2 與表示方位的語素組合：走東走西、東去西走。

〔12〕未有心不定而能進學者。人心萬事之主，走東走西，如何了得！（1，11，199）

〔13〕既定於理，心便會靜。若不定於理，則此心只是東去西走。（1，14，274）

1.3.3 與表示「逃脫、失去」的語素組合：走透、走失。

〔14〕這個道理，精粗小大，上下四方，一齊要著到，四邊合圍起理會，莫令有些子走透。（7，116，2802）

〔15〕曰：「今自有此心純粹，更不走失，而於接物應事時，少些莊嚴底意思，闒闒茸茸底，自不足以使人敬他，此便是未善處。」

（3，45，1167）

〔16〕曰：「只是要收斂身心，莫令走失而已。今人精神自不曾定，讀
　　　書安得精專？凡看山看水，風吹草動，此心便自走失，何以為
　　　學？諸公切宜勉此！」（8，121，2935）

1.3.4 與表示「興起；發生」的語素組合：走作、走做。

〔17〕蓋自家能常常存得此心，莫教走作，則理自然在其中。（1，11，
　　　177）

〔18〕心走作不在此，便是放。夫人終日之間，如是者多矣。（1，12，
　　　211）

〔19〕曰：「敬是涵養操持不走作；克己，則和根打併了，教他盡淨。」
　　　（1，12，214）

〔20〕只收斂此心，莫令走作閑思慮，則此心湛然無事，自然專一。
　　　（1，12，217）

〔21〕所見既定，則心不動搖走作，所以能靜。（1，14，278）

〔22〕聖人恐人走作這心無所歸著。（2，18，400）

〔23〕曰：「諸儒如此說，雖無害，只是孟子意已走作。先生解此卻
　　　好。」（4，52，1269）

〔24〕若這事思量未了，又走做那邊去，心便成兩路。（2，17，373）

從以上所引材料來看，表示「放逸」的走在語義上保留了「走」的本義傾
向，是其本義在具體語境的投射。

2. 放

2.1 單用。

2.1.1 表示「放逸」義時，多以「放心、放懷」的形式出現。

〔1〕自古無放心底聖賢，然一念之微，所當深謹，纔說知至後不用誠
　　　意，便不是。（1，15，303）

〔2〕但《唐風》自是尚有勤儉之意，作詩者是一箇不敢放懷底人，說
　　　「今我不樂，日月其除」，便又說「無已太康，職思其居」。（6，
　　　80，2076）

2.1.2 與之相對的語素有：收、收拾、持、約、存、求。

〔3〕聖人教人，大概只是說孝弟忠信日用常行底話。人能就上面做將

去，則心之放者自收，性之昏者自著。（1，7，129）

〔4〕所以明道說：「聖賢千言萬語，只是欲人將已放之心收拾入身來，自能尋向上去。」（1，12，202）

〔5〕又問：「『持其志』，如何卻又要主張？」曰：「志是心之發，豈可聽其自放而不持之？但不可硬守定耳。」（7，120，2891）

〔6〕所以明道云：「聖賢千言萬語，只是欲人將已放之心約之使反覆入身來，自能尋向上去，下學而上達也。」（2，16，318）

〔7〕問：「放心還當將放了底心重新收來；還只存此心，便是不放？」曰：「看程先生所說，文義自是如此，意卻不然。只存此心，便是不放；不是將已縱出了底，依舊收將轉來。」（4，59，1411）

〔8〕又云：「以放心求心，便不是。纔知求，心便已回矣，安得謂之放！」（7，101，2588）

2.2 場內組合：放逸。

〔9〕但常常提警，教身入規矩內，則此心不放逸，而炯然在矣。（1，12，200）

〔10〕敬不是萬事休置之謂，只是隨事專一，謹畏，不放逸耳。（1，12，211）

〔11〕問：「學者未有聞見之時，莫須用持守而不可放逸否？」（4，60，1442）

2.3 場外組合

2.3.1 與表示「縱、肆」的語素組合：放縱、縱放、放肆。

〔12〕或問：「人放縱時，自去收斂，便是喚醒否？」曰：「放縱只爲昏昧之故。能喚醒，則自不昏昧；不昏昧，則自不放縱矣。」（1，12，200）

〔13〕是塊然兀坐，耳無聞，目無見，全不省事之謂。只收斂身心，整齊純一，不恁地放縱，便是敬。（1，12，208）

〔14〕曰：「敬也有把捉時，也有自然時；誠也有勉爲誠時，亦有自然誠時。且說此二字義，敬只是箇收斂畏懼，不縱放；誠只是箇朴直慤實，不欺詐。初時須著如此不縱放，不欺詐；到得工夫

到時，則自然不縱放，不欺誑矣。」誠只是箇樸直愨實，不欺誑。初時須著如此不縱放，不欺誑；到得工夫到時，則自然不縱放，不欺誑矣。（7，113，2743）

〔15〕曰：「只是就心上說。思慮不放肆，便是持志；動作不放肆，便是守氣。守氣是『無暴其氣』，只是不放肆。」（2，18，424）

〔16〕儉，謂節制，非謂儉約之謂。只是不放肆，常收斂之意。（2，22，509）

〔17〕子善遂言：「天下治亂，皆生於人心。治久則人心放肆，故亂因此生；亂極則人心恐懼，故治由此起。」（5，70，1761）

2.3.2 與表示「動盪、散失」的語素組合：放蕩、放散、放失。

〔18〕大凡人須是存得此心。此心既存，則雖不讀書，亦有一箇長進處；纔一放蕩，則放下書冊，便其中無一點學問氣象。舊來在某處朋友，及今見之，多茫然無進學底意思，皆恁放蕩了！（7，115，2775）

〔19〕今人多先安一箇「敬」字在這裏，如何做得？敬只是提起這心，莫教放散；恁地，則心便自明。（7，115，2777）

〔20〕便將這箇做主去治那箇客，便常守定這箇知得不是底心做主，莫要放失，更那別討箇心來喚做是底心！（2，17，376）

〔21〕人之善心雖已放失，然其日夜之間，亦必有所滋長。（4，59，1399）

〔22〕曰：「若論求此心放失，有千般萬樣病，何止於三？然亦別無道理醫治，只在專一。」（7，104，2617）

3. 馳

3.1 單用時表示「放逸」時出現的語境為「心外馳」，如「心便外馳、馳心於外、心不外馳、一向外馳、心外馳」。

〔1〕「只外面有些隙罅，便走了。」問：「莫是功夫間斷，心便外馳否？」曰：「只此心纔向外，便走了。」（1，12，200）

〔2〕曰：「諸家之說，都無詐偽意思。但馳心於外，便是不仁。若至誠巧令，尤遠於仁矣！」（2，20，479）

〔3〕問：「明道謂：『學者須當思而得之，了此便是徹上徹下底道理。』莫便是先生所謂『從事於此，則心不外馳，而所存自熟』之意？」（4，49，1202）

〔4〕孔子以他心一向外馳，更不反已，故以爲德之賊。（4，61，1477）

〔5〕把捉不定，則爲私欲所亂，是心外馳，而其德亡矣。（6，96，2472）

3.2 場內組合：馳騖、東馳西騖。

〔6〕或問：「『博施濟眾』一章，言子貢馳騖高遠，不從低處做起，故孔子教之從恕上求仁之方。」（3，33，847）

〔7〕今人在靜處非是此心要馳騖，但把捉他不住。（2，16，334）

〔8〕今人馳騖紛擾，一箇心都不在軀殼裏。（7，120，2906）

〔9〕至孟子始說「求放心」，然大概只要人不馳騖於外耳，其弊便有這般底出來，以此見聖人言語不可及。（8，121，2937）

〔10〕如此至一二十段，亦未解便見箇道理，但如此心平氣定，不東馳西騖，則道理自逐旋分明。（7，120，2913）

3.3 場外組合

與表示「奔走」的語素組合：馳走、馳逐、奔馳、馳騁。

〔11〕讀書須將心貼在書冊上，逐句逐字，各有著落，方始好商量。大凡學者須是收拾此心，令專靜純一，日用動靜間都無馳走散亂，方始看得文字精審。（1，11，77）

〔12〕須是收拾此心，令專靜純一，日用動靜間都在，不馳走散亂，方看得文字精審。如此，方是有本領。（7，120，2901）

〔13〕不可終日思量文字，恐成硬將心去馳逐了。亦須空閑少頃，養精神，又來看。（1，11，178）

〔14〕仁者之人，言自然訒。在學仁者，則當自謹言語中，以操持此心。且如而今人愛胡亂說話，輕易言語者，是他此心不在，奔馳四出，如何有仁！（3，42，1081）

〔15〕只是被李先生靜得極了，便自見得是有箇覺處，不似別人。今終日危坐，只是且收斂在此，勝如奔馳。若一向如此，又似坐禪入定。（7，103，2603）

〔16〕公今卻是讀得一書，便做得許多文字，馳騁跳躑，心都不在裏面。如此讀書，終不干自家事。（7，120，2903）

〔17〕曾司直大故會做文字，大故馳騁有法度。裘父大不及他。裘父文字澀，說不去。（8，139，3316）

4. 騖（務）

4.1 單用時多接表示「無涯、高遠」類的表達：騖於無涯、務高遠。

〔1〕及與李昭杞書，有云：「黃秦輩挾有餘之資，而騖於無涯之智，必極其所如，將安所歸宿哉？念有以反之。」（8，130，3116）

〔2〕先生因言：「近來學者多務高遠，不自近處著工夫。」（3，35，917）

4.2 場內組合：「馳騖」見「馳」。

4.3 場外組合

與表示「外，远」的語素組合：騖外、走作務外，心務高遠。

〔3〕程子曰：「心要在腔子裏，不可騖外。」（7，113，2739）

〔4〕巧言令色，此雖未是大段姦惡底人，然心已務外，只求人悅，便到惡處亦不難。（2，20，480）

〔5〕然下手做時，也須一步斂一步，著實做始得。若徒然心務高遠，而不下著實之功，亦何益哉！（6，81，2111）

5. 其他表達：流濫、心不在、心不在此、心不在焉、心不在軀殼裏、心不在殼子裏面。

〔1〕大抵人心流濫四極，何有定止。（4，59，1412）

〔2〕若形體之行動心都不知，便是心不在。行動都沒理會了，說甚未發！（1，5，86）

〔3〕又問：「若如此，則恐有身在此而心不在此，『視而不見，聽而不聞，食而不知其味』，有此等患。」（1，15，288）

〔4〕「意誠而後心正」，不說是意誠了便心正，但無詐偽便是誠。心不在焉，便不正。（1，15，310）

〔5〕人心不在軀殼裏，如何讀得聖人之書。（1，11，177）

〔6〕人精神飛揚，心不在殼子裏面，便害事。（1，11，199）

根據以上材料分析，我們得出《朱子語類》放逸概念場詞彙系統成員共時層次語義屬性分析表。

分析＼成員	單　　用	場內組合	場 外 組 合	語義屬性
走	出現的語境格式可以是「走了心」或「心走了」	無	與表示「趨向」的語素組合：走在、走去、走出、走出來、走從、走入	趨向性
			與表示「方位」的語素組合：走東走西、東去西走	
			與表示「逃脫、失去」的語素組合：走透、走失	
			與表示「興起；發生」的語素組合：走作、走做	
放	表「放逸」義時多以「放心、放懷」的形式出現	放逸	與表示「縱、肆」的語素組合：放縱、縱放、放肆	不安定
	與之相對的語素有：收、收拾、持、約、存、求		與表示「動盪、散失」的語素組合：放蕩、放散、放失	
馳	表示「放逸」時出現的語境爲「心外馳」，如「心便外馳、馳心於外、心不外馳、一向外馳、心外馳」	馳騖、東馳西騖	與表示「奔走」的語素組合：馳走、馳逐、奔馳、馳騁	速度快
騖（務）	多接表示「無涯、高遠」類的表達：騖於無涯、務高遠	馳騖	與表示「外，遠」的語素組合：騖外、走作務外，心務高遠	幅度廣
流濫、心不在、心不在此、心不在焉、心不在軀殼裏、心不在殼子裏面				

（二）歷時考察

1. 走

本義爲「奔跑，疾趨」。《說文·走部》：「走，趨也。從夭、止者，屈也。」饒炯部首訂：「古文以止爲足。『夭』下說『屈也』。凡人舉步則足屈，走者行之疾，其足俞屈，故從夭止會意。」《釋名·釋姿容》：「徐行曰步，疾行曰趨，疾趨曰走。」從「走」的本義來看，「走」是「足」的動作，其語義蘊含著是有「足」的生物體的動作，而從前文的共時材料的描寫來看，表示放逸「概念」的「走」的主體是大多是「心」。從詞義演變的途徑來說屬於隱喻的範疇，即有「足」的生物體「走」的動作和「心」的放逸具有內在的相似性。動作

的結果都是離開了原來地點。「足」的動作是客觀的存在，而「心」的放逸的則是一種主觀的感受，不受時空的限制。從文獻用例來看，「走」的「放逸」義是一種語境義，該義項產生是人類交際過程中語言主觀性的體現。

2. 放

本義爲「驅逐；流放」。《說文・放部》：「放，逐也。」徐鍇《繫傳》：「古者臣有罪宥之於遠也。」引申指恣縱；不拘束。《廣雅・釋言》：「放，妄也。」共時材料描寫中的「放心」指「放縱之心」。該義項從先秦沿用至清。

〔1〕《孟子・滕文公下》：「湯居亳，與葛爲鄰，葛伯放而不祀。」趙岐注：「放縱無道，不祀先祖。」

〔2〕（清）戴名世《一壺先生傳》：「衣破衣，戴角巾，佯狂自放。」

3. 馳

本義指「車馬疾行」。泛指疾走；賓士。《說文・馬部》：「馳，大驅也。」《書・胤征》：「嗇夫馳。」陸德明釋文：「馳，車馬曰馳，走步曰走。」一般而言，動作「馳」的主體均爲實際的人或車馬，而在實際的語境中，「馳」的主體是「心」的時候，則具有「放逸，嚮往」義，因爲心有所「嚮往」的時候，就會脫離眼前的狀態，對當前所作所爲不感興趣，或對目前的形式提不起精神，即「心」處於一種「放逸」的狀態，同「走」的情形相同，「馳」的「放逸」義是一種語境義，是對其本義的延伸與擴展，該義項從先秦沿用至現代漢語中。

〔1〕《楚辭・離騷》：「抑志而弭節兮，神高馳之邈邈。」

〔2〕沈從文《生之記錄》三：「從這中我發見了它的偉大，使我不馴的野心常隨著那些嗚嗚聲向天涯不可知的遼遠渺茫中馳去。」

4. 騖（務）

騖，本義指「亂跑」。《說文・馬部》：「騖，亂馳也。」泛指「疾速行進；馳騁。」「疾速行進；馳騁」時的動作狀態與「追求；追逐」時的動作狀態具有時空上的同一性，因而「騖」引申有「追求；追逐」義，在語義上傾向於「力求」義，《爾雅・釋詁上》：「騖，強也。」亦可以寫成「務」，該義項從先秦沿用至現代漢語中。

〔1〕《楚辭・九辯》：「槩精氣之搏搏兮，騖諸神之湛湛。」王逸注：「追

逐羣靈之遺風也。」

〔2〕聞一多《〈女神〉之地方色彩》：「到了如今，一味的時髦是鶩，似乎又把『此地』兩字忘到蹤影不見了。」

5. 其他表達：流濫、心不在焉（心不在、心不在此、心不在軀殼裏、心不在殼子裏面）。

「流濫」表示「放逸」屬於臨時用法。「流濫」涉及語素「流」和「濫」，其中「流」指水的移動。《說文·沝部》：「流，水行也。」王筠句讀：「謂水之自行也。」餘下的代表性說法是「心不在焉」。心思不在這裏。形容思想不集中。該義項從先秦沿用到現代漢語中。

〔1〕《禮記·大學》：「心不在焉，視而不見，聽而不聞，食而不知其味。」

〔2〕（宋）曾鞏《福州上執政書》：「其憂思之深，至於山脊石砠僕馬之間；而志意之一，至於雖采卷耳而心不在焉。」

〔3〕（明）高明《琵琶記·琴訴荷池》：「你新絃既撇不下，還思量那舊絃怎的，我想起來，只是你心不在焉，特地有許多說話。」

〔4〕張賢亮《靈與肉》：「他心不在焉地向她笑笑。」

根據以上材料分析，我們得出《朱子語類》放逸概念場詞彙系統成員歷時層次分析圖。

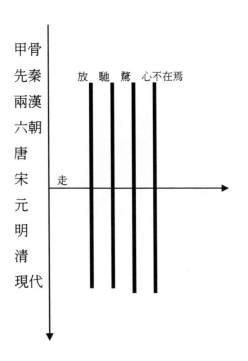

結合上圖，我們可以得出如下結論：

①放逸概念場在先秦時期已基本定型，主體成員有「放、馳、騖、心不在焉」並沿用到現代漢語書面語中，其中現代漢語中多用「心不在焉」表達放逸概念。

②在《朱子語類》中亦用臨時成員「走」表示放逸概念。

三、委靡概念場詞彙系統及其演變研究

委靡，指「困頓不振；意志消沉」的一種狀態。《朱子語類》中有「塌；軟；頹；困；怠」為核心語素的五類詞及「榻靸（闒靸、闒闒靸靸、闒靸）；闒冗（闒茸）〔註1〕；委靡」共同指稱委靡概念場。

（一）共時材料描寫

1. 闒（榻）

1.1 單用無。

1.2 場內組合：頹闒。

〔1〕大雅云：「此書卻好把與一般頹闒者看，以作其喜學之意。」（7，103，2607）

1.3 場外組合：為與「闒」有關的聯綿詞。

1.3.1 榻靸、闒靸、闒闒靸靸、闒靸。

〔2〕申根也不是箇榻靸底人，是箇剛悻做事聒噪人底人。（2，28，723）

〔3〕「偘，武毅之貌。」能剛強卓立，不如此怠惰闒靸。（2，16，321）

〔4〕曰：「今自有此心純粹，更不走失，而於接物應事時，少些莊嚴底意思，闒闒靸靸底，自不足以使人敬他，此便是未善處。」（3，45，1167）

〔5〕曰：「也是後生時都定，便長進也不會多。然而能用心於學問底，便會長進。若不學問，只縱其客氣底，亦如何會長進？日見昏了。有人後生氣盛時，說盡萬千道理，晚年只恁地闒靸底。」

〔註1〕榻靸（闒靸、闒闒靸靸、闒靸）為同一個連綿詞的不同寫法，算作一個詞；闒冗（闒茸）也是同一個連綿詞的不同寫法，算作一個。

文字奇而穩方好。不奇而穩，只是闒靸。（8，139，3301）

1.3.2 闒冗、闒茸。

〔6〕因云：「今做官人，幾時箇箇是闒冗人？多是要立作向上。那箇不說道先著馭吏？少間無有不拱手聽命於吏者，這只是自家不見得道理，事來都區處不下。吏人弄得慣熟，卻見得高於他，只得委任之。」（7，112，2735）

〔7〕張文潛軟郎當，他所作詩，前四五句好，後數句胡亂塡滿，只是平仄韻耳。想見作州郡時闒冗。平昔議論宗蘇子由，一切放倒，無所爲，故秦檜喜之。（8，130，3122）

〔8〕郭子儀晚節保身甚闒冗，然當緊要處，又不然，單騎見虜云云。（8，132，3166）

〔9〕曰：「此輩在向時，本是闒茸人，不比數底。但今則上面一項眞箇好人盡屏除了，故這一輩稍稍能不變，便稱好人。其實班固九品之中，方是中下品人。若中中以上，不復有矣。」（8，132，3183）

〔10〕道夫因言歐陽公文平淡。曰：「雖平淡，其中卻自美麗，有好處，有不可及處，卻不是闒茸無意思。」（8，139，3312）

2. 塌

2.1 單用時可與「消磨」同現。

〔1〕蓋魂先散而魄尚存，只是消磨未盡，少間自塌了。（1，3，41）

2.2 場內組合：塌塌、頹塌。

〔2〕唐貞觀之治，可謂甚盛。至中間武后出來作壞一番，自恁地塌塌底去。至五代，衰微極矣！（5，72，1813）

〔3〕又與文振說：「平日須提掇精神，莫令頹塌放倒，方可看得義理分明。看公多恁地困漫漫地，『則不敬莫大乎是』！」（3，44，1147）

〔4〕某直敢說，人生時無浩然之氣，只是有那氣質昏濁頹塌之氣。（4，52，1260）

〔5〕先生因言：「學者平居議論多頹塌，臨事難望它做得事。」（8，121，2945）

〔6〕作文何必苦留意？又不可太頹塌，只略教整齊足矣。（8，139，
　　3321）

2.3 場外組合

2.3.1 與表示「衰落」的語素組合：衰塌、倒塌。

〔7〕向來做時文，只粗疏恁地直說去，意思自周足，且是有氣魄。近
　　日時文屈曲纖巧，少刻墮在裏面，只見意氣都衰塌了。（1，13，
　　247）

〔8〕如龜山卻是恁地，初間只管道是且隨力量恁地，更不理會細密
　　處，下梢都衰塌了。（6，96，2460）

〔9〕趙德莊說，下面人只務異，上面人又懶惰不肯向前；上面一向
　　剛，下面一向柔，倒塌了，這便是蠱底道理。（5，70，1772）

〔10〕曰：「曾子剛毅，立得牆壁在，而後可傳之子思孟子。伊川橫渠
　　甚嚴，游楊之門倒塌了。若天資大段高，則學明道；若不及明
　　道，則且學伊川橫渠。」（7，115，2785）

3. 軟

3.1 單用時在具體語境中「軟、柔軟」與「硬、堅實」相對，與「溫和、順、屈、貼」相類。

〔1〕山河大地初生時，須尚軟在。（1，1，6）

〔2〕木便是生得一箇軟底，金便是生出得一箇硬底。（1，9，10）

〔3〕仁與義是柔軟底，禮智是堅實底。（1，6，106）

〔4〕仁是箇溫和柔軟底物事。（1，6，115）

〔5〕又如草木，直底硬底，是稟得剛底；軟底弱底，是稟得那順底。
　　（2，17，375）

〔6〕曰：「剛是體質堅強，如一箇硬物一般，不軟不屈；毅卻是有奮
　　發作興底氣象。」（3，43，1112）

〔7〕須是軟著心，貼就它去做。（3，45，1166）

3.2 場內組合：無。

3.3 場外組合

3.3.1 與表示「柔弱」的語素組合：軟熟、柔軟、軟弱、軟善、軟慢。

〔8〕況遊談聚議，習為軟熟，卒然有警，何以得其仗節死義乎！（3，

35，923）

〔9〕曰：「字義從來曉不得，但以意看可見。如『突梯滑稽』，只是軟熟迎逢，隨人倒，隨人起底意思。」（8，138，3297）

〔10〕蓋自祖宗以來，多尙寬仁，不曾用大利之屬，由此人皆柔軟，四方無盜賊。（8，132，3185）

〔11〕若是高祖軟弱，當時若敵他不過時，他從頭殺來是定。（6，90，2302）

〔12〕文字軟善，西漢文字則麤大。（5，78，1985）

〔13〕讀《書大序》，便覺軟慢無氣，未必不是後人所作也。（6，80，2075）

3.3.2 與表示「虛、貼」的語素組合：溶軟、虛軟、軟貼、軟郎當。

〔1〕及天開些子後，便有一塊渣滓在其中，初則溶軟，後漸堅實。（3，45，1156）

〔2〕又樹木向陽處則堅實，其背陰處必虛軟。（5，76，1943）

〔3〕老蘇父子自史中《戰國策》得之，故皆自小處起議論，歐公喜之。李（泰伯）不軟貼，不爲所喜。（8，139，3307）

〔4〕司馬遷亦不曾從安國受《尙書》，不應有一文字軟郎當地。（5，78，1985）

〔5〕張文潛軟郎當，他所作詩，前四五句好，後數句胡亂塡滿，只是平仄韻耳。（8，130，3122）

4. 頹

4.1 單用時與「患、壞、萎」同現於同一語境，具有相似的語義傾向。

〔1〕又曰：「神宗時行淤田策，行得甚力。差官去監那箇水，也是肥。只是未蒙其利，先有衝頹廬舍之患。」（1，2，31）

〔2〕施問：「每疑夫子言『我非生而知之』，『若聖與仁，則吾豈敢』，及至夢奠兩楹之間，則曰：「『太山其頹乎！梁木其壞乎！哲人其萎乎！』由前似太謙，由後似太高。」（6，87，2232）

〔3〕蓋其學本於明理，故明道謂其「觀天地之運化，然後頹乎其順，浩然其歸」。（7，100，2546）

4.2 場內組合：頹塌、頹闒。

「頹塌」見「塌」，「頹闒」見「闒」。

4.3 場外組合

4.3.1 與表示「狀態」的詞尾組合：頹如、頹然，語義上傾向於「無精神、破敗」之象。

〔4〕亦常爲任希純教授延入學作職事，居常無甚異同，頹如也。（7，103，2601）

〔5〕故看義理，則汗漫而不別白；遇事接物，則頹然而無精神。（1，10，172）

〔6〕李延平不著書，不作文，頹然若一田夫野老，然又太和順了。（7，103，2601）

〔7〕昔過湘中時，曾到謝公之家，頹然在敗屋之下，全無一點富貴氣，也難得。（7，120，2915）

4.3.2 與表示「衰亡」的語素組合：頹壞廢弛、崩頹、傾頹、衰頹。

〔8〕若聖人爲治，終不成埽蕩紀綱，使天下自恁地頹壞廢弛，方喚做公天下之心！（7，108，2687）

〔9〕只當商之季，七顛八倒，上下崩頹，忽於岐山下突出許多人，也是誰當得？（4，51，1229）

〔10〕曰：「固是事極也不愛一死。但拚卻一死，於自身道理雖僅得之，然恐無益於事，其危亡傾頹自若，柰何！」（8，128，3069）

〔11〕若暫能日新，不能接續，則前日所新者，卻間斷衰頹了，所以不能「日日新，又日新」也。（2，16，318）

4.3.3 與表示「萎靡」的語素組合：頹墮、頹惰、頹放。

〔12〕如其窄狹，則當涵泳廣大氣象；頹惰，則當涵泳振作氣象。（1，8，144）

〔13〕若箇人做得一件半件事合道義，而無浩然之氣來配助，則易頹墮了，未必不爲威武所屈，貧賤所移，做大丈夫不得。（4，52，1251）

〔14〕敬子曰：「僧家言，常常提起此志令堅強，則坐得自直，亦不昏困；纔一縱肆，則嗒然頹放矣。」（8，121，2946）

5. 困

5.1 單用時在具體語境中與「醒、樹起筋骨、有精神」相對，與「睡、倦」相關。

〔1〕未發不是漠然全不省，亦常醒在這裏，不恁地困。（1，5，86）

〔2〕看文字，須大段著精彩看。聳起精神，樹起筋骨，不要困，如有刀劍在後一般！（1，10，163）

〔3〕《孟子》段段有箇致命處，看得這般處出，方有精神。須看其說與我如何，與今人如何，須得其切處。今一切看得都困了。（2，19，436）

〔4〕韓文《鬥雞聯句》云：「一噴一醒然，再接再礪乃！」謂都困了，一以水噴之，則便醒。（3，34，875）

〔5〕如貓兒狗子，飢便待物事喫，困便睡。（2，29，750）

〔6〕問：「非是讀書過當倦後如此。是纔收斂來，稍久便困。」（7，115，2786）

5.2 場內組合：無。

5.3 場外組合

5.3.1 與表示「睡覺」的語素組合：困睡、睡困。

〔7〕人昏昧不知有此心，便如人困睡不知有此身。人雖困睡，得人喚覺，則此身自在。（1，12，200）

〔8〕如做事須用人，纔放下或困睡，這事便無人做主，都由別人，不由自家。（7，115，2777）

〔9〕又云：「無事時須要知得此心；不知此心，卻似睡困，都不濟事。今看文字，又理會理義不出，亦只緣主一工夫欠闕。」（8，121，2927）

5.3.2 與表示「倦怠」的語素組合：困頓、困倒、昏困、疲困。

〔10〕方靜時，須湛然在此，不得困頓，如鏡樣明，遇事時方好。（1，12，219）

〔11〕若是柔弱不剛之質，少間都不會振奮，只會困倒了。（1，13，238）

〔12〕靜坐久時，昏困不能思；起去，又鬧了，不暇思。（1，12，221）

〔13〕賊覺官軍已疲困，乃出平原以誘官軍。（8，133，3186）

5.3.3 與表示「不精彩，不精神」的語素組合：困漫漫、困弱、善困、困善、困苦，可用於描寫與「人、事、狀況、學問、文字」等相關的語境。

〔14〕又與文振說：「平日須提掇精神，莫令頹塌放倒，方可看得義理分明。看公多恁地困漫漫地，『則不敬莫大乎是』！」（3，44，1147）

〔15〕然州郡一齊困弱，靖康之禍，寇盜所過；莫不潰散，亦是失斟酌所致。（2，24，599）

〔16〕龜山才質困弱，好說一般不振底話，如云「包承小人」；又語某人云「莫拆了人屋子」，其意謂屋弊不可大段整理他，只得且撐拄過。（5，70，1774）

〔17〕曰：「列子固好，但說得困弱，不如莊子。」（8，15，2992）

〔18〕因說歷代承襲之弊，曰：「本朝鑒五代藩鎮之弊，遂盡奪藩鎮之權，兵也收了，財也收了，賞罰刑政一切收了，州郡遂日就困弱。靖康之禍，虜騎所過，莫不潰散。」（8，128，3070）

〔19〕《尚書注》并《序》，某疑非孔安國所作。蓋文字善困，不類西漢人文章，亦非後漢之文。（5，78，1984）

〔20〕《尚書》決非孔安國所注，蓋文字困善，不是西漢人文章。（5，78，1984）

〔21〕曰：「恁地工夫，也只做得那不好底文章，定無氣魄，所以他文字皆困苦。」（8，132，3184）

〔22〕漢儒惟董仲舒純粹，其學甚正，非諸人比。只是困苦無精彩，極好處也只有「正誼、明道」兩句。（8，137，3257）

6. 怠

6.1 單用時在具體語境中可與「樂、勤」相對，與「倒」相類。

〔1〕學得此事了，不可自以為了，恐怠意生。（1，11，183）

〔2〕敬子解「不求諸心而求諸跡，以博聞強記巧文麗詞為工」，以為「人不知性，故怠於為希聖之學，而樂於為希名慕利之學」。（6，95，2440）

〔3〕問：「恢復之事，多始勤終怠，如何？」（8，133，3196）

〔4〕曰：「從，順也。敬便豎起，怠便放倒。以理從事，是義；不以
　　理從事，便是欲。（2，17，387）

6.2 場內組合：無。

6.3 場外組合

6.3.1 與表示「懈怠」的語素組合：怠惰、怠惰放肆、放肆怠惰、惰怠、懈
怠、懈怠弛慢、怠遑。

〔1〕今人放肆，則日怠惰一日，那得強！（6，87，2264）

〔2〕妄誕欺詐爲不誠，怠惰放肆爲不敬，此誠敬之別。（1，6，103）

〔3〕敬是箇扶策人底物事。人當放肆怠惰時，才敬，便扶策得此心
　　起。（1，12，211）

〔4〕枅嘗問先生：「自謂矯揉之力雖勞，而氣稟之偏自若；警覺之念
　　雖至，而惰怠之習未除。（7，119，2880）

〔5〕因我不會做，皆使天下之人不做，如此則相爲懈怠而已。此言最
　　害理！（3，42，1072）

〔6〕不「尊德性」，則懈怠弛慢矣，學問何從而進？（4，64，1585）

〔7〕因言：「《商頌》『天命降監，下民有嚴；不僭不濫，不敢怠遑』。」
　　（2080）

6.3.2 與表示「昏倦」的語素組合：昏怠、倦怠。

〔8〕今人看文字，多是以昏怠去看，所以不子細。（1，11，177）

〔9〕如人一時間外面整齊嚴肅，便一時惺惺；一時放寬了，便昏怠
　　也。（2，17，372）

雖有強力之容，肅敬之心，皆倦怠矣。（6，80，2071）

6.3.3 與表示「輕慢」的語素組合：怠慢、怠慢放蕩、怠慢放肆、怠緩。

〔10〕敬者何？不怠慢不放蕩之謂也。（7，119，2878）

〔11〕誠是不欺不妄；敬是無怠慢放蕩。（2，18，403）

〔12〕「書上說『毋不敬』，自家口讀『毋不敬』，身心自恁地怠慢放肆；
　　詩上說『思無邪』，自家口讀『思無邪』，心裏卻胡思亂想：這
　　不是讀書。」（7，114，2759）

〔13〕如人倨肆，固是慢；稍或怠緩，亦是慢。（3，35，914）

6.3.4 與表示「荒廢」義的語素組合：怠忽、怠棄、豫怠。

〔14〕曰：「不止是悠悠。蓋不敏於事，則便有怠忽之意。才怠忽，便
　　　心不存而間斷多，便是不仁也。」（4，47，1183）

〔15〕當賞便用賞，當做便用做。若遲疑怠忽之間，澀縮靳惜，便誤
　　　事機。（4，50，1216）

〔16〕則東坡謂「威侮五行，怠棄三正」者，又未必是。（8，134，
　　　3218）

〔17〕「《謙》輕而《豫》怠。」輕是卑小之義。《豫》是悅之極，便放
　　　倒了，如上六「冥豫」是也。（5，77，1976）

7. 委靡

經常出現的組合有：委靡巽懦、委靡不振、委靡隨俗、委靡隨順、委靡繁
絮，可用於描述「人的狀態、稟賦、性情；文章的氣勢」等。

〔18〕孔子在陳，思魯之狂士，蓋狂士雖不得中，猶以奮發，可與有
　　　為。若一向委靡，濟甚事！（8，122，2957）

〔19〕先生曰：「紹興間文章大抵粗，成段時文。然今日太細膩，流於
　　　委靡。」（8，139，3316）

〔20〕然人所稟氣亦自不同：有稟得盛者，則為人強壯，隨分亦有立
　　　作，使之做事，亦隨分做得出。若稟得弱者，則委靡巽懦，都
　　　不解有所立作。（4，52，1244）

〔21〕道義而非此氣以行之，又如人要舉事，而終於委靡不振者，皆
　　　氣之餒也。（4，52，1256）

〔22〕故伊川有言：「凡委靡隨俗者不能隨時，惟剛毅特立乃所以隨
　　　時。」斯言可見矣。（6，83，2156）

〔23〕問：「謨於鄉曲，自覺委靡隨順處多，恐不免有同流合汙之失。」
　　　（7，117，2808）

〔24〕有治世之文，有衰世之文，有亂世之文。《六經》，治世之文也。
　　　如《國語》委靡繁絮，真衰世之文耳。（8，139，3297）

根據以上材料分析，我們得出《朱子語類》萎靡概念場詞彙系統成員共時
層次語義屬性分析表。

分析\成員	單 用	場內組合	場 外 組 合	語義屬性
闒（榻）	無	頹闒	無	連綿詞：榻靸、闒颯、闒闒靸靸、闒靸；闒冗、闒茸
塌	可與「消磨」同現	塌塌、頹塌	與表示「衰落」的語素組合：衰塌、倒塌	語義上傾向於「衰弱」
軟	在具體語境中「軟、柔軟」與「硬、堅實」相對，與「溫和、順、屈、貼」相類	無	與表示「柔弱」的語素組合：軟熟、柔軟、軟弱、軟善、軟慢	語義上傾向於「柔弱、虛貼」
			與表示「虛、貼」的語素組合：溶軟、虛軟、軟貼、軟郎當	
頹	與「患、壞、萎」同現於同一語境，具有相似的語義傾向	頹塌、頹闒	與表示「狀態」的詞尾組合：頹如、頹然	語義上傾向於「衰弛、萎靡」
			與表示「衰弛」的語素組合：頹壞廢弛、崩頹、傾頹、衰頹	
			與表示「萎靡」的語素組合：頹墮、頹惰、頹放	
困	與「患、壞、萎」同現於同一語境，具有相似的語義傾向	無	表示「睡覺」的語素組合：困睡、睡困	語義上傾向於「倦怠、不精神」
			與表示「倦怠」的語素組合：困頓、困倒、昏困、疲困	
			與表示「不精彩，不精神」的語素組合：困漫漫、困弱、善困、困善、困苦	
怠	時在具體語境中可與「樂、勤」相對，與「倒」相類	無	與表示「懈怠」的語素組合：怠惰、怠惰放肆、放肆怠惰、惰怠、懈怠、懈怠弛慢、怠遑	語義上傾向於「懈怠、昏倦、輕慢、荒廢」
			與表示「昏倦」的語素組合：昏怠、倦怠	
			與表示「輕慢」的語素組合：怠慢、怠慢放蕩、怠慢放肆、怠緩	
			與表示「荒廢」義的語素組合：怠忽、怠棄、豫怠	
委靡	/	/	委靡巽懦、委靡不振、委靡隨俗、委靡隨順、委靡繁絮	語義上傾向於「懦弱、隨順、繁絮」

（二）歷時考察

1. 闟

垂下貌。也作「塌」。章炳麟《小學答問》：「闟，今俗字作塌。」

〔1〕（明）孫柚《琴心記・夜亡成都》：「簪兒垂，雲鬟闟。」

2. 塌（dā）

垂貌。猶今北方方言的耷拉。塌翼，垂翅。亦以喻失意消沉。

〔1〕（唐）杜甫《毒熱寄簡崔評事十六弟》詩：「林下有塌翼，水中無行舟。」仇兆鰲注引趙汸曰：「塌翼，謂熱不能飛。」

〔2〕（清）王士禎《送吳天章歸中條山》：「月始在房群陰終，凍禽塌翅啼酸風。」

耷拉，方言。下垂。孫犁《白洋澱紀事・村歌上篇》：「高粱葉，下邊幾個已經黃了，上邊幾個一見太陽，就耷拉下來。」楊沫《青春之歌》第一部第二二章：「他的頭漸漸耷拉下去，身體一動也不能再動了。」

3. 軟

柔軟，與「硬」相對，本作「輭」。《玉篇・車部》：「輭，柔也；軟，俗文。」從文獻用例來看，「軟」字形在唐代文獻中才開始使用，與「輭」並行使用，《集韻・獮韻》：「輭，柔也。或從欠。」

〔1〕（西晉）陳壽《三國志・吳志・魯肅傳》：「更以安車輭輪徵肅，始當顯耳。」

〔2〕（唐）杜甫《大雲寺贊公房四首》之二：「細軟青絲履，光明白氎巾。」

〔3〕（唐）元稹《送嶺南崔侍御》詩：「火布垢塵須火浣，木綿溫軟當綿衣。」

從人體感官可以直接感知的外物「柔軟」投射到人體由於外物作用產生的柔弱無力。進一步投射到意識上的「不堅定，容易被感動或動搖」。

〔4〕《資治通鑒・漢靈帝建寧元年》：「臣本知東羌雖眾多，而輭弱易制。」

4. 穨

表示「下墜」時，亦作「隤」，《集韻・灰韻》：「隤，《說文》：『下墜也。』

或作頹。」動作「落」引申出相關的結果狀態「下垂貌；凹下貌」，用於抽象事件表示「衰敗；衰頹」義。《集韻・過韻》：「頹，委廢兒。《周禮》：『頹爾如委。』」按：《周禮・考工記・梓人》作「隤。」

〔1〕《文選・司馬相如〈長門賦〉》：「無面目之可顯兮，遂頹思而就牀。」李善注：「《廣雅》曰：『頹，壞也。』言壞其思慮而就牀。」

〔2〕（唐）李白《古風》之五四：「晉風日已頹，窮途方慟哭。」

5. 困

《說文》：「困，故廬也。從木在口中。朱，古文困。」徐灝注箋：「故廬之訓，未詳其恉，口，束木葉。」俞樾《兒笘錄》：「困之爲故廬，經傳無徵，且木在口中，於故廬意無取。今按困者，梱之古文也。《木部》：『梱，門橜也，從木，困聲。』困既從木，梱又從木，重複無理，此蓋後出字，古字止作困，從口者，象門之四旁，上爲楣，下爲閫，左右爲根，其中之木即所謂橜也。」又據姜亮夫《昭通方言考》：「門坎字本作梱」（姜亮夫，1988：652）由上可知，困乃門橜也，即門中豎立以爲限隔的短木。詞義泛化指處於艱難窘迫或無法擺脫的境地。《左傳・襄公二十二年》：「子三困於我於朝，吾懼，不敢不見。」《新五代史・張全義傳》：「少以田家子役於縣，縣令數困辱之。全義因亡入黃巢。」艱難窘迫的境遇大多會讓人精力不濟，感覺倦怠。《廣韻・慁韻》：「困，悴也。」

〔1〕《管子・宙合》：「夫鳥之飛也，必還山集穀，不還山則困，不集穀則死。」

〔2〕《後漢書・耿純傳》：「（世祖）勞純曰：『昨夜困乎？』」

6. 怠

本義爲「輕慢；怠慢」。《說文・心部》：「怠，慢也。」「輕慢；怠慢」多表現爲因不願意而表現不積極，而人在「疲倦；困憊」之時也會表現出「不積極」的情緒狀態，以上二者具有一定的相似性，因而「怠」有「疲倦；困憊」義，該義項從先秦沿用至明。

〔1〕（戰國楚）宋玉《高唐賦》：「昔者，先王嘗遊高唐，怠而晝寢。」

〔2〕（明）王廷陳《妾薄命》詩：「車倦馬怠不辭，但歌不醉無歸。」

7. 委靡

本爲「柔順」。近代引申出「頹唐，不振作」之義，從唐代沿用至今。

〔1〕（唐）韓愈《送高閑上人序》：「頹墮委靡，潰敗不可收拾。」

〔2〕沙汀《催糧》：「汪二是個矮架子青年農民，骨骼寬大，氣色卻很委靡。」

根據以上材料分析，我們得出《朱子語類》萎靡概念場詞彙系統成員歷時層次分析圖。

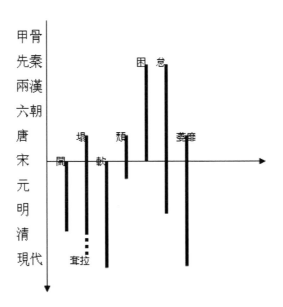

結合上圖，我們可以得出如下結論：

①萎靡概念場在先秦時期的主要成員有「困、怠」，然二者均未能沿用至現代漢語；唐宋時期新增的成員有「闒、塌、軟、頹、萎靡」，其中「塌」續變爲現代漢語中的表示萎靡概念的常用詞「耷拉」。

②萎靡概念作爲主觀性極強的狀態概念，常與表達者的情感狀態相關聯，因而具有表達上的不固定性，這也是萎靡概念場詞彙系統成員不如其他概念常成員固定的原因。

四、虛空概念場詞彙系統及其演變研究

虛空，指客觀事物不存在、未被主體感知或因外在因素造成主體錯誤地感知的狀態。《朱子語類》中有「虛、空、無、徒、白、浪、海」爲核心語素的七類詞及「杜（撰）、（捕）風（捉）影」共同指稱虛空概念場。

（一）共時材料描寫

1. 虛

1.1 單用時語義上包含具體和抽象兩個方面的「虛空」之義。

〔1〕老子曰：「天地之間，其猶橐籥乎，動而不屈，虛而愈出。」（1，1，8）

〔2〕又曰：「四廂都指揮使，又有甚諸色使，皆是虛名。只有三衙都指揮使眞有職事。」（8，128，3075）

〔3〕若說可欲是善，不可欲是惡，而必自尋一箇道理以爲善，根腳虛矣，非鄉人皆可爲堯舜之意。（8，124，2985）

1.2 場內組合：空虛（空虛無實、空虛無有）；虛空（虛空湛然）；虛無（虛無寂滅、虛無清淨）。

〔4〕江西人說箇虛空底體，涉事物便喚做用。（1，6，101）

〔5〕淵是那空虛無實底之物；躍是那不著地了，兩腳跳上去底意思。（5，68，1695）

〔6〕今鄭子上之言都是，但於道心下，卻一向說是箇空虛無有之物，將流爲釋老之學。然則彼釋迦是空虛之魁，饞能不欲食乎？（4，62，1489）

〔7〕如禪家之語，只虛空打箇筋斗，卻無著力處。（4，60，1438）

〔8〕顏子「三月不違仁」，豈直恁虛空湛然，常閉門合眼靜坐，不應事，不接物，然後爲不違仁也！（3，31，790）

〔9〕如所謂「嗜慾深者，天機淺」，此語甚的當，不可盡以爲虛無之論而妄訾之也。（7，97，2498）

〔10〕如今人說性，多如佛老說，別有一件物事在那裏，至玄至妙，一向說開去，便入虛無寂滅。（1，5，92）

〔11〕又如老氏之虛無清淨，他只知箇虛無清淨。（8，140，3339）

1.3 場外組合

1.3.1 與表示「盈實」的語素組合：盈虛、虛實眞僞、不探虛實、半虛半實、稽實待虛、知虛識實、憑虛失實、陽實陰虛、角虛無實、空虛不實。

〔12〕大而天地之終始，小而人物之生死，遠而古今之世變，皆不外乎此，只是一箇盈虛消息之理。（4，65，1616）

〔13〕且以眼前言，虛實真偽是非處，且要剔脫分明。（1，13，228）

〔14〕有劉麟者，舉兵掠邊。朝廷不探虛實，以為虜復大入，趙公震恐。（8，131，3146）

〔15〕氣是實物，「約」是半虛半實字，對不得。（4，52，1234）

〔16〕銖曰：「發此一例，即所謂』『稽實待虛』。」（5，70，1746）

〔17〕三者恰如行軍，知言則其先鋒，知虛識實者；心恰如主帥，氣則卒徒也。（4，52，1236）

〔18〕今人說《易》，所以不將卜筮為主者，只是慊怕小卻這道理，故憑虛失實，茫昧臆度而已。（5，75，1924）

〔19〕問：「陽實陰虛。『繼之者善』是天命流行，『成之者性』是在人物。疑人物是實。」（6，94，2390）

〔20〕曰：「向來作時文應舉，雖是角虛無實〔註2〕，然猶是白直，卻不甚害事。今來最是喚做賢良者，其所作策論，更讀不得。」（7，109，2701）

〔21〕釋氏合下見得一箇道理空虛不實，故要得超脫，盡去物累，方是無漏為佛地位。（8，16，3016）

1.3.2 與表示「隱藏」的語素組合：潛虛、暗虛。

〔22〕望時月蝕，固是陰敢與陽敵，然曆家又謂之暗虛。（1，2，13）

〔23〕火中虛暗，則《離》中之陰也；水中虛明，則《坎》中之陽也。（5，71，1808）

1.3.3 與表示「空靈「的語素組合：虛靈（虛靈知覺、虛明不昧）、虛明、談虛說妙。

〔24〕人心虛靈，包得許多道理過，無有不通。（4，57，1347）

〔25〕寤則虛靈知覺之體煥然呈露，如一陽復而萬物生意皆可見；寐則虛靈知覺之體隱然潛伏，如純坤月而萬物生性不可窺。（8，140，3340）

〔註2〕「角虛無實」中的「角」為角逐之義。《漢書‧谷永傳》：「書陳於前，陛下委棄不納，而更使方正對策，背可懼之大異，問不急之常論，廢承天之至言，角無用之虛文。」（清）董誥等《全唐文》卷一百二十九：「講邦國治亂之體，陳天人祥祲之原，豈角虛文，蓋先碩德。」

〔26〕心廣大如天地，虛明如日月。（1，12，205）

〔27〕唯心乃虛明洞徹，統前後而為言耳。（1，5，90）

〔28〕問：「人當無事時，其中虛明不昧，此是氣自然動處，便是性。」
　　　（1，5，94）

〔29〕今人有兩般見識：一般只是談虛說妙，全不切己，把做一場說
　　　話了；又有一般人說此事難理會，只恁地做人自得，讓與他們
　　　自理會。（8，121，2927）

1.3.4 與表示「飄遠」類語素組合：鶩於虛遠、虛蕩蕩；虛浮、虛飄飄、虛
胖、空疏。

〔30〕或問：「《集注》云：『學者固不可安於小成，而不求造道之極致；
　　　亦不可鶩於虛遠，而不察切己之實病也。』」（2，22，531）

〔31〕以前看得心只是虛蕩蕩地，而今看得來，湛然虛明，萬理便在
　　　裏面。（7，113，2743）

〔32〕今之詩賦實為無用，經義則未離於說經。但變其虛浮之格，如
　　　近古義，直述大意。（7，109，2699）

〔33〕積此不已，其勢必至於虛浮入老莊。（8，129，3089）

〔34〕今世說佛，也不曾做得他工夫；說道，也不曾做得此邊工夫；
　　　只是虛飄飄地，沙魘過世。（8，130，3116）

〔35〕不要看《揚子》，他說話無好處，議論亦無的實處。荀子雖然是
　　　有錯，到說得處也自實，不如他說得恁地虛胖。（8，137，3254）

〔36〕然有一般人，其中空疏不能應物；又有一般人，溺於空虛不肯
　　　應物，皆是自私。（6，95，2443）

1.3.5 與表示「虛妄誇誕」的語素組合：虛誇、虛張、虛謾、馮虛妄語。

〔37〕曰：「正謂此皆虛誇之事，不可以久，是以不能常，非謂此便是
　　　無常也。」（3，34，897）

〔38〕曰：「蓋如此則不實矣。只是外面虛張做，安能有常乎！」（3，
　　　34，897）

〔39〕《大學》致知、格物等說，便是這工夫，非虛謾也。（2，27，678）

〔40〕今人多說闢異端，往往於其教中茫然不知其說，馮虛妄語，宜
　　　不足以服之。（7，97，2499）

1.3.6 表示「清靜」的語素組合：清虛寡慾、清虛一大、清虛寂滅、虛靜、清明虛靜、虛靜純一、虛心平氣。

〔41〕然清虛寡慾，這又是他好處。文景之治漢，曹參之治齊，便是用此。（2，27，707）

〔42〕二程不言太極者，用劉絢記程言，清虛一大，恐人別處走。（6，93，2358）

〔43〕人最是怕陷溺其心，而今顯道輩便是以清虛寂滅陷溺其心，劉子澄輩便是以務求博雜，陷溺其心。（7，119，2869）

〔44〕養，非是如何椎鑿用工，只是心虛靜，久則自明。（1，12，204）

〔45〕日間梏亡者寡，則夜氣自然清明虛靜，至平旦亦然。（4，59，1398）

〔46〕見得這箇物事了，動也如此，靜也如此，自然虛靜純一；不待更去求虛靜，不待體認，只喚著便在這裏。（4，52，1269）

〔47〕何不虛心平氣與他看，古人賢底自賢，不肖底自不肖。（3，31，781）

1.3.7 與表示「寬大」的語素組合：虛寬、虛大、虛曠、虛敞、虛明顯敞、清虛曠蕩、虛拱。

〔48〕此虛寬之大數縱有差忒，皆可推而不失矣。（1，2，25）

〔49〕詖是險詖不可行，故蔽塞。淫是說得虛大，故有陷溺。（4，52，1272）

〔50〕子游是箇高簡、虛曠、不屑細務底人。（6，93，2355）

〔51〕又問：「今之州縣學，先聖有殿，只是一虛敞處，則堂室之制不備？」（7，107，2662）

〔52〕所謂虛靜者，須是將那黑底打開成箇白底，教他裏面東西南北玲瓏透徹，虛明顯敞，如此，方喚做虛靜。若只確守得箇黑底虛靜，何用也？（8，121，2937）

〔53〕今但見得些子，便更不肯去窮究那許多道理，陷溺其心於清虛曠蕩之地，卻都不知，豈可如此！（7，119，2870）

〔54〕《巽》《坤》二卦拱得箇南，如看命人「虛拱」底說話。（5，72，1840）

1.3.8 與表示「軟弱」的語素組合：虛軟、虛而委蛇、虛弱、虛無卑弱、虛而不屈、虛卻。

〔55〕又樹木向陽處則堅實，其背陰處必虛軟。（5，76，1943）

〔56〕莊子云：「吾與之虛而委蛇。」既虛了，又要隨他曲折恁地去。今且與公說箇樣子，久之自見。（7，104，2622）

〔57〕范文正公爭之曰：「州郡無兵無財，俾之將何捍拒？今守臣能權宜應變，以全一城之生靈，亦可矣；豈可反以為罪耶？」然則彼時州郡已如此虛弱了，如何盡責得介甫！（7，108，2681）

〔58〕老氏之學最忍，它閑時似箇虛無卑弱底人，莫教緊要處發出來，更教你枝梧不住，如張子房是也。（8，125，2987）

〔59〕問「谷神」。曰：「谷只是虛而能受，神謂無所不應。它又云：『虛而不屈，動而愈出。』有一物之不受，則虛而屈矣；有一物之不應，是動而不能出矣。」（8，125，2994）

〔60〕曰：「康節說，一元統十二會，前面虛卻子丑兩位，至寅位始紀人物，云人是寅年寅月寅時生。（3，45，1155）

1.3.9 其他組合：承虛接響、乘虛接渺、批亢擣虛、抬虛打險、虛頭、懸虛。

〔61〕其有知得某人詩好，某人詩不好者，亦只是見已前人如此說，便承虛接響說取去。如矮子看戲相似，見人道好，他也道好。（7，116，2802）

〔62〕書不曾讀，不見義理，乘虛接渺，指摘一二句來問人，又有漲開其說來問，又有牽甲證乙來問，皆是不曾有志樸實頭讀書。（8，121，2940）

〔63〕「批亢擣虛。」亢，音剛，喉嚨也。言與人鬥者，不扼其喉，拊其背，未見其能勝也。（8，134，3203）

〔64〕仁本是惻隱溫厚底物事，卻被他們說得抬虛打險[註3]，瞠眉努眼，卻似說麒麟做獅子，有吞伏百獸之狀，蓋自「知覺」之說起之。（1，6，120）

〔註3〕上句中「抬虛打險」，險，有奇異難測義。抬虛打險，意謂詭言浮說，談空說幻，說得離奇怪異，虛張空幻奇異的聲勢，好似把麒麟說做獅子，憑空妄吹。

〔65〕能如此著實用功，即如此著實到那田地，而理一之理，自森然
　　　其中，一一皆實，不虛頭說矣。（2，27，678）

〔66〕今卻是懸虛說一箇物事，不能得了，只要那一去貫，不要從貫
　　　去到那一；如不理會散錢，只管要去討索來穿。（7，117，2829）

〔67〕如禮儀，須自一二三四數至於三百；威儀，須自一百二百三百
　　　數至三千；逐一理會過，都恁地通透，始得。若是只恁懸虛不
　　　已，恰似村道說無宗旨底禪樣，瀾翻地說去也得，將來也解做
　　　頌，燒時也有舍利，只是不濟得事！（7，117，2829）

2. 空

2.1 單用。

2.1.1 「空」兼「有無」之名。

〔1〕曰：「空是兼有無之名。道家說半截有，半截無，已前都是無，
　　　如今眼下卻是有，故謂之無。若佛家之說都是無，已前也是無，
　　　如今眼下也是無，『色即是空，空即是色』」。（8，126，3012）

2.1.2 「空」與「滿、實」相對。

〔2〕蓋仁義之性，本自充塞天地。若自家不能擴充，則無緣得這箇殼
　　　子滿，只是箇空殼子。（4，53，1294）

〔3〕釋氏只要空，聖人只要實。（8，126，3015）

〔4〕人之所以易其言者，以其不知空言無實之可恥也。（2，27，706）

2.1.3 與表示「趨向」的語素組合：入空、向空、流於空。

〔5〕要之，此句亦是明道一時之意思如此。今必欲執以為定說，卻向
　　　空去了！（7，97，2494）

〔6〕陳後之問：「橫渠『清虛一大』，恐入空去否？」曰：「也不是入
　　　空。他都向一邊了。」（7，99，2539）

〔7〕曰：「但欲見其如此耳。然亦有病，若不得其道，則流於空。」
　　　（6，96，2468）

2.2 場內組合：空無（所有）、空空、白空、空虛、虛空。

〔8〕兀兀然其言，遂急來准上，則空無所有。（8，131，3142）

〔9〕某向見季隨，固知其不能自立，其胸中自空空無主人，所以纔聞
　　　他人之說，便動。（8，123，2961）

〔10〕近日浙中一項議論，盡是白空撰出，覺全捉摸不著。（8，122，
　　　2958）

「空虛、虛空」均見「虛」。

2.3 場外組合

2.3.1「X空」式組合：懸空、鑿空、脫空、深空、架空、踏空、落空、摸
空、打空、尋空、作空、翻空。

〔11〕此等意義，懸空逆料不得，須是親到那地位方自知。（3，36，
　　　968）

〔12〕非他程先生見得透，如何敢鑿空恁地說出來！（3，36，961）

〔13〕若是脫空誆誕，不說實話，雖有兩人相對說話，如無物也。（4，
　　　64，1578）

〔14〕湖南學者說仁，舊來都是深空說出一片〔註4〕。頃見王日休解孟
　　　子云：「麒麟者，獅子也。」仁本是惻隱溫厚底物事，卻被他們
　　　說得抬虛打險，瞠眉弩眼，卻似說麒麟做獅子，有吞伏百獸之
　　　狀，蓋自「知覺」之說起之。（1，6，120）

〔15〕蓋才放退，則連前面都壞，只得大拍頭局之不疑，此其所以架
　　　空而無實行也。（3，42，1091）

〔16〕這樣底，永無緣做得好人，爲其無爲善之地也。外面一副當雖
　　　好，然裏面卻踏空，永不足以爲善，永不濟事，更莫說誠意、
　　　正心、修身。（2，16，336）

〔17〕曰：「己與禮對立。克去己後，必復於禮，然後爲仁。若克去己
　　　私便無一事，則克之後，須落空去了。」（3，41，1046）

〔18〕曰：「固是。但只是摸空說，無著實處。」（7，100，2553）

〔19〕打空說及某人，鄉里皆推其有所見。（8，123，2961）

〔20〕曰：「此正思而不學之人，只一向尋空去。凡事須學，方能進
　　　步。」（2，24，585）

〔21〕當初釋迦爲太子時，出遊，見生老病死苦，遂厭惡之，入雪山
　　　修行。從上一念，便一切作空看，惟恐割棄之不猛，屏除之不
　　　盡。（2，17，380）

〔註4〕「舊來都是深空說出一片」朝鮮本『深』作『架』。

〔22〕嘗愛陸機《文賦》有曰：「意翻空而易奇，文質實而難工。」（4，66，1635）

「脫空，謊語不實。虛假無憑。《敦煌變文集·不知名變文》：『更有師人謾語一段，脫空下卦燒香呵，來出頃去，逡巡呼亂說詞。』」〔註5〕與「脫空」的說法相對應的說法，現代漢語方言中有熟語「脫脫空空」，指無根無據。吳語（上海）。江蘇（蘇州）都有這種說法。評彈《玉蜻蜓·廳堂奪子》：「看來事體總有點因頭，勿會脫脫空空，無中生有。」禪宗著作中有「望空」，指憑空，平白無故。《五燈會元》卷十四：「瑞岩法恭禪師：『望空雨寶休誇富，無地容錐未是貧。』」

2.3.2 與表示「寂、乏、假、自、闊」類語素組合：空寂、空寂玄妙、玄空高妙、空空寂寂、空疏、疏空、空乏、空竭、空弱、空假、空自。

〔23〕吾儒心雖虛而理則實。若釋氏則一向歸空寂去了。（8，126，3015）

〔24〕緣是把自家底做淺底看，便沒意思了，所以流入他空寂玄妙之說去。（2，24，587）

〔25〕今之學者只有兩般，不是玄空高妙，便是膚淺外馳。（8，121，2937）

〔26〕曰：「吾儒更著讀書，逐一就事物上理會道理。他便都掃了這個，他便恁地空空寂寂，恁地便道事都了。」（1，14，260）

〔27〕然子由此語雖好，又自有病處，如云：「帝王之道以無為宗」之類。他只說得箇頭勢大，下面工夫又皆疏空。亦猶馬遷禮書云：「大哉禮樂之道！洋洋乎鼓舞萬物，役使群動。」說得頭勢甚大，然下面亦空疏，卻引荀子諸說以足之。（8，122，2951）

〔28〕以祖宗全盛之天下而猶省費如此，今卻不及祖宗天下之半而耗費卻如此，安得不空乏！（8，127，3058）

〔29〕是時帑藏空竭，遂斂敷民間，云免百姓往燕山打糧草，每人科錢三十貫，以充免役之費。（8，127，3049）

〔30〕為吾之計，莫若分幾軍趨關陝，他必擁兵於關陝；又分幾軍向

〔註5〕蔣禮鴻《敦煌文獻語言詞典》〔M〕杭州：杭州大學出版社，1994：321。

西京，他必擁兵於西京；又分幾軍望淮北，他必擁兵於淮北，其他去處必空弱。（7，110，2706）

〔31〕其後達磨來又說禪，又有三事：「一空，二假，三中。空全論空，假者想出世界，中在空假之中。唐人多說假。」（8，126，3038）

〔32〕若自無好基址，空自今日買得多少木去起屋，少間只起在別人地上，自家身己自沒頓放處。（1，8，130）

2.3.3 與表示「言談」的語素組合：談空說遠、談說空妙、說空說妙、談空、空談、空浪。

〔33〕惟是說「性者道之形體」，卻見得實有。不須談空說遠，只反諸吾身求之，是實有這箇道理？（7，100，2550）

〔34〕先生一日謂諸生曰：「某患學者讀書不求經旨，談說空妙，故欲令先通曉文義，就文求意；下梢頭往往又只守定冊子上言語，卻看得不切己。」（8，121，2927）

〔35〕近世有人為學，專要說空說妙，不肯就實，卻說是悟。（8，121，2940）

〔36〕為學若不靠實，便如釋老談空，又卻不如他說得索性。（8，124，2978）

〔37〕若是如此讀書，如此聽人說話，全不是自做工夫，全無巴鼻。可知是使人說學是空談。（8，121，2928）

〔38〕仁本切己事，大小都用得。他問得空浪廣不切己了，卻成疏闊。（3，33，843）

2.3.4 與表示「虛大」的語素組合：空蕩蕩、空豁豁、空洞、空洞無稽、空闊。

〔39〕今人只見前面一段事無形無兆，將謂是空蕩蕩；卻不知道「沖漠無朕，萬象森然已具」。（6，95，2436）

〔40〕曰：「不同，佛氏只是空豁豁然，和有都無了，所謂『終日喫飯，不曾咬破一粒米；終日著衣，不曾掛著一條絲』。」（8，126，3011）

〔41〕今人說仁，多是把做空洞底物看，卻不得。（4，59，1411）

〔42〕釋氏只說見性，下稍尋得一箇空洞無稽底性，亦由他說，於事上更動不得。（1，15，289）

〔43〕若理，則只是箇淨潔空闊底世界，無形跡，他卻不會造作；氣則能醞釀凝聚生物也。（1，1，3）

3. 無

3.1 單用。

3.1.1 與「有」相對。

〔1〕然理無形，而氣卻有跡。（1，5，84）

〔2〕若所謂「有嘯於梁，觸於胸」，此則所謂不正邪暗，或有或無，或去或來，或聚或散者。（1，3，34）

3.1.2「無」用於全部否定的形式：無一……不，無一、無不、無非，強化的終極狀態用「全無、皆無」。

〔3〕蓋春方生育，至此乃無一物不暢茂。（5，68，1708）

〔4〕因與說：「某在漳州，初到時，教習諸軍弓射等事，皆無一人能之。」（7，106，2647）

〔5〕理，只是一箇理。理舉著，全無欠闕。（1，6，100）

〔6〕渠雖說空，又要和空皆無，如日「空生大覺中」之類。（8，126，3028）

〔7〕南京四方之衝，東南士大夫往來者無不見之。賓客塡門，無不延接。（5，68，1703）

〔8〕譬之木然，一枝一葉，無非生意。才有一毫間斷，便枝葉有不茂處。（3，43，1107）

3.1.3「無」另有否定形式「不無」，猶言有些。語義上表現為「部分」肯定。可以與表示「少量」義的「些子」連用，如「不無些子」等。《朱子語類》中有「不有不無」的表達，即指「似無還有」的意思。

〔9〕明道說道理，一看便好，愈看而愈好。伊川猶不無難明處，然愈看亦愈好。（2，19，442）

〔10〕蓋泰伯夷齊之事，天地之常經，而太王武王之事，古今之通義，但其間不無些子高下。（3，35，910）

〔11〕如此，則是斷簡殘編，不無遺漏。今亦無從考正，只得於言語句
　　　讀中有不可曉者闕之。（5，78，1979）

〔12〕問正淳：「陸氏之說如何？」曰：「癸卯相見，某於其言不無疑
　　　信相半。」曰：「信是信甚處？疑是疑甚處？」（8，124，2975）

〔13〕范淳夫純粹，精神短，雖知尊敬程子，而於講學處欠缺。如《唐
　　　鑑》極好，讀之亦不無憾。（8，130，3105）

〔14〕曰：「此章重處只在自得後，其勢自然順下來，才恁地，便恁
　　　地，但其間自不無節次。若是全無節次，孟子何不說『自得之，
　　　則取之左右逢其原』？」（4，57，1345）

〔15〕鄭說：「有人窹寐間見鬼通刺甚驗者。」曰：「如此，則是不有
　　　不無底紙筆。」（1，3，45）

3.1.2.4「無」表示否定時有程度上的區分，如「大無＞甚無＞略無」表示
否定的程度由高到低。

〔16〕後世如秦始皇在上，乃大無道人，如漢高祖，乃崛起田野，此
　　　豈不是氣運顛倒！（1，4，81）

〔17〕申公時爲樞密，其人帶吏直入樞府，令申公供文字之類，甚無
　　　禮。（8，130，3105）

〔18〕曰：「今人有些小利害，便至於頭紅面赤；子文卻三仕三已，略
　　　無喜慍。」（2，29，733）

3.1.2.5「無」或「無有」與表示「極少量」的詞語組合時否定程度得到了
強化，如：無有些、無些、無些子、無少、無纖毫絲髮、無一毫、無一人、全
無分文、一無所能。

〔19〕只是如今須著因其端而推致之，使四方八面，千頭萬緒，無有
　　　些不知，無有毫髮窒礙。（2，16，324）

〔20〕忠信者，眞實而無虛僞也；無些欠闕，無些間斷，樸實頭做去，
　　　無停住也。（1，6，123）

〔21〕蔡行夫問事鬼神。曰：「古人交神明之道，無些子不相接處。古
　　　人立屍，便是接鬼神之意。」（1，3，50）

〔22〕曰：「盡心，也未說極至，只是凡事便須理會教十分周足，無少
　　　闕漏處，方是盡。（4，60，1427）

〔23〕所謂「誠其意」者，表裏內外，徹底皆如此，無纖毫絲髮苟且為人之弊。如飢之必欲食，渴之必欲飲，皆自以求飽足於己而已，非為他人而食飲也。又如一盆水，徹底皆清瑩，無一毫砂石之雜。如此，則其好善也必誠好之，惡惡也必誠惡之，而無一毫強勉自欺之雜。（2，16，335）

〔24〕此事最不難理會，而無一人肯言之者，不知何故。（7，106，2651）

〔25〕淳因舉向年居喪，喪事重難，自始至終，皆自擔當，全無分文責備舍弟之意。（7，117，2825）

〔26〕陳福公自在，只如一無所能底村秀才。梁丞相亦然。（8，132，3173）

3.1.2.6「無」接上表示「多」表達時，在語義上則傾向於「少」的意思。

〔27〕曰：「以蜀為正。蜀亡之後，無多年便是西晉。中國亦權以魏為正。」（7，105，2637）

3.2 場內組合：空言無實、空無、虛無。

〔28〕「若學者未曾子細理會，便與他如此說，豈不誤他！」某聞之悚然！始知前日空言無實，不濟事，自此讀書益加詳細云。（1，11，192）

「空無」見「空」。「虛無」見「虛」。

3.3 場外組合。「無」通過否定特點的存在形式表示「空無」概念。

3.3.1 否定「形影」類的語素：無形影、無形無影、無形無狀、無形跡、無形無兆。

〔29〕至楊氏以為「天下皆在吾之度內」，則是謂見得吾仁之大如此，而天下皆圍於其中，則說得無形影。（3，41，1066）

〔30〕而今人說陰陽上面別有一箇無形無影底物是太極，非也。（6，95，2437）

〔31〕聖賢說話，多方百面，須是如此說。但是我恁地說他箇無形無狀，去何處證驗？只去切己理會，此等事久自會得。（7，116，2788）

〔32〕不聞不見，全然無形跡，暗昧不可得知。（4，62，1503）

〔33〕今人只見前面一段事無形無兆，將謂是空蕩蕩；卻不知道「沖
　　　漠無朕，萬象森然已具」。（6，95，2436）

3.3.2 否定與「無」相對的「有」：無有、有無、無或、有死無二。

《朱子語類》中出現的相關表達如：「無有、有無、無或、有無、或有或無、
有死無二。」其中「無有，有無」均指「沒有」。即「無」相當於「沒」，無所，
表示否定不必明言或不可明言的人或事物。無或，即不要。或，有也。

〔34〕曰：「世間無有聚而不散，散而不聚之物。（3，39，1012）

〔35〕古之木，今有無者多。如楷木，只孔子墓上，當時諸弟子各以
　　　其方之木來栽，後有此木。今天下皆無此木。（8，138，3287）

〔36〕「非汝封刑人殺人，無或刑人殺人。非汝封又曰劓刵人，無或劓
　　　刵人。」康叔爲周司寇，故一篇多說用刑。此但言」非汝封刑
　　　人殺人」，則無或敢有刑人殺人者。蓋言用刑之權止在康叔，不
　　　可不謹之意耳。（5，79，2056）

〔37〕又曰：「如見陳廄殺，擂著皷，只是向前去，有死無二，莫更回
　　　頭始得！」（8，121，2922）

3.3.3 「無」傾向於否定謂詞：無改、無答、無多、無如、無棄、無足、無
復有，相當於「不」或「不要」。

〔38〕三年無改於父之道，可謂孝矣。（2，22，510）

〔39〕文蔚曰：「顏子已具聖人體段。」曰：「何處是他具聖人體段？」
　　　文蔚無答。（2，24，566）

〔40〕如《題趙大年所畫高軒過圖》云：「晚知畫書眞有益，卻悔歲月
　　　來無多！」極有筆力。（8，140，3329）

〔41〕溫公《儀》人所憚行者，只爲閑辭多，長篇浩瀚，令人難讀，
　　　其實行禮處無多。（6，90，2313）

〔42〕文之最難曉者，無如柳子厚。？（8，139，3314）

〔43〕吳才老說，《梓材》是《洛誥》中書，甚好。其他文字亦有錯亂
　　　而移易得出人意表者，然無如才老此樣處，恰恰好好。（5，79，
　　　2057）

〔44〕時舉因謂，第二章末謂：「無棄爾勞，以爲王休」，蓋以爲王者

之休，莫大於得人；惟群臣無棄其功，然後可以為王之休美。
（6，81，2132）

〔45〕或言鬼神之異。曰：「世間亦有此等事，無足怪。」（1，3，51）

〔46〕問：「『遠』之字義如何？」曰：「遠，便是無復有這氣象。」
（3，35，920）

4. 靡

4.1 單用。

〔1〕亂兵，謂宗汝霖所招勤王者。宗死，其兵散走為亂，湖北靡子遺矣！（7，101，2594）

4.2 場內組合：無。

4.3 場外組合：靡所不至、靡所不為。

〔2〕曰：「不用如此說，自是無時不戒慎恐懼，不是到這時方戒懼。不成說天下已平治，可以安意肆志！只才有些放肆，便弄得靡所不至！」（5，72，1836）

〔3〕以利害計之：第一世所封之功臣，猶做得好在。第二世繼而立者，箇箇定是不曉事，則害民之事靡所不為。（6，86，2220）

5. 徒

5.1 單用時表示「白白地、空地」，修飾謂詞。

〔1〕學不可躐等，不可草率，徒費心力。須依次序，如法理會。（1，11，187）

〔2〕若是見得不是，便須掀翻做教是當。若只管恁地徒說，何益！（7，115，2781）

〔3〕號令既明，刑罰亦不可弛。苟不用刑罰，則號令徒掛牆壁爾。（7，108，2688）

5.2 場內組合：無。

5.3 場外組合：徒然、徒爾、徒勞。

〔4〕如今諸公聽某說話，若不領略得，茫然聽之，只是徒然。（2，27，699）

〔5〕問：「或者疑龜山此出為無補於事，徒爾紛紛。或以為大賢出處

不可以此議，如何？」（7，101，2573）

〔6〕如今若苟簡看過，只一處，便自未曾理會得了，卻要別生疑義，徒勞無益。（7，116，2798）

6. 白

6.1 單用無。

6.2 場內組合：白空。

〔1〕近日浙中一項議論，盡是白空撰出，覺全捉摸不著。（8，122，2958）

6.3 場外組合：白撰、平白、平白無事、白幹、白幹消沒、白幹沈滯。

〔2〕《家語》雖記得不純，卻是當時書。《孔叢子》是後來白撰出。（8，137，3252）

〔3〕後來聞得此人凶惡不可言：人只是平白地打殺不問。（7，106，2657）

〔4〕他平白無事，教把許多金來用，問高祖便肯。（8，134，3216）

〔5〕又云：「某嘗在上前說此，上亦以爲不可，云：『高宗既不祧，壽皇既不祧，朕又安可爲！』奈何都無一人將順這好意思。某所議，趙丞相白幹地不付出，可怪！」（7，107，2661）

〔6〕某在行在不久，若在彼稍久，須更見得事體可畏處。不知名園麗圃，其費幾何？日費幾何？下面頭會箕斂以供上之求。又有上不在天子，下不在民，只在中間白幹消沒者何限！（7，110，2713）

〔7〕若是做守令，有可以白幹沈滯底事，便是無頭腦。（7，106，2648）

7. 浪

7.1 單用無。

7.2 場內組合：無。

7.3 場外組合：浮生浪老、浪廣、孟浪、孟浪不信、浪戰。

〔1〕這箇道理，與生俱生。今人只安頓放那空處，都不理會，浮生浪老，也甚可惜！（1，9，154）

〔2〕仁本切己事，大小都用得。他問得空浪廣不切己了，卻成疎闊。
（3，33，843）

〔3〕當時秦也是強，但相如也是料得秦不敢殺他後，方恁地做。若其他人，則是怕秦殺了，便不敢去。如藺相如豈是孟浪恁地做？它須是料度得那秦過了。（8，134，3214）

〔4〕只是虛心看物，物來便知是與非，事事物物皆有箇透徹無隔礙，方是。才一事不透，便做病。且如公說不信陰陽家說，亦只孟浪不信。（7，114，2766）

〔5〕當時事未定，江上洶洶，萬一兵潰，必趨長沙。守臣不可去，只是浪戰〔註6〕而死。（7，106，2655）

8. 海

8.1 單用無。

8.2 場內組合：無。

8.3 場內組合：海說。

「海」表示虛空概念，《朱子語類》中僅出現一例「海說」，指「廣泛的，漫無邊際的說」。形式上「漫無邊際」，內容上則就顯「空洞無物」了。

〔1〕儞問：「『子莫執中。』程子之解經便是權，則權字又似海說。如云『時措之宜』，事事皆有自然之中，則似事事皆用權。」（3，37，993）

9. 杜

9.1 單用無。

9.2 場內組合：無。

9.3 場外組合：杜撰。《朱子語類》中「杜」表示「虛構的，隨意臆造」義僅出現在複合詞「杜撰」中，「杜撰」具有如下語義傾向。

9.3.1 謂沒有根據地編造，虛構：杜撰、鶻突杜撰、無所據而杜撰、杜撰意度、杜撰胡說、杜撰錯說。

〔1〕林黃中屢稱王伯照，他何嘗得其髣彿！都是杜撰。（6，84，2183）

〔註6〕「浪戰」，指無取勝可能的戰鬥。明唐順之《與胡梅林總督書》之四：「若不用檯營之說，明日再戰，恐又如前之奔耳！雖十戰亦復然，所謂浪戰也。」

〔2〕問人，便是依這本子做去；不問人，便不依本子，只鶻突杜撰做
　　去。（2，24，584）

〔3〕劉原父好古，在長安，偶得一周敦。其中刻云「㠱中」，原父遂
　　以爲周張仲之器。後又得一枚，刻云「㠱伯」，遂以爲張伯。曰：
　　「詩言『張仲孝友』，則仲必有兄矣，遂作銘述其事。後來趙明
　　誠《金石錄》辨之云，「『㠱』非『張』，乃某字也。今之說禮無
　　所據而杜撰者，此類也。」（6，84，2184）

〔4〕「而後從之」者，及行將去，見得自家所得底道理步步著實，然
　　後說出來，卻不是杜撰意度。須還自家自本至末，皆說得有著
　　實處。（2，24，581）

〔5〕此須是當時有此制度，今不能知，又不當杜撰胡說，只得置之。
　　（5，78，2021）

〔6〕大概推《周官》制度亦稍詳，然亦有杜撰錯說處。（6，86，2206）

9.3.2 附會湊合之意：與「鑿空」組合成「杜撰鑿空、鑿空杜撰」、或與「增
益湊合、脫空狂妄」等表達同現。

〔7〕只是杜撰鑿空說，元與他不相似。（1，11，177）

〔8〕今江西諸人之學，只是要約，更不務博；本來雖有些好處，臨事
　　盡是鑿空杜撰。（7，120，2914）

〔9〕因論《詩》，歷言《小序》大無義理，皆是後人杜撰，先後增益
　　湊合而作。（6，80，2075）

〔10〕今人有一等杜撰學問，皆是脫空狂妄，不濟一錢事。（4，58，
　　1362）

9.3.3 謂施以心思人力，與「任其自然、不加干預」相對而言：安排杜撰。

〔11〕曰：「靜坐而不能遣思慮，便是靜坐時不曾敬。敬只是敬，更尋
　　甚敬之體？似此支離，病痛愈多，更不曾做得工夫，只了得安
　　排杜撰也。」（1，12，214）

〔12〕曰：「硬將來拗縛捉住在這裏，便是危殆。只是杜撰恁地，不恁
　　自然，便不安穩。」（2，24，584）

〔13〕伯恭說義理，太多傷巧，未免杜撰。（8，122，2949）

以上「杜撰」均謂「沒有根據地編造；虛構」，在實際的語言使用中，其中心義素「編造，構」脫漏後可單純的指稱「無緣無故」的意思。《朱子語類》有用例：「廣云：『今愚民於村落杜撰立一神祠，合眾以禱之，其神便靈。』曰：『可知眾心之所輻湊處，便自暖，故便有一箇靈底道理。』」（6，87，2262）

10. 挼眼生花

本指「以手揉捏眼生翳而看見了虛無之物」，喻毫無根據地憑空杜撰。

〔1〕又云：「空撰出許多說話，如挼眼生花。」（8，122，2958）

11. 見豕負塗，載鬼一車（朱熹用以表示荒誕詭譎和離奇虛妄。）

〔1〕諸爻立象，聖人必有所據，非是白撰，但今不可考耳。到孔子方不說象。如「見豕負塗，載鬼一車」之類，孔子只說「群疑亡也」，便見得上面許多皆是狐惑可疑之事而已。到後人解說，便多牽強。（5，75、1915）

根據以上材料分析，我們得出《朱子語類》虛空概念場詞彙系統成員共時層次語義屬性分析表。

分析成員	單　用	場內組合	場　外　組　合	語義屬性
虛	語義上包含具體和抽象兩個方面的「虛空」之義	空虛（空虛無實、空虛無有）；虛空（虛空湛然）；虛無（虛無寂滅、虛無清淨）	與表示「盈實」的語素組合：盈虛、虛實真偽、不探虛實、半虛半實、稽實待虛、知虛識實、憑虛失實、陽實陰虛、角虛無實、空虛不實	大體上有四類語義傾向：空靈飄遠、清靜寬大、軟弱不實、誇誕懸虛
			與表示「隱藏「的語素組合：潛虛、暗虛	
			與表示「空靈「的語素組合：虛靈（虛靈知覺、虛明不昧）、虛明、談虛說妙	
			與表示「飄遠」的語素組合：騖於虛遠、虛蕩蕩；虛浮、虛飄飄、虛胖、空疏	
			與表示「虛妄誇誕」的語素組合：虛誇、虛張、虛謾、馮虛妄語	
			表示「清靜」的語素組合：清虛寡慾、清虛一大、清虛寂滅、虛靜、清明虛靜、虛靜純一、虛心平氣	

			與表示「寬大」的語素組合：虛寬、虛大、虛曠、虛敞、虛明顯敞、清虛曠蕩、虛拱	
			與表示「軟弱」的語素組合：虛軟、虛而委蛇、虛弱、虛無卑弱、虛而不屈、虛卻	
			其他組合：承虛接響、乘虛接渺、批亢擣虛、抬虛打險、虛頭、懸虛	
空	兼「有無」之名	空無（所有）、空空、白空、空虛、虛空	「X空」組合：懸空、鑿空、脫空、深空、架空、踏空、落空、摸空、打空、尋空、作空、翻空	大體有四類語義傾向：寂、乏、假、闊大
	與「滿、實」相對		與表示「寂、乏、假、自、闊」類語素組合：空寂、空寂玄妙、玄空高妙、空空寂寂、空疏、疏空、空乏、空竭、空弱、空假、空自	
	與表示「趨向」的語素組合：入空、向空、流於空		與表示「言談」的語素組合：談空說遠、談說空妙、說空說妙、談空、空談、空浪	
			與表示「虛大」的語素組合：空蕩蕩、空豁豁、空洞、空洞無稽、空中樓閣、空中打箇筋斗、空闊	
無	與「有」相對	空言無實、空無、虛無	否定「形影」類語素：無形影、無形無影、無形無狀、無形跡、無形無兆	①「表示否定時有程度上的區分，如「大無＞甚無＞略無」表示否定的程度由高到低。②「無」或「無有」與表示「極少量」的詞語組合時否定程度得到了強化，如：無有些、無些、無些子、無少、無纖毫絲髮、無一毫、無一人、全無分文、一無所能。③接上表「多」的表達時，語義上則傾向於「少」
	①「無」用於全部否定的形式：無一……不，無一、無不、無非，強化的終極狀態用「全無、皆無」。②「無」另有否定形式「不無」，猶言有些。語義上表現為「部分」肯定。可以與表示「少量」義的「些子」連用，如「不無些子」等。		否定與相對的「有」：無有、有無、無或、有死無二	
			傾向於否定謂詞：無改、無答、無多、無如、無棄、無足、無復有，相當於「不」或「不要」。	
靡	語義不明顯	無	靡所不至、靡所不爲	與「沒」有關
徒	白白地、空地	無	徒然、徒爾、徒勞	沒有

白	無	白空	表沒有根據：白撰、平白、白干	憑空
浪	無	無	浮生浪老、浪廣、孟浪、浪戰	無用的
海	無	無	海說	大
杜	無	無	謂沒有根據地編造：杜撰、鶻突杜撰、無所據而杜撰、杜撰意度、杜撰胡說、杜撰錯說	臆想的
			與「鑿空」組合成「杜撰鑿空、鑿空杜撰」、或與「增益湊合、脫空狂妄」等表達同現	
			謂施以心思人力，與「任其自然、不加干預」相對：安排杜撰	
捖眼生花	本指「以手揉捏眼生翳而看見了虛無之物」，喻毫無根據地憑空杜撰。	/	/	比喻毫無根據地憑空杜撰
見豕負塗，載鬼一車		/	/	表示荒誕詭譎和離奇虛妄

（二）歷時考察

1. 虛

本義指「大丘，大山」。《說文·丘部》：「虛，大丘也。昆侖丘謂之昆侖虛。」段玉裁注：「虛者，今之墟字，猶『昆侖』今之『崑崙』字也。虛本謂大丘。」虛的俗寫異體字正作「虗」。《字彙·虍部》：「虗，俗虛字」古人洞居穴處，表示「大丘，大山」的「虛」可指「土人住所；處所」。《左傳·昭公十七年》：「陳，大皞之虛也；鄭，祝融之虛也……衛，顓頊之虛也。」孔穎達疏：「虛者，舊居之處也。陳為大皞之虛，鄭為祝融之虛，衛為顓頊之虛，皆先王先公嘗居此。」供人句中的住所都是中空的，因而「虛」有「空虛」之義。為便於從字形上區分，人們把表示「大丘」義寫成「墟」，而「虛」則借為表「空虛」的詞。《爾雅·釋詁上》：「壑，虛也。」郝懿行義疏：「虛，今作墟。古無墟字，皆以虛為墟也，後人虛旁加土以別於空虛，因而經典亦

多改虛為墟。」「虛」表示「空無所有」義時與「實」相對，該義項從先秦沿用到現代漢語書面語中。

〔1〕《易・歸妹》：「上六無實，承虛筐也。」

〔2〕葉聖陶《未厭集・遺腹子》：「已屆中年，後顧尚虛。」

從語義上分析，「虛」與「實」相對，其語義源自「大丘」之「大」因「大」而「虛」，即今語所謂「大而空」之義，而「有容乃大」，「虛」引申的「處所」義在功能上是用於「容納」的，無所「容納」時即稱為「虛」，「虛心、虛懷若谷」均表達的是此義。

2. 空

本義為「孔」。《說文》：「空，竅也。從穴，工聲。」段玉裁注：「今俗語所謂孔也。」中空才能稱之為孔，因而，「空」引申出「空虛，中無所有」的意思。《廣韻・東韻》：「空，空虛。」該語義項從先秦沿用到現代漢語中。

〔1〕《管子・五輔》：「公法行而私曲止，倉廩實而囷圉空。」

〔2〕俞平伯《冬晚的別》：「回到城頭巷，顯得屋子十分大，十分黑，空空的。」

「空」的「空虛，中無所有」義，源自「竅」，同樣具有類似於容器的功能，因而「空」與「虛」都可以作為「實」的相對概念。有所區別的是「虛」即使作為「住所」是一般都是一頭開口的容器，而源自「竅」的「空」則可能是兩頭開口的容器，即「空」比「虛」更徹底。

3. 無

沒有。《說文》：「無，亡也。」《玉篇・亡部》：「無，不有也。」《廣韻・虞韻》：「無，有無也。」「無」一般意義上是不能獨立表達一個完整的意義的，而必須和「它的對概念」同現才具有完整的表意功能，指得是物質的隱微狀態，從而區別於「空」的「沒有、不存在」，該義項從先秦沿用到現代漢語書面語中。

〔1〕《詩・小雅・車攻》：「之子于征，有聞無聲。」毛傳：「有善聞而無諠譁之聲。」

〔2〕《老子》第四十章：「天下萬物生於有，有生於無。」王弼注：「天下之物，皆以有為生，有之所始，以無為本。」

〔3〕（清）王夫之《張子正蒙注・太和篇》：「凡虛空皆氣也，聚則顯，顯則人謂之有，散則隱，隱則人謂之無。」

〔4〕魯迅《朝花夕拾・范愛農》：「刀傷縮小到幾乎等於無。」

以上所引材料可知，「無」並不是絕對的空無，而是指事物未顯現爲有形有象具體之物前的狀態；從「無」到「有」是一個由未顯現至顯現的演化過程。從表「虛空」義的程度來說，以上三者的表義強度從強到弱分別爲「空〉虛〉無」。

4. 靡

無，沒有。《爾雅・釋言》：「靡，無也。」「靡」和「沒」應該具有音義上的聯繫，該義項從先秦沿用至現代漢語書面語中。

〔1〕《書・咸有一德》：「天難堪，命靡常。」

〔2〕郭沫若《懷念董老》詩：「革命功高譽未過，九旬壽考靡蹉跎。」

5. 徒

本作「辻」，《說文・辵部》：「辻，步行也。」段玉裁注：「隸變作徒。」該義項從先秦沿用至現代漢語書面語。《易・賁》：「賁其趾，舍車而徒。」李鼎祚《集解》引虞翻曰：「徒，步行也。」聞一多《〈西南采風錄〉序》：「我們一部分人組織了一個湘黔滇旅行團，徒步西來，沿途分門別類收集了不少材料。」從以上所引材料來看，「徒」所指稱的「步行」指「捨車、捨舟」或與「騎」先對而言，即語義上指「無交通工具」而僅僅依靠雙腳步行稱之爲「徒」，在詞義演變過程中語境義的核心成份如「徒」語義中的「交通工具」脫落，「徒」就虛化爲表示形容詞「空」。《廣韻・模韻》：「徒，空也。」該義項從先秦沿用至現代漢語中。

〔1〕《左傳・襄公二十五年》：「齊師徒歸。」杜預注：「徒，空也。」

〔2〕巴金《家》八：「一連武裝的兵居然連幾個徒手的丘八也捉不到，哪個舅子才相信！」

該詞後來進一步虛化爲副詞，表「白白地」，沿用至現代漢語。《韓非子・內儲說上》：「因載而往，徒獻之。」王先愼《集解》：「徒獻胥靡，不取都、金。」葉聖陶《倪煥之》十二：「與其徒費唇舌，不如經過法律手續來得干脆。」

6. 白

本義指「像霜雪一樣的顏色」。《說文·白部》：「白，西方色也。陰用事，物色白。」與「白」衣相對的自然是「錦」衣，指顯貴者的服裝；而平民寒士則多爲素衣，因而最「素」的「白」引申有「沒有功名、官職」的意思。（唐）劉禹錫《陋室銘》：「談笑有鴻儒，往來無白丁。」具體的對象脫落，「白」虛化爲「空無，沒有」的意思，該義項從唐沿用至現代漢語中。

〔1〕《新唐書·苗晉卿傳》：「奭持紙終日，筆不下，人謂之『曳白』。」

〔2〕魯迅《兩地書·致許廣平（一九二五年三月十一日）》：「這一節只好交白卷了。」

以上「白」修飾的對象均爲物事，而當「白」修飾的對象爲事件時（一定包含一個謂詞成份），其虛化程度進一步增強，變成我們通常意義上認定的副詞。如「不付代價；無償地」義，「枉空；徒然」義。

7. 浪

本爲「古水名」。《說文·水部》：「浪，滄浪水也。南入江。」泛指大波；波浪。《玉篇·水部》：「浪，波浪也。」語義上傾向於指大的水勢，所謂大的稱「浪」，小的稱「波」，意義泛化後指「空的，無用的」。如「浪花」指「不結果實的花」；「浪言」「浪語」指「不切實際的話」。該義項從六朝沿用至清。

〔1〕《齊民要術·種瓜》：「其瓜會是歧頭而生，無歧而花者，皆是浪花，終無瓜矣。」

〔2〕《紅樓夢》第九十六回：「賈璉啐道：『你這個不知死活的東西！這府裏稀罕你的那扔不了的浪東西！』」

8. 海

本指「承受大陸江河流水的地球上最大的水域」。《說文·水部》：「海，天池也，以納百川者。」「海」區別於其他水域在於其「大」，《玉篇·水部》「海，大也。」語義由「大」續變到「空」，表現爲「沒有根據、不可信」的意思「海話」指「沒有根據、不著邊際的話；大話」。該義項從宋沿用到現代漢語中，宋代用例見共時材料分析部分，現代漢語用例如下。

〔1〕魯迅《且介亭雜文·門外文談》：「我談到大眾語，他又笑道，你又不是勞苦大眾，講什麼海話呢？」

9. 杜（撰）

「杜」為記音詞，本作「肚」，表示「虛構的，隨意臆造的」。該義項與「杜」的本義無關。杜撰，謂沒有根據地編造；虛構。關於該詞的語源，歷來說法不一，但眾家在證明各自的觀點時都會引用到的文獻資料主要有：

①（宋）王楙《野客叢書》卷二十杜撰：「包彈對杜撰，為甚的，包拯為臺官，嚴毅不恕。朝列有過，必須彈擊。故言事無瑕疵者曰沒包彈。杜默為詩，多不合律。故言事不合格者為杜撰。世言杜撰、包彈本此。然僕又觀俗有杜田、杜園之說，杜之云者，猶言假耳。如言自釀薄酒，則曰杜酒。子美詩有杜酒偏勞勸之句。子美之意，蓋指杜康，意與事適相符合有如此者。此正與杜撰之說同。湘山野錄載盛文肅公撰文節神道碑。石參政中立急問曰：『誰撰？』盛卒曰：『度撰』滿堂大笑。文肅在杜默之前，又知杜撰之說，其來久矣。」〔註7〕

②（宋）沈作喆《寓簡》卷一：「（漢）田何善《易》，言《易》者本田何。何以齊諸田徙杜陵，號『杜田生』。今之俚諺謂白撰無所本者為『杜田』，或曰『杜園』者，語轉而然。豈當時亦譏何之《易》學師無所自耶？」〔註8〕

③（清）趙翼《陔餘叢考》杜撰：「宋稗史：杜默為詩多不合律，故世謂事不合格者曰『杜撰』。此說非也。《湘山野錄》，盛文肅度撰〔註9〕《張文節神道碑》，石參政中立問：『誰撰？』，文肅率然對曰：『度撰。』滿堂皆笑。按，文肅在杜默之前，則非起於默矣。呂藍衍《言鯖》謂：道家經懺俱杜光庭所撰，多設虛誕，故云杜撰，此亦非也。沈作喆《寓簡》謂：（漢）田何善《易》，言《易》者本田何。何以齊諸田徙杜陵，號杜田。今之俚語謂白撰無所本者為杜田，或曰杜園者，蓋本此。豈當時譏何之《易》學無所師承而云然聊？云云，此乃杜撰二字所由始，蓋本因杜田，又轉而為杜園。宋時孔文仲對策有『可為痛苦太息』之語，而人誚之曰：『杜園賈誼是也』。因而俗語相沿，凡文字之無所本者曰杜撰，工作之不經匠師者曰杜做，後世並以米之不從商販來者曰杜米，筍之自己園出者曰杜園筍，則昔以杜為劣作，而今轉以杜為佳品矣。」〔註10〕

〔註7〕　（宋）王楙《野客叢書》〔M〕北京：中華書局，1987：229。

〔註8〕　（宋）沈作喆《寓簡（附錄）》〔M〕北京：中華書局，1985：5。

〔註9〕　盛文肅度指宋代人盛度，諡文肅。

〔註10〕　（清）趙翼著，欒保群、呂宗力校點《陔餘叢考》〔M〕石家莊：河北人民出版社，1990：797～798。

④（清）洪亮吉《北江詩話》卷五：「唐杜光庭爲道士撰集諸道經，多以己說參之，俗語稱杜撰，或以爲使於此，非也。《顏氏家訓‧雜藝篇》：『江南閭里間有《畫書賦》，乃陶隱居弟子杜道士所爲；其人未甚識字，輕爲軌則，託名貴師，世俗傳信，後生頗爲所誤』。考《林罕》字源偏旁小說序，又作隸書賦云：『假託許愼，頗乖經，據實則陶先生弟子杜道士所爲，大誤時俗，吾家子孫不得收寫云云。余意杜撰二字，蓋出於此。』然兩人都姓杜，又同爲道士，又皆工作僞，可怪也。」〔註11〕

據以上文獻記載，「杜撰」一詞涉及如下內容：五個人：（漢）田何，即杜田生、（南朝梁）陶弘景弟子杜道士、（唐）杜光庭、（宋）杜默、（宋）盛度」，涉及到的相關信息包括兩類事件：「包彈對杜撰」；「杜田、杜園、杜酒」。之所以眾說紛紜，莫衷一是，均源自以上記載均無法對這些人物和事件作出統一的解釋，既然有「杜、度」類的同音字，又與「杜田、杜園、杜酒、杜園筍、杜米」等說法相區別，那麼以上說法都值得懷疑。据導師徐時儀先生考證，「杜」當爲一個記音字。「《慧琳音義》卷三十九釋《不空羂索經》第二十五卷中『嬌憿』條下云：『譯經者於經卷末自音爲頷劑，率爾肚撰造字，兼陳村叟之談，未審嬌憿是何詞句。』古人以爲心之官爲思，故慧琳所說的『肚撰』即憑空臆想。肚，《廣韻》屬上聲姥韻，定母，徒古切。『杜』與『肚』音同。《慧琳音義》成書與元和三年以前，大致如實記載了唐時語言的使用狀況。因而，我們據以斷定『杜撰』一詞早在唐代已出現，其最早的寫法應爲『肚撰』，後因『杜』與『肚』音同而寫作『杜撰』，『杜』於是有了『虛假』和『憑空』義。」〔註12〕《一切經音義》卷二一「從殼」條中有下文字：「殼字，《經》本有從殼卵者，元不是字。尋茲昧謬，起自無識，胸臆製字，陷童蒙耳。」此處「胸臆製字」與上文《慧琳音義》所說「肚撰造字」意思相同。〔註13〕而「臆」本義爲「胸骨；胸」。《說文‧肉部》：「肊，胸骨也。臆，肊或從意。」無獨有偶，「肚」在唐宋代文獻中就已經出現了表示與「心、胸」相關的意思。「肚裏生荊棘」猶言心懷不善。「肚裏有僂儸」謂心裏別有打算。（唐）孟郊《擇友》詩：「面結口頭交，肚裏生荊棘。」（宋）文天祥《渡瓜

〔註11〕 （清）洪亮吉《北江詩話》〔M〕北京：中華書局 1985：58。

〔註12〕 徐時儀，肖燕《「杜撰」的語源》，《語言文字周報》〔N〕2005 年 2 月 23 日第 4 版。

〔註13〕 崔山佳《從〈紅樓夢〉甲戌本的「肚撰」說起》，《紅樓夢學刊》〔J〕2011（1）。

洲》詩序：「阿術言：『文丞相不語，肚裏有傀儡。』彼知吾心不服也。」由上可知，從語音和詞義的系統觀來看，「肚」與「杜、土」音近；「肚撰」的「肚」與「胸、臆」在「憑空臆想」的用法上義同，因而可以說，「杜撰」本作「肚撰」的觀點是成立的。至於「杜田、杜園、杜酒」與「杜撰」中的「杜」不同，乃因前者同爲「土」的記音借字。「翟灝《通俗篇》載，青藤山人《路史》又云：『杜本土音，桑土國土并音去聲，故相沿捨土而直用杜。今人言專局一能，而不同大方者，謂之土氣，即杜世。』土，《廣韻》屬上聲姥韻，透母，他魯切。『杜』與『土』音近，『杜』似爲『土』的借字。」上文趙翼所說其時俗語的「杜做」、「杜米」等的「杜」即「自家」和「土生土長」的「本土」義。〔註14〕此義與「杜撰」本無關聯。綜合以上分析，「杜撰」之「杜」乃「肚」的記音字，指「原無所本，憑空臆想」之義。「肚撰」後寫成「杜撰」，該詞從唐沿用到現代漢語。

〔1〕《慧琳音義》卷三十九釋《不空羂索經》第二十五卷中『嬌憍』條：「譯經者於經卷末自音爲頡劑，率爾肚撰造字，兼陳村叟之談，未審嬌憍是何詞句。」

〔2〕楊沫《青春之歌》第二部第二四章：「得了，你別閉門造車來杜撰故事吧！」

10.（見豕負塗，）載鬼一車

語出《易·睽》：「上九，睽孤，見豕負塗，載鬼一車。先張之弧，後說之弧。匪寇，婚媾。」意謂有離家在外的人夜行，見豬伏於道中，又見車上載著鬼。他張弓正要射卻沒射，因爲發現其實不是鬼也不是寇，而是求婚迎親的人。王弼注：「見豕負塗，甚可穢也；見鬼盈車，籲可怪也。」後因以「見豕負塗」喻卑穢污濁，以「載鬼一車」指無中生有，以虛爲實，亦省作「載鬼」，該詞從先秦沿用至清。

〔1〕《易·睽》：「上九，睽孤，見豕負塗，載鬼一車。先張之弧，後說之弧。匪寇，婚媾。」

〔2〕（清）錢謙益《趙文毅公神道碑》：「江陵以後，盤互权枒。便文自營，載鬼一車。」

〔註14〕徐時儀，肖燕《「杜撰」的語源》，《語言文字周報》〔N〕2005 年 2 月 23 日第 4 版。

〔3〕（清）顧炎武《松江別張處士慤王處士煒暨諸友人》詩：「每煩疑
　　載鬼，動是泣歧途。」

11. 捾眼生花

《洪武正韻‧屑韻》：「捾，捻聚。俗作『捏』。」捏目，《圓覺經夾頌集
解講義》曰：「譬如翳者妄見空華，捏目者妄見兩月。」《楞嚴經正脈疏》曰：
「蓋月有三相，第一是天上淨月；第二是人以手捏目望月，遂成二輪，取其
捏出者，爲第二月；第三是水中月影。意以第一月，喻純眞之心；第二月喻
見精明元；第三月喻緣塵分別。」可見，望月欲見「精明元」而刻意「以手
捏目」，反失「純眞之心」。「捏目生華」取捏目失「純眞之心」而指迷失自我，
喪失本眞。《萬峰和尚語錄》：「師拈云：世尊也是無風起浪、捏目生花，迦葉
亦乃承虛接響、無事生非。」「捏目生花」指勉強欲看到更多事物，結果卻將
「眞淨明心」顛倒，所生之花是「空花」、「亂花」、「狂花」，皆是虛妄亂想。
朱熹講學所舉「捾眼生花」蓋由「捏目生花」而來，已喻指「憑空妄言」，該
語多見於唐宋的禪宗文獻。

〔1〕（唐）天竺沙門般剌蜜帝譯《楞嚴經》卷八：「阿難！如是眾生一
　　一類中，亦各各具十二顛倒；猶如捏目亂花發生，顛倒妙圓眞
　　淨明心，具足如斯虛妄亂想。」

根據以上材料分析，我們可以得出《朱子語類》虛空概念場詞彙系統成員
歷時層次分析圖。

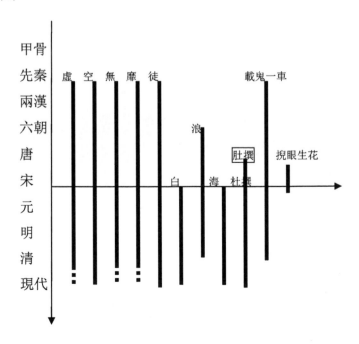

結合上圖，我們可以得出如下結論：

①虛空概念場在先秦時期已基本定型，主體成員有「虛、空、無、靡、徒、載鬼一車」，其中「虛、無、靡、載鬼一車」沿用至清；「空、徒」沿用至現代漢語，且「空」成爲現代漢語中表示「虛空」概念的常用詞；

②六朝至唐宋間新增的成員有「浪、白、海、杜撰、捉眼生花」；沿用至現代漢語的成員有「白、海、杜撰」；「浪」從六朝沿用至清，「捉眼生花」作爲虛空概念場的臨時成員主要出現在唐宋時期的文獻中。

五、疾速概念場詞彙系統及其演變研究

疾速，指動作快。《朱子語類》中有「疾、快、迅、速」爲核心語素的四類詞指稱疾速概念場。

（一）共時材料描寫

1. 疾

1.1 單用時與「徐、遲、舒」相對，與「強、狹、速、輕」相類。

〔1〕其實天左旋，日月星辰亦皆左旋，但天之行疾如日。（1，2、18）

〔2〕且如端坐不如箕踞，徐行後長者不如疾行先長者，到這裏更有甚禮，可知是不可行也。（2，22、515）

〔3〕古人謂「生之者眾，食之者寡，爲之者疾，用之者舒」，今一切反之！（7，110，2707）

〔4〕嘗見雜說云：「紂殺九侯，鄂侯爭之強，辯之疾，併醢鄂侯。」（5，79，2038）

〔5〕曰：「君行步闊而遲，臣行步狹而疾，故君行一步，而臣行兩步，蓋不敢同君之行而踐其跡也。」（6，85，2197）

〔6〕每輕車七十二人，三人在車上，一御，一持矛，一持弓。此三人，乃七十五人中之將。蓋五伍爲兩，兩有長故也。輕車甚疾。（8，138，3284）

1.2 場內組合：疾速。

〔7〕又別置一簿，列具合立傳者若干人，某人傳，當行下某處收索行狀、墓誌等文字，專牒轉運司疾速報應。（7，107，2665）

1.3 場外組合：疾風、疾徐高下、進退疾遲、疾言遽色、不疾而速。

〔8〕曰：「固當常如此，但亦主於疾風、迅雷、甚雨。若平平底雷風雨，也不消如此。」（3，38，1007）

〔9〕如「疾風衝塞起，砂礫自飄揚；馬尾縮如蝟，角弓不可張」，分明說出邊塞之狀，語又俊健。（8，140，3324）

〔10〕如宮、商、角、徵、羽，固是就喉、舌、唇、齒上分，他便道只此便了，元不知道喉、舌、唇、齒上亦各自有宮、商、角、徵、羽。何者？蓋自有箇疾徐高下。（6，92，2344）

〔11〕以某觀之，若看得此，則亦可以麤想像天之與日月星辰之運，進退疾遲之度皆有分數，而曆數大概亦可知矣。（5，78，1981）

〔12〕古人云，終日無疾言遽色，他眞箇是如此。（7，103，2601）

〔13〕橫渠云：「一故神。譬之人身，四體皆一物，故觸之而無不覺，不待心使至此而後覺也。此所謂『感而遂通，不行而至，不疾而速』也。」（7，98，2511）

　　末句的「不疾而速」可以看出，「疾」傾向於表示動作，「速」傾向於表示動作結果產生的狀態。

2. 快

2.1 單用。

2.1.1 從句法角度來看，「快」在《朱子語類》中大多處於動補結構中作補語，有無「得」標記的形式都有，如：「做得忒快、說得快、見得快、成器愈快、進得快、才得來快」。

〔14〕「夬履」是做得忒快，雖合履底也有危厲。（5，70，1759）

〔15〕窮理是見，盡性是行，覺得程子是說得快了。（5，77，1969）

〔16〕器之看文字見得快。叔蒙亦看得好，與前不同。（7，121，2911）

〔17〕時舉曰：「恐只是爲瓦器者，所謂『車盤』是也。蓋運得愈急，則其成器愈快，恐此即是鈞。」（6，81，2123）

〔18〕又云：「如今見得這道理了，到得進處，有用力慤實緊密者，進得快；有用力慢底，便進得鈍。何況不見得這源頭道理，便緊密也徒然不濟事。何況慢慢地，便全然是空！如今拽轉亦快。」（7，114，2759）

〔19〕然這裏只是說學之次序如此，說得來快，無恁地勞攘，且當循此次序。（1，15，311）

〔20〕曾點卻有時見得這個氣象，只是他見得了便休。緣他見得快，所以不將當事。（3，40、1037）

2.1.2 與「急、敏」相類，是與「速」相對應的口語詞。

〔21〕莫要恁地快，這個使急不得。（2，19，433）

〔22〕孟子大段見得敏，見到快，他說話，恰似箇獅子跳躍相似。（4，53，1295）

〔23〕一日，與諸生同行登臺，見草盛，命數兵耘草，分作四段，令各耘一角。有一兵逐根拔去，耘得甚不多，其他所耘處，一齊了畢。先生見耘未了者，問諸生曰：「諸公看幾個耘草，那個快？」諸生言諸兵皆快，獨指此一人以爲鈍。曰：「不然。某看來，此卒獨快。」因細視諸兵所耘處，草皆去不盡，悉復呼來再耘。先生復曰：「那一兵雖不甚快，看他甚子細，逐根去令盡。雖一時之難，卻只是一番工夫便了。這幾個又著從頭再用工夫，只緣其初欲速苟簡，致得費力如此。」（8，121，2947）

上句中前文共用了 4 例「快」，最後出現 1 例「欲速苟簡」屬於書面語用法。

2.2 場內組合：無。

2.3 場外組合

2.3.1 與表示動作迅速的主體組合：手輕足快、腳輕手快、口快、快馬。

〔24〕曰：「易，只是習得來熟，似歡喜去做，做得來手輕足快，都無那惻怛不忍底意思。」（2，25，610）

〔25〕「鼓之舞之以盡神」，未占得則有所疑，既占則無所疑，自然使得人腳輕手快，行得順便。（5，75，1931）

〔26〕佞，不是諂佞，是箇口快底人。（2，28，712）

〔27〕若能知而擴充，其勢甚順，如乘快馬、放下水船相似。（4，53、1291）

2.3.2 與表示「通達、靈敏」的語素組合：通快、捷快、快捷。

〔28〕曰：「如今恁地勉強安排，如何得樂。到得常常做得熟，自然浹

洽通快，周流不息，油然而生，不能自已。」（4，56，1335）

〔29〕而禪者之說，則以爲有箇悟門，一朝入得，則前後際斷，說得恁地見成捷快，如何不隨他去！（8，126，3036）

〔30〕今學者有兩樣，意思鈍底，又不能得他理會得；到得意思快捷底，雖能當下曉得，然又恐其不牢固。如龔郯伯理會也快，但恐其不牢固。（7，120，2915）

3. 迅

3.1 單用時多修飾名詞。

〔1〕某看來，只是懲忿如摧山，窒慾如填壑，遷善如風之迅，改過如雷之烈。（5，72，1833）

〔2〕曰：「源頭只在致知，知至之後，如從上面放水來，已自迅流湍決，只是臨時又要略略撥剔，莫令壅滯爾。」（1，15，300）

3.1 場內組合：迅速。

〔3〕如風之迅速以遷善，如雷之奮發以改過。（5，72，1833）

〔4〕龜山彈蔡京，亦是，只不迅速。（7，101，2568）

3.2 場外組合：

3.2.1 用於修飾具體的名詞：迅雷、迅筆。

〔5〕常如風和日暖，固好；變如迅雷烈風。若無迅雷烈風，則都旱了，不可以爲常。（3，37，987）

〔6〕曰：「子韶本無定論，只是迅筆便說，不必辨其是非。」（7，101，2563）

3.2.2 與表示「奮激」的語素組合：奮迅、迅激。

〔7〕但看萬物發生時，便自恁地奮迅出來，有剛底意思。（5，77，1970）

〔8〕方河水洶湧，其勢迅激，縱使鑿下龍門，恐這石仍舊壅塞。（5，78，2023）

4. 速

4.1 單用時與「遲、久」相對，與「銳、猛、決」相類。

〔1〕曆家以進數難算，只以退數算之，故謂之右行，且曰：「日行遲，月行速。」（1，2，14）

〔2〕曰：「神祇之氣常屈伸而不已，人鬼之氣則消散而無餘矣。其消
　　散亦有久速之異。」（1，3，39）

〔3〕今其徒往往進時甚銳，然其退亦速。纔到退時，便如墜千仞之
　　淵！（8，124，2975）

〔4〕遷善如風之速，改過如雷之猛！（5，72，1834）

〔5〕則遷善當如風之速，改過當如雷之決。（4，66，1643）

4.2 場內組合：迅速、疾速，分別見「迅、疾」。

4.3 場外組合：遲速、敏速、迅速、健速、作速、不疾而速，其中「不疾而
速」見「疾」。

〔6〕天日月星皆是左旋，只有遲速。（1，2，17）

〔7〕「遜此志，務時敏」，雖是低下著這心以順他道理，又卻抖擻起那
　　精神，敏速以求之，則「厥修乃來」矣。（7，98，2529）

〔8〕龜山彈蔡京，亦是，只不迅速。（7，101，2568）

〔9〕其兵馬監押纔到時，其知州亦到了。其行遣得簡徑健速如此！
　　（8，127，3043）

〔10〕又乞下銓曹，作速差知州，後面有銓曹擬差狀。（8，127，3043）

5. 亟

5.1 單用時多出現在「亟+V.」和「V.+亟」兩種格式中，其中前者為優勢格
式。

5.1.1 亟＋V.

〔1〕「以君命將之，使己僕僕爾亟拜也」，便不是禮。（4，58，1374）

〔2〕問「極重不可反，知其重而亟反之可也」。（6，94，2410）

〔3〕後山云：「我只有一裘，已著，此何處得來？」妻以實告。後山
　　不肯服，亟令送還，竟以中寒感疾而卒。（8，130，3122）

〔4〕兀朮聞之，遂亟走歸，殺虜中，而盡滅其族。（8，130，3130）

〔5〕已而劉信叔順昌大捷，虜人遂退，檜復專其功，大喜，亟擢用巨
　　山至中書舍人，有無名子作詩嘲之，一聯云：成湯為太甲，宣
　　聖作周任！（8，131，3146）

〔6〕因意臨行請教之語，亟訪策於張。（8，132，3168）

〔7〕太上終是嫌破和議底人。秦檜死，亟下詔守和議不變，用沈該万

俟讐陳誠之輩。（8，132，3174）

〔8〕因登六和塔，子公領客，宜生先登，亟問之曰：「奉使得無首丘之念乎？」（8，132，3187）

5.1.2 V.+亟

〔9〕南軒從善之亟。先生嘗與閑坐立，所見什物之類放得不是所在，並不齊整處，先生謾言之；雖夜後，亦即時令人移正之。（7，103，2610）[註15]

〔10〕或云：「想曾子病亟，門人多在傍者。」（3，35，914）

〔12〕英廟即位，繼感風疾，魏公當時只是鎭之以靜。及英廟疾亟，迎立穎王。（7，106，2653）

5.2 場內組合：無。

5.3 場外組合：無。

根據以上所引材料可知，「亟」具有語義上的自足性，「亟+V.」傾向於動作快；「V.+亟」傾向於程度深。

6. 急

6.1 單用。

6.1.1 與「慢、緩、遲」相對。

〔1〕如以一大輪在外，一小輪載日月在內，大輪轉急，小輪轉慢。（1，2，16）

〔2〕曆家謂之緩者反是急，急者反是緩。（1，2，16）

〔3〕天行較急，一日一夜繞地一周三百六十五度四分度之一，而又進過一度。日行稍遲，一日一夜繞地恰一周，而於天爲退一度。（1，2，17）

6.1.2 與「緊」相類。

6.1.3 「急」由「著急」義向「快」義的演變，以下三句由「趕忙」→「快+趕忙」→」快」義過度。

〔4〕有一妻伯劉丈，其人甚樸實，不能妄語，云：「嘗過一嶺，稍晚

[註15] 此句「令人」作「今人」。據甘小明《〈朱子語類〉校勘十則》改，《巢湖學院學報》，2011（4）。

了，急行。忽聞溪邊林中響甚，往看之，乃無，止蜥蝪在林中，各把一物如水晶。看了，去未數里，下雹。』」（1，3，35）

〔5〕一日，傳聖駕將幸師成家，師成遂令此人打併裝疊書冊。此人以經史次第排，極可觀。師成來點檢，見諸史亦列桌上，因大駭，急移下去，云：「把這般文字將出來做甚麼！」（1，10，175）

〔6〕但常常以此兩端體察，若見得時，自須猛省，急擺脫出來！（1，13，225）

6.2 場內組合：無。

6.3 場外組合：緩急。

〔7〕曰：「理固無不善，纔賦於氣質，便有清濁、偏正、剛柔、緩急之不同。」（1，4，71）

〔8〕凡看文字，專看細密處，而遺卻緩急之間者，固不可；專看緩急之間，而遺卻細密者，亦不可。（1，11，182）

7. 緊

7.1 單用時與「急、放退、慢」相對，表示「迅疾」義。

〔1〕只是氣旋轉得緊，如急風然，至上面極高處轉得愈緊。若轉纔慢，則地便脫墜矣！（1，2，28）

〔2〕為學正如撐上水船，方平穩處，盡行不妨。及到灘脊急流之中，舟人來這上一篙，不可放緩。直須著力撐上，不一步不緊。放退一步，則此船不得上矣！（1，8，137）

〔3〕只是氣旋轉得緊，如急風然，至上面極高處轉得愈緊。若轉纔慢，則地便脫墜矣！（1，2、28）

7.2 場內組合：無。

7.3 常外組合：無。

8. 遽

8.1 單用時後都多接謂詞性成份或短語。

8.1.1 後接動詞：遽論、遽曰、遽欲、遽止、遽已、遽決、遽刑、遽遷、遽改、遽死、遽欲誠意等。

〔1〕答云：「此語或中或否，皆出臆度。要之，未可遽論。且涵泳玩

索，久之當自有見。」（1，5，98）

〔2〕少頃，問濂溪中正仁義之說。先生遽曰：「義理才覺有疑，便箚定腳步，且與究竟到底。謂如說仁，便要見得仁是甚物。」（2，20，469）

〔3〕兼是這主意，只爲世上有不溫故知新而便欲爲人師，故發此一句，卻不是說如此便可以爲師。言如此方可以爲師，以證人不如此而遽欲爲師者。（2，24，577）

〔4〕道理既知縫罅，但當窮而又窮，不可安於小成而遽止也。（1，9，157）

〔5〕它方始道上面更有箇樂與好禮，便豁然曉得義理無窮。學問不可少得而遽已也，聖門爲學工夫皆如此。（2，22，531）

〔6〕若是陂塘中水方有一勺之多，遽決之以溉田，則非徒無益於田，而一勺之水亦復無有矣。（1，11，195）

〔7〕善者固可舉；若不能者遽刑之，罰之，則彼何由勸。（2，24，594）

〔8〕劉問：「今人數世居此土，豈宜以他鄉俗美而遽遷邪？」（2，26，642）

〔9〕「見人名諱同，不可遽改，只半眞半草寫之。」（8，138，3282）

〔10〕如種師道方爲樞密，朝廷倚重，遽死，亦是氣數。（8，130，3132）

〔11〕沈季文於小學，則有莊敬敦篤而不從事於禮樂射御書數；於大學，則不由格物、致知而遽欲誠意、正心。（8，138，3292）

8.1.2 後接介詞性短語。

〔12〕問：「『金聲玉振』，舊說三子之偏，在其初不曾理會得許多洪纖高下，而遽以玉振之。（4，58，1368）

〔13〕問：「墨氏兼愛，何遽至於無父？」（4，55，1320）

〔14〕曰：「曾子先於孔子之教者，日用之常，禮文之細，莫不學來，惟未知其本出於一貫耳，故聞一語而悟。其他人於用處未曾用許多工夫，豈可遽與語此乎！」（2，27，673）

〔15〕曰：「固守其窮，古人多如此說。但以上文觀之，則恐聖人一時答問之辭，未遽及此。」（3，45，1148）

〔16〕且如《蟋蟀》一篇，本其風俗勤儉，其民終歲勤勞，不得少休，及歲之暮，方且相與燕樂；而又遽相戒曰：「日月其除，無已太康。」（6，80，2073）

8.1.3 後接形容詞：不遽寒燠、一旦遽如此。

〔17〕「子於是日哭則不歌」，上蔡說得亦有病。聖人之心，如春夏秋冬，不遽寒燠，故哭之日，自是不能遽忘。（3，34，872）

〔18〕於是韓魏公言於上曰：「陛下即位以來，未嘗爲此等事。一旦遽如此，驚駭物聽。」仁宗怒少解，而館閣之士罷逐一空，故時有「一網打盡」之語。（8，129，3089）

8.1.4 與表示「急蹴「的組合搭配使用：急迫遽至、遽欲一蹴至此。

〔19〕曰：「『深造』云者，非是急迫遽至，要舒徐涵養，期於自得而已。」（4，57，1343）

〔20〕爲學之始，未知所有，而遽欲一蹴至此，吾見其倒置而終身述亂矣！（4，64，1601）

8.2 場內組合：叢冗急遽、急遽苟且、匆遽、疾言遽色。

〔21〕人之處事，於叢冗急遽之際而不錯亂者，非安不能。（1，14，275）

〔22〕因問：「造次是『急遽苟且之時』。苟且，莫只就人情上說否？」（2，26，649）

〔23〕大抵范氏說多如此，其人最好編類文字，觀書多匆遽，不仔細。（3，44，1132）

〔24〕頃之，復曰：「李先生涵養得自是別，眞所謂不爲事物所勝者。古人云，終日無疾言遽色，他眞箇是如此。」（7，103，2601）

8.3 場外組合：遽然。

〔25〕德修謂：「樂正子從子敖之齊，未必徒餔啜。」曰：「無此事，豈可遽然加以此罪！」（4，52，1332）

〔26〕及其既至，則收而梟之，事即定矣。若遽然進兵掩捕，則事勢須激，城中之人不可保，而州郡必且殘破。（8，133，3188）

綜上所述，《朱子語類》中「疾、迅、速」多爲徵引古書所載用語，「快」則都爲口語。如上舉末例中「那個快」、「諸生言諸兵皆快」、「某看來，此卒獨

快」、「那一兵雖不甚快」中「快」與「只緣其初欲速苟簡」中「速」形成文白對照，「快」新「速」舊，二者處在此消彼長競爭之中。正如曹廣順在《試說「就」「快」在宋代的使用及其有關的斷代問題》一文中指出「『快』字在宋末（金）可能已經部分取代了『疾』」。〔註16〕據《朱子語類》的用例可知，「快」在宋代已逐漸取代了「疾」和「迅」、「速」而成爲常用詞。

　　根據以上材料分析，我們得出《朱子語類》疾速概念場詞彙系統成員共時層次語義屬性分析表。

分析成員	單　用	場內組合	場外組合	語義屬性
疾	與「徐、遲、舒」相對，與「強、狹、速、輕」相類	疾速	疾風、疾徐高下、進退疾遲、疾言遽色、不疾而速	可指稱動作和狀態
快	從句法角度來看，「快」在《朱子語類》中大多處於動補結構中作補語，有無「得」標記的形式都有，如：「做得忒快、說得快、見得快、成器愈快、進得快、才得來快」 與「急、敏」相類，是與「速」相對應的口語詞	無	與動作主體組合：手輕足快、腳輕手快、口快、快馬 與表示通達、靈敏的語素組合：通快、捷快、快捷	俗字作「駃」，指馬（快），因而常與表示動作迅速、通達、靈敏的語素組合，多用於口語
迅	多修飾名詞	迅速	與表示「奮、激」的語素組合：奮迅、迅激	語義中包含著「奮、激」的元素
速	與「遲、久」相對，與「銳、猛、決」相類	速、疾速	遲速、敏速、迅速、健速、不疾而速	語義中包含「銳、猛、決」的元素
亟	多出現在「亟+V.」和「V.+亟」兩種格式中，前者爲優勢格式	無	無	具有語義上的自足性，「亟+V.」傾向於動作快；「V.+亟」傾向於程度深。
急	與「慢、緩、遲」相對，與「緊」相類，由「著急」義向「快」義的演變	無	緩急	語義續變過程經歷「趕忙」→「快+趕忙」→」快」義的過度。

〔註16〕曹廣順《試說「就」「快」在宋代的使用及其有關的斷代問題》〔M〕《中國語文》1987（4）。

緊	與「急、放退、慢」相對，表示「迅疾」義	無	無	由感覺上的緊投射到動作上的迅速。
遽	單用時後都多接謂詞性成份或短語；	叢冗急遽、急遽苟且、匁遽、疾言遽色	遽然	語義中包含著「急蹴」的元素

（二）歷時考察

1. 疾

本義爲「輕病」，後泛指病。《說文・疒部》：「疾，病也。」段玉裁注：「析言之則病爲疾加，渾言之則疾亦病也。」引申爲「快速；急速」義。《爾雅・釋言》：「疾，壯也。」郭璞注：「壯，壯事，謂速也。」邢昺疏：「急疾、齊整，皆於事敏速強壯也。」《廣韻・質韻》：「疾，急也。」「疾」的甲骨文字形爲「𤕫」、金文爲「𤕫」，「疑疾之本字，象人亦下箸矢形，古多戰事，人箸矢則疾矣。」〔註17〕清段玉裁《說文解字注・疒部》亦云：「疾，經傳多訓爲急也，速也。此引伸之義，如病之來多無期無跡也。」該義項從甲骨文時期沿用至清。

〔1〕《易・繫辭上》：「唯神也，故不疾而速，不行而至。」孔穎達疏：「下須急疾，而事速成。」

〔2〕（清）《歧路燈》第六回：「卻說光陰似箭，其實更迅於箭；日月如梭，其實更疾於梭。」

2. 快

本義爲「高興；愉快」。《說文・心部》：「快，喜也。」段玉裁注「引申之義爲疾速。俗字作駃。」駃，本義指駃騠，馬屬，公馬母驢雜交所生。《說文》：「駃騠，馬父臝子也。」段注云：「謂馬父之騾也。」《玉篇》：「駃騠，馬也。生七日超其母。」引申指快馬。《廣韻・夬韻》：「駃，駃馬，日行千里。」（晉）崔豹《古今注・雜注》：「曹眞有駃馬名爲驚帆，言其馳驟如烈風之舉帆疾也。」駃，亦指馬行疾。《集韻・夬韻》：「駃，馬行疾。」《說文・馬部》

〔註17〕王國維《毛公鼎銘考釋》載《王國維遺書》（第六冊）〔M〕上海：上海古籍書店，1983。

「駃」，徐鉉曰：「今俗與快同用。」《字彙·馬部》：「駃，音快。《尸子》：『黃河龍門駃流如竹箭。』」「駃」表示與「快」相同的「疾速」義，從六朝沿到金元時期，如鮑照《瓜步山揭文》：「遊精八表，駃視四遐。」元好問《乙酉六月十一日雨》：「今日復何日，駃雨東南來。」自注：「駃雨與快同音，見《魏志》。」

「快」的「疾速」義蓋由「駃」的「行走迅速」義引申而來。梅祖麟《從語言史看幾本元雜劇賓白的寫作時期》一文認爲「元代口語，迅速之快用『疾』、『疾快』、『疾速』和『快』，但『快』字的出現頻率不比『疾忙』、『疾快』等詞高。至早要到明初以後，才有白話文獻專用『快』字來表示『迅速』義，不用『疾』、『疾快』等詞」。實際上魏晉時『快』已有『迅速』義。

我們認爲「駃」與「快」在表「疾速」義時，具有時代的同步性，五代宋初的徐鉉已經證實了這種觀點，《說文·馬部》「駃」，徐鉉曰：「今俗與快同用。」說明在從六朝到宋初，「駃」與「快」是在「疾速」義上時可以混用的，到了南宋的《朱子語類》中，「駃」已經不再出現了，（金）元好問《乙酉六月十一日雨》中我們仍能見到「駃」表「疾速」義的用例，這至少能說明在「快」字在宋末（金）可能已經基本取代了「駃」。同時根據曹廣順《試說「就」「快」在宋代的使用及其有關的斷代問題》一文指出「快」字在宋末（金）可能已經部分取代了「疾」。以上分析可知，在宋代「快」已成爲表「疾速」義的一個常用詞，明代字書已收錄《正字通·心部》：「快，俗謂急捷曰快。」「快」的「疾速」義從六朝沿用到現代漢語中。

〔1〕《搜神記》：「孝眞之所乘之馬甚快，日行五百餘里。」

〔2〕沈從文《水車》「好腳色，走得那麼快！

3. 迅

本義爲「快，迅速」。《說文》：「迅，疾也。」《爾雅·釋詁上》：「迅，疾也。」該義項從先秦沿用至清，至今仍保留在現代漢語雙音節詞「迅速」中。

〔1〕《論語·鄉黨》：「迅雷風烈必變。」邢昺疏：「迅，急疾也。」

〔2〕（清）邵長蘅《雜詩》：「河流日夕迅，莽莽寒雲隤。」

4. 速

本義爲「迅速，快」。《說文》：「速，疾也。」王筠釋例：「速之古文警，

《玉篇》在《言部》，譶，從攵作警，云：『言疾，古文速。』先云『言疾』者，以言之疾速爲警之正義也。行步之速，似未可用警。印林曰：此正重文之廣其義者。從辵則行之速，從言則言之速。」《爾雅·釋詁下》：「速，疾也。」《方言》卷二：「速，疾也。東齊海岱之間曰速。」該義項從先秦沿用到現代漢語中。

〔1〕《論語·子路》：「欲速則不達，見小利則大事不成。」

〔2〕魯迅《書信集·致黃源》：「《萊芒小說》，目的是在速得一點稿費，所以最好是編入三卷一期。」

5. 亟

本義爲「疾速」。《說文·二部》：「亟，敏疾也。」用作副詞表示時間，相當於「急」、「趕快」。《爾雅釋詁下》：「亟，疾也。」邢昺疏：「皆謂急疾也。」該義項從先秦沿用至清。

〔1〕《詩·豳風·七月》：「亟其乘屋，其始播百穀。」鄭玄箋：「亟，急。」

〔2〕（清）和邦額《夜譚隨錄·崔秀才》：「亟作書，遣老僕往投之。」

6. 急

本義爲「狹窄；狹隘」。《說文·心部》：「㤻，褊也。」段玉裁注：「褊者，衣小也。故凡窄陝謂之褊。」邵瑛群經正字：「今經典作急，隸變。」引申指急速、疾速。《廣韻·緝韻》：「急，急疾。」該義項從先秦沿用到現代漢語中。

〔1〕《詩·小雅·六月》：「玁狁孔熾，我是用急。」毛傳：「北狄來侵甚熾，故王以是急遣我。」

〔2〕康有爲《大同書》乙部第三章：「以爲非常之學思，創非常之器藝，其文明進化之急，豈可量哉！」

7. 緊

本義指「絲弦受到拉力而呈現急張狀態」。《說文·臤部》：「緊，纏絲急也。」快速。該義項從宋代沿用到現代漢語中。宋代例句見共時材料描寫部分。

〔1〕趙樹理《賣煙葉》：「這種叩門的叩法有點別致，速度是不緊不慢的，聲音是不大不小的。」

8. 遽

本義爲「驛車；驛馬」。《說文》：「據，傳也。」《爾雅·釋言》：「駆、遽，傳也。」郭璞注：「皆傳車驛馬之名。」《周禮·秋官·行夫》：「行夫掌邦國傳遽之小事。」鄭玄注：「傳遽，若今時乘傳騎驛而使者也。」《左轉·僖公三十三年》：「鄭商人弦高，將市於周，遇之……且使遽告與鄭。」杜預注：「遽，傳車。」孔穎達疏引孫炎曰：「傳車，驛馬也。」引申爲「赶快，疾速」義。《玉篇·辵部》：「遽，疾也。」慧琳《一切經音義》卷十五：「遽，《倉頡篇》：『速也。』」該義項從先秦沿用到現代漢語中。

〔1〕《國語·晉語四》：「（頭須）謂謁者曰：『……國君而讎匹夫，懼者眾矣。』謁者以告，公遽見之。」

〔2〕葉聖陶《夜》：「她嚇得一跳，但隨即省悟這聲音極熟，一定是阿弟回來了，便遽地走去開門。」

根據以上材料分析，我們得出《朱子語類》疾速概念場詞彙系統成員歷時層次分析圖。

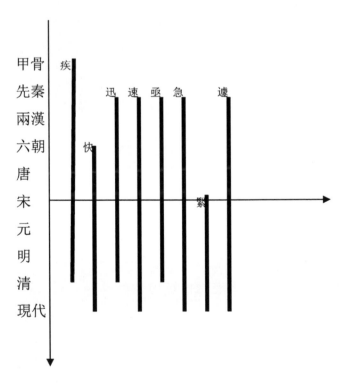

結合上圖，我們可以得出如下結論：

①疾速概念場在甲骨文時期入場的成員有「疾」；該概念場在先秦時期已

基本定型，主體成員有「迅、速、亟、急、遽」，其中「迅、亟」沿用至清，而「速、急、遽」則沿用至現代漢語書面語中。

②六朝時期新增的成員有「快」，該成員沿用至現代漢語，並成為疾速概念場在現代漢語中表達疾速概念的常用詞。

③宋代入場的有臨時成員「緊」，該詞亦沿用至現代漢語但多出現於固定格式如「不緊不慢」中。

本章小結

本章討論的五個個概念場詞彙系統中，「恐懼、放逸」屬於心理狀態概念；「萎靡、虛空、疾速」則屬於自然狀態概念。一般認為，語言中概念場詞彙系統的形成規模是與人們對客觀世界認知的深度和廣度相聯繫的，「恐懼」作為滲透人類靈魂的體驗活動在語言中留下了豐富多彩的表達方式，這些表達從不同的角度詮釋著人們對「恐懼」概念的認知。在本章五個表示狀態的概念場詞彙系統中，恐懼概念場詞彙系統的形成規模和成員語義的豐富性是最引人注目的，以下我們以恐懼概念場詞彙系統為例來看狀態概念場詞彙系統成員語義演變會受到那些因素的影響。

我們參考《漢語大詞典》和《漢語大字典》對《朱子語類》恐懼概念場成員的釋義，對場內成員的原始義及其關聯義進行列表分析，得出《朱子語類》恐懼概念場成員詞義演變綜合分析表。

詞義 成員	原始義	關　　聯　　義					
忱	恐懼	悽愴； 悲傷	警惕				
惕	恭敬	憂傷	警惕； 戒懼			驚動	
悚（聳）	恐懼			恭敬			
怖	惶懼					恐嚇	
懼	恐懼	憂慮	戒懼			恐嚇	驚慌貌
怯	膽小； 畏縮				害怕， 畏懼		
懾	恐懼	悲戚		喪氣		威懾；使 屈服	

恐	畏懼，害怕								
憚	畏難；畏懼				敬畏		通「怛」，使驚恐		
怕	畏懼，害怕								
畏	惡也	憂慮；擔心			敬重；心服	害怕；恐懼	使害怕；嚇唬		
惴	恐懼								
慄	畏懼	憂傷			謹敬				戰慄
惶（皇）	恐懼							驚慌	
觳觫	恐懼戰慄貌								
戰	戰鬥；作戰								發抖顫動
「恐懼」概念的關聯義素		憂	警	喪氣	敬	害怕；恐懼	使恐懼	驚	戰慄顫抖

分析上表，可以得出如下結論：

1、從上表我們可以歸納出「恐懼」概念的關聯義素主要有：「憂、警、喪氣、敬、驚、戰慄、顫抖」等，從詞義演變的角度來說，恐懼概念場成員都具有從其本義演化出和上述因素有關的義項潛質，或者說恐懼概念場和「憂鬱、警戒、沮喪、敬重、驚嚇、戰慄、顫抖」等相關概念場具有不同程度的交叉。

2、恐懼概念場中一些表示動作的成員有使動用法，即「使恐懼」的意思，即「恐嚇」。我們也可以根據是否有使動用法把場內成員分成表示使動和自動兩個類別。從上表我們可以知道，表示「使……恐懼」的成員有：怖、懼、儡、憚、畏；表示「恐懼」成員有：怵、惕、悚（聳）、怯、恐、怕、惴、慄、惶（皇）、觳觫、戰。